公主騎士
的小白臉
He is a kept man
for princess knight.
4
Kadokawa Fantastic Novels

「其實我是想要跟艾爾玟小姐一起盛裝打扮，
在今天玩個過癮的。」

「現在的我算是『異端者』……」
艾爾玟稍微想了一下後，用開朗的語氣這麼說道。

「不，該叫我『聖像破壞者(Iconoclasts)』才對。」

【「灰色鄰人」內部地圖】

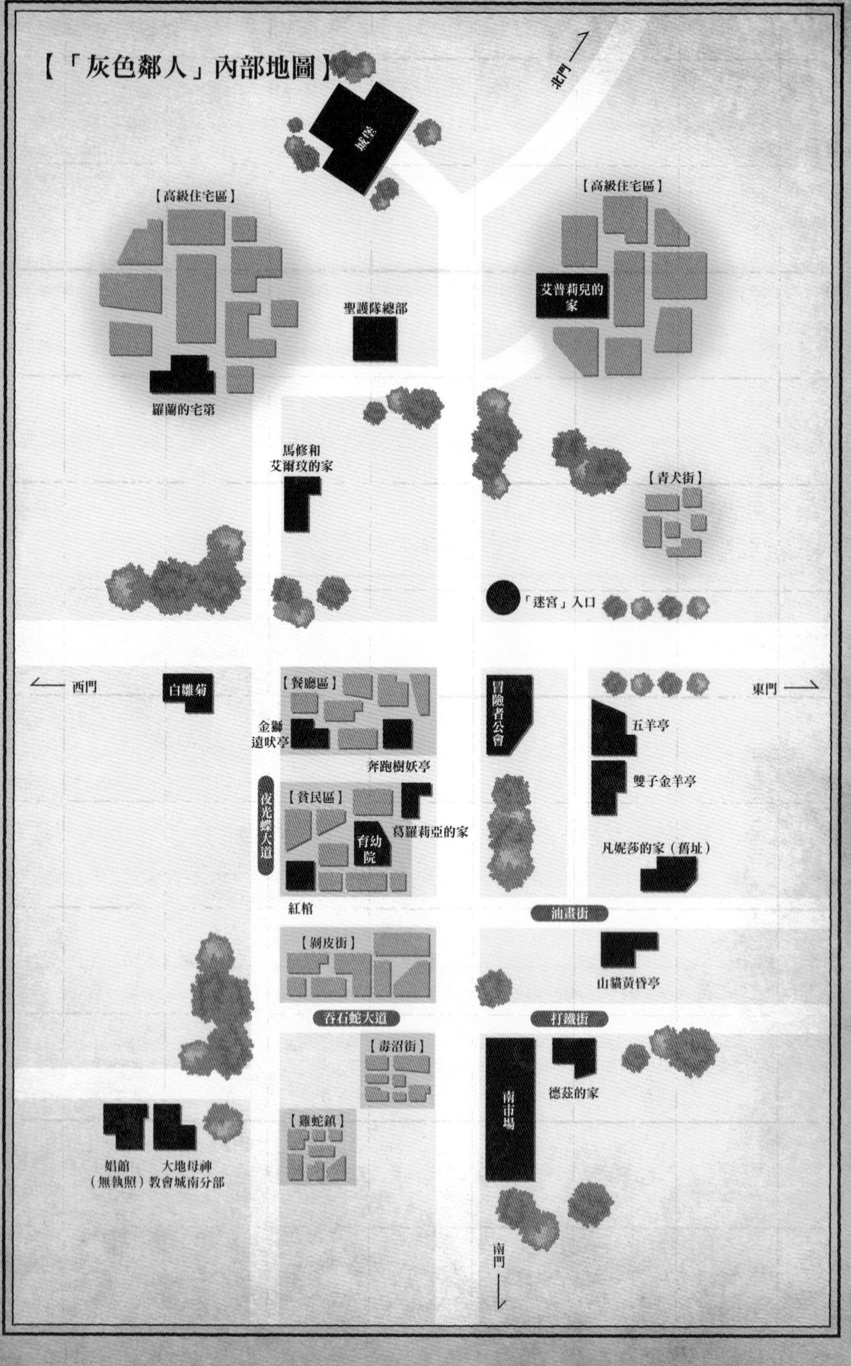

北門
城堡
【高級住宅區】
羅蘭的宅第
聖護隊總部
【高級住宅區】
艾普莉兒的家
馬修和艾爾玫的家
【青犬街】
「迷宮」入口
西門
白雛菊
【餐廳區】
金獅遠吠亭
奔跑樹妖亭
冒險者公會
東門
五羊亭
雙子金羊亭
夜光蝶大道
【貧民區】
育幼院
葛羅莉亞的家
凡妮莎的家（舊址）
紅棺
油畫街
【剝皮街】
山貓黃昏亭
吞石蛇大道
打鐵街
【毒沼街】
德茲的家
南市場
【雞蛇鎮】
娼館（無執照）
大地母神教會城南分部
南門

CHARACTER

我說過了吧。
我是妳的小白臉。
你是對我來說最重要的
保命繩。

艾爾玟

挑戰迷宮的急先鋒。她是亡國的公主，正在找尋「星命結晶」。
似乎只會在馬修面前表現出幼稚的一面。

馬修

經歷成謎的前冒險者。城裡的人都看輕他是軟腳蝦。
因為被太陽神詛咒，他只能在陽光底下發揮原本的實力。

艾普莉兒

公會會長的孫女。身邊的大人都勸她不要接近馬修。

德茲

公會專屬冒險者。很難相處的矮人，是少數知道馬修過去的人。

CHARACTER

拉爾夫

「女戰神之盾」的年輕戰士。喜歡艾爾玟。看馬修不太順眼。

諾艾爾

「女戰神之盾」的隊員。路特維奇的外甥女，醉心於艾爾玟。

碧翠絲

實力派隊伍「蛇之女王」的隊長。暱稱是「碧」。雙胞胎之中的妹妹。個性喜怒無常。

賽希莉亞

實力派隊伍「蛇之女王」的參謀。暱稱是「希」。雙胞胎之中的姊姊。生氣的時候很可怕。

凡妮莎

隸屬於公會的一流鑑定師。因為發現艾爾玟的祕密，被馬修親手殺掉。

文森特

聖護隊隊長。負責維持「灰色鄰人」的治安，私下在找殺死妹妹的凶手。凡妮莎的哥哥。

尼古拉斯

本是太陽神教的神父兼「傳道師」，但現在正與馬修合作，試圖阻止太陽神的陰謀。

葛羅莉亞

公會鑑定師。興趣是收集「贗品」，而且手腳不乾淨。對高深莫測的馬修有所提防。

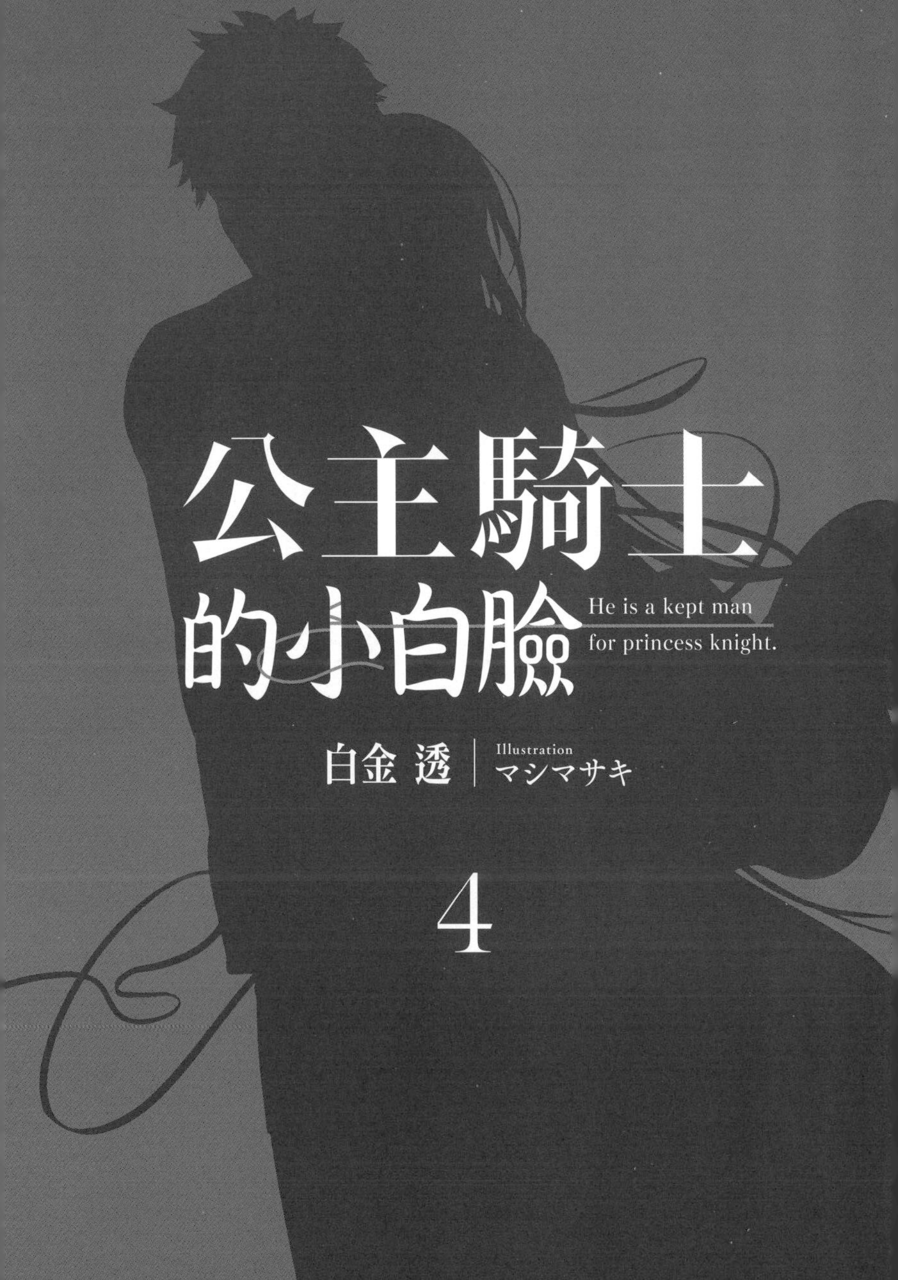

公主騎士的小白臉

He is a kept man for princess knight.

白金 透 | Illustration マシマサキ

4

Kadokawa Fantastic Novels

CONTENTS

序章

名為無知的罪過

從艾爾玟的故鄉回到「灰色鄰人(Gray Neighbor)」後，我們看到了大量人潮與熱鬧的街道。道路兩側都是攤販，擠滿了許多客人。不光是肉類、甜點與湯品這些食物，還有販售髮飾、手環與首飾這類裝飾品，甚至連算命攤與小型賭場都有。吟遊詩人彈著魯特琴，愉快地唱著歌，擺在他腳邊的帽子裝著滿出來的銅幣。

無數路人從呆立在原地的我們身旁走過。我還在其中看到那些被「大進擊」嚇得逃離這個城市的傢伙。

「實際情況跟傳聞好像有些出入。」

雖然艾爾玟故作平靜，但心中好像也很困惑。拉爾夫與諾艾爾也明顯表現出困惑的樣子。德茲一邊把玩著手裡的石頭，一邊小心翼翼地觀察周圍。

也許是我打聽到的消息過時了吧。這些人一點都不害怕那些不知何時會湧出的大量魔物。大家臉上都掛著笑容。每個人都興奮不已。

街上到處都掛著裝飾品與看板，告訴我們城裡變得這麼熱鬧的理由。

「『建國節』就快要到了……」

喧囂蓋過了艾爾玟的聲音。

這一帶在很久以前是戰亂不止的地區。各個部族與聚落彼此爭鬥，村落和城鎮互相衝突，小國四處林立，各地都上演著爭奪領土的戰爭。在這片充滿戰亂的土地上，有一名男子出現了。他只不過是個小國的貴族，卻很擅長打仗。他不斷開疆闢土，征服周圍的勢力，最後建立了一個大國。那就是我們居住的列菲爾王國。雖然當時人們早就發現「千年白夜」了，但好像還沒建立起「迷宮都市」。

初代國王死後，列菲爾王國宣布將建國的那一天定為建國紀念日，每年都會在這段時期舉辦全國性的慶祝活動。那就是「建國節」。因為今年正好是建國三百週年，所以慶祝活動好像也會比往年更加盛大。雖然這個城市原本也要舉辦，卻因為「大進擊」的影響，很早就決定要停辦了才對。

令人鬱悶的沉默籠罩著我們。拉爾夫忍受不住，率先打破了沉默。

「我們先去冒險者公會看看吧。說不定可以知道些什麼。」

雖然他自以為是地做出指示讓我很不爽，但我也贊成這個提議。畢竟我們還得歸還馬車。

我們繼續駕車前進。我跟艾爾玟就坐在車夫座位上。路人偶爾會注意到艾爾玟，驚訝地睜大眼睛並摀住嘴巴。每個傢伙的表情都很奇怪。雖然有些人似乎說了什麼，但街上實在太過吵鬧，讓我聽不清楚。不過我從他們的表情中感覺不到善意。

有別於充滿活力的城鎮，冒險者公會裡鴉雀無聲，彷彿正在舉辦葬禮。

來到此處的冒險者寥寥可數，而且全都滿面愁容。城鎮中央的「迷宮」大門依然緊閉，也難怪他們心情不好。畢竟「迷宮」對冒險者來說就是獵場。如果無法狩獵野獸，獵人就只能挨餓了。

「我去歸還馬車。你們也去把事情辦一辦吧。」

我們先在門口與德茲暫時分開，然後走進公會大樓。櫃檯旁邊幾乎沒人，看不到那些喜歡吵鬧的冒險者，負責接待的凶神惡煞也正悠閒地清理指甲縫裡的汙垢。當那位接待人員清完汙垢，大大地打了個呵欠時，他的表情突然僵住了。其他職員也是如此。而那個眾所矚目的人當然就是艾爾玟。

那位身受重傷又得了「迷宮病」，應該早就逃回故鄉的公主騎士大人，怎麼又會回到這裡？每個人臉上都寫著這樣的疑惑。

「麻煩幫我找公會長過來。」

即便那些視線令人不太愉快，艾爾玟也沒有放在心上，對負責接待的凶神惡煞這麼說道。

「請你轉告他艾爾玟・梅貝爾・普林羅斯・馬克塔羅德回來了。這樣說他就會明白了。」

「其實……公會長有事出去了。」

滿臉橫肉的接待人員冷汗直流，眼神也到處亂飄，說話語無倫次。面對這位據說早就一蹶不振的公主騎士大人，他應該也有些不知所措吧。

「那找別人過來也行。我有事要報告，也想順便打聽情報。」

「咦？你們回來啦？」

正當我不知道該如何是好時，救命的巨乳……不，是女神出現了。

她就是鑑定師葛羅莉亞・畢修普。我主動走向她。

「我們才剛回來，有些事想要請教。因為有段時間不在這裡，我們想弄清楚現在的情況。」

「這又不是鑑定師的工作。」

她不耐煩地揮了揮手趕我們走。

「別這麼說嘛。我們也帶了要給妳的工作。」

我手裡的龍鱗反射著光芒。這是我在德茲忙著肢解龍時順手偷來的東西。她好像一眼就看出這是什麼了。葛羅莉亞興致盎然地眨了眨眼睛。

「我現在有點興趣了。」

她拿走我手中的鱗片仔細端詳。

「沒問題。那我就告訴你們吧。」

因為葛羅莉亞的鑑定室不夠大，我決定在德茲的休息室裡問話。雖然德茲不在，但這裡可是我摯友的地盤。艾爾玟與葛羅莉亞面對著彼此，隔著優點只有堅固的桌子坐了下來。拉爾夫與諾艾爾站在艾爾玟身後。我則是在不遠處背靠著牆壁。

葛羅莉亞搖晃著略顯太小的椅子，對著眼前的艾爾玟揚起嘴角。

「妳看起來很有精神，『迷宮病』已經治好了嗎？」

「托妳的福。」

其實只是暫時治好罷了。就連艾爾玟自己都不曉得下次什麼時候會發作。

「我的事情不重要，我想知道這個城市目前的狀況。『大進擊』到底怎麼樣了？」

「簡單來說，就是大家都當作『大進擊』已經平息了。」

葛羅莉亞微微歪著頭，有些猶豫地這麼說。

「這又是怎麼回事？」

聽到我這麼問，葛羅莉亞一臉無趣地開口。

「因為意圖引發『大進擊』的『神聖太陽（Sol Magni）』被消滅了。」

第一章 怠惰的城市

事情的起因是公會長孫女艾普莉兒差點遭到綁架。

那個信仰智障太陽神的邪教團體「神聖太陽」不斷綁架女人與孩童，打著獻祭的名義虐殺肉票。他們終於在一個月前把魔掌伸向公會長的孫女艾普莉兒。負責保護艾普莉兒的兩位冒險者被偷襲打倒，讓她差點就被馬車帶走。幸好某位神祕人物在緊要關頭救出艾普莉兒，將她交給「聖護隊」保護。

雖然綁架沒有成功，但重要的孫女還是差點就被邪教抓去獻祭。這讓老頭子氣到不行。據說他徹底運用自己身為公會長的地位與名號，動員了所有冒險者，展開消滅「神聖太陽」的行動。

他們在城裡大肆搜查，最後發現敵人就躲在城裡東南方的某間廢屋，於是便發動了突襲。

「不光是率先行動的『蛇之女王（Medusa）』，『金羊探險隊（Argo）』與其他高等級冒險者也全部出動了。簡直就像是要去屠龍一樣。」

「這也未免太勞師動眾了吧。」

如果只是要殺一頭龍，只要讓大鬍子一個人去就能搞定。

「結果在場的『神聖太陽』成員全都被逮捕或是殺掉了。」

「那些傢伙之中有沒有一個奇特的怪物？」我這麼問道。「就是一個眼睛很大，還會從手上射出光線的怪物。」

那個怪物正是「神聖太陽」的教祖，也是那個蛞蝓太陽神的「傳道師」。他曾經出現在大迷宮「千年白夜」的第十三層，讓艾爾玟在生死關頭走了一遭。如果那裡是敵方的根據地，那他應該也會出現在那裡。

「聽說那傢伙被『蛇之女王』擊敗了。」

「妳是說瑪雷特姊妹嗎？」

「那傢伙好像很強，據說有兩位冒險者死在他手上。不過，那傢伙最後還是被瑪雷特姊妹的魔法燒成焦炭了。」

因為找到對方遺留在根據地裡的資料，那些傢伙的計畫也曝光了。他們似乎打算引發「大進擊」，說是要淨化這個城市。他們綁架女人與孩童，也是為了在舉行儀式時拿去獻祭。

眾人擊敗那隻怪物後，原本經常發生的地震就平息了。公會職員前去調查後，發現「迷宮」裡的魔物數量明顯減少，似乎正逐漸回到「大進擊」發生前的狀態。

「『建國節』不是就要到了嗎？雖然原本已經說要停辦，但大家得知『大進擊』平息後，就火速開始為此做準備了。現在城裡到處都忙得不可開交。」

為了保險起見，「迷宮」目前還沒有開放，但據說「建國節」結束後就會再次開放。

沉默片刻後，艾爾玟開口了。

「那個怪物到底是何方神聖？」

「據說古代曾經有人跟惡魔訂下契約變成怪物，那傢伙應該也差不多吧。」

如果是那種會信仰鼻水太陽神的耳屎混帳，這也不是什麼不可思議的事情。我猜大家應該都是這麼想的。

「那個怪物真的死掉了嗎？」

「天曉得，因為我也不曾親眼見過那傢伙。不過在那之後城裡就恢復平靜了。雖然可能還有一些殘黨活了下來，但應該再也無法有什麼大動作了吧。這是那些大人物的見解。」

雖然大家還是對那些殘黨有所提防，警備會比往年還要森嚴，但「建國節」本身依然會如期舉辦。

艾爾玟皺起眉頭，顯然無法接受葛羅莉亞的說詞。她充滿幹勁地回到這裡，結果發現仇人早已死去，問題也全都解決了，現在應該覺得很失望吧。

我對剛才那些話也是半信半疑。因為我的人生可沒有那麼順遂。

「對了……」

正當艾爾玟準備開口時，我聽到有人衝上樓梯的聲音。

房門猛然打開，銀髮少女衝了進來。

「艾爾玟小姐！」

她就是公會長的孫女艾普莉兒。她看起來好像沒事了。我上次出手救她之後發生了太多事，讓我後來完全沒機會跟她說上話。她一看到艾爾玟就變得淚眼汪汪，立刻衝過去抱住。

「妳有沒有受傷？妳之前到底跑去哪裡了？現在沒事了嗎？」

她心急如焚地這麼說著，還在艾爾玟身上到處亂摸。

艾爾玟露出微笑，輕輕撫摸艾普莉兒的頭髮。

「不好意思讓妳擔心了。我已經沒事了。」

也許是一直壓抑在心裡的情感終於爆發了吧。艾普莉兒放聲大哭，整張臉都皺成一團，看起來就像是個嬰兒，連鼻水都流了出來。

「拿去吧。妳哭成這樣都變醜了喔。」

親切的馬修大哥哥拿出手帕給她。可是艾普莉兒沒有收下，反倒目露凶光，一腳踢在我的小腿上。

「馬修先生是笨蛋！你怎麼可以不說一聲就走了！」

「我不是有留給妳一封信嗎？」

「那麼醜的字誰看得懂啊！而且你連『艾普莉兒』都寫錯了！我不是早就叫你要多練習寫字

了嗎！」

她一邊批評我一邊踹個不停，簡直就是個暴力老師。

「回來了就要立刻跟我聯絡啊！」

「我們也是剛剛才回來的。還有，妳到底是要生氣還是要笑啊？拜託妳選一個吧。」

「吵死了！你這個笨蛋！」

「對不起啦。我給妳糖果，拜託妳別生氣了。」

「我不理你了啦！」

艾普莉兒氣得別過頭去，讓現場響起一陣笑聲。不光是艾爾玟，就連諾艾爾、拉爾夫與葛羅莉亞都笑了出來。你們幾個給我記著。

艾普莉兒開始滔滔不絕地說著，像是要把這段與我們分開的時間全都補回來。聽說在那次綁架事件發生後，她爺爺有一陣子都不准她出門。她還是直到前幾天，才終於被允許過來公會。

「臭爺爺還說他不准我去參加『建國節』活動，你不覺得他很過分嗎？」

「確實很過分。」

我故意誇張地點了點頭。

「竟然懂得一邊說話引人同情，一邊讓別人說出妳想聽到的回答，看來妳也長大了呢。」

我的小腿又被踹了一腳。現場再次發出笑聲。

看來現場的氣氛在不知不覺中變輕鬆了。

「今天就到此為止吧。」

艾爾玟面帶微笑站了起來。畢竟這也不是艾普莉兒在場時該聊的話題。

「你們這麼快就要走了嗎？」

艾普莉兒緊緊抓住艾爾玟的手。

「我會再來的。」

「妳放心。我相信妳不會做那種事，所以……」

艾普莉兒還來不及把話說完，艾爾玟就抱住她，輕輕撫摸她的頭，然後就走出房間了。她真的很適合做這種事。要是換成我那麼做，就得立刻去吃牢飯了。聽到腳步聲逐漸遠去後，我也趕緊跟著諾艾爾等人離開。

當我正要走出房間時，葛羅莉亞叫住了我。

「等等，我們的話還沒說完。你是從哪裡拿到這塊鱗片的？」

「妳去問德茲就知道了。」

不過，因為包含「大龍洞」在內，我們有許多不能透漏的事，我猜他應該會沉默以對就是了。

葛羅莉亞還是不肯放棄，我只好又隨便應付了她幾句。當我走下樓梯時，艾爾玟等人正在櫃檯前面跟熟人聊天。對方是「黃金劍士(Chrysaor)」的隊長雷克斯。自從上次救出艾爾玟後就沒機會見到他了。想起自己還沒向他道謝。當我準備過去加入對話時，拉爾夫那個笨蛋就大聲叫了出來。

「開什麼玩笑啊！公主大人不可能做那種事吧！」

因為他的音量實在太大，連櫃檯後方的職員都出來察看情況。

「拉爾夫，不要大吼大叫。會吵到別人的。」

「可是……」

即便艾爾玟好聲好氣地這麼說，他好像還是不太服氣，擺出一張臭臉給我看。雖然旁邊的諾艾爾沒有說話，但好像也正強忍著怒火。

「你對我發火也沒用。畢竟城裡真的有這種謠言，而且到處亂說的人也不是我。」

「怎麼了嗎？」

當我過去搭話時，雷克斯不知為何尷尬地移開視線，就這樣陷入沉默。艾爾玟代替他開口，不以為意地回答。

「聽說城裡流傳著關於我的負面謠言。」

到底是什麼樣的謠言？正當我打算再次發問時，她換上憤怒的眼神說道：

「大家都說那個指使『神聖太陽』，意圖引發『大進擊』的幕後黑手就是『我』。」

謠言的內容似乎是這樣的。為了儘快得到「迷宮」的至寶「星命結晶」，「深紅的公主騎士」艾爾玟企圖引發「大進擊」。因為「迷宮」在「大進擊」現象發生後，魔物的數量與實力都會下降，變得更容易征服。於是她召集過去的國民，建立起新興宗教「神聖太陽」，將之當成自己的棋子運用，讓他們暗中展開行動。與此同時，她本人也算準時機假裝失蹤，準備在「迷宮」深處親自主持儀式。可是她被自己的三位同伴背叛，計畫也受到阻礙。雖然她為了封口殺掉那三位同伴，但自己也身受重傷，只好欺騙大家說她被神祕的怪物擊敗。她讓「神聖太陽」接手進行後續的計畫，自己則為了療傷與躲避「大進擊」離開這個城市。可是，偉大的冒險者們成功擊潰「神聖太陽」，澈底粉碎了她的陰謀。不過既然艾爾玟這個主謀還活著，那就不能掉以輕心。她現在應該還在城外伺機而動。要是有人看到她，就要立刻去通報衛兵。

「蠢到不行。」

這種謠言根本不值一提，就只是扭曲事實胡亂解讀罷了，隨便都能推翻。

「這就叫做鬼話連篇。根本沒必要認真看待。」

「可是，這個謠言好像已經傳遍城裡了。」

艾爾玟說得一副事不關己的樣子。

我想起來了。我們回到這裡的時候，確實有感覺到奇怪的目光。我原本以為那些人是因為看到艾爾玟回來而感到驚訝，現在回想起來才發現，那些都是充滿恨意、疑惑與輕蔑的眼神。

「我們當然不相信那種謠言。當時有去參加救援隊的人都不相信。」

雷克斯這番話聽起來像是在找藉口。

「……如果那些都是妳的演技，妳現在就能當上王都大劇場的紅牌女演員了。」

他應該是指艾爾玟因為「迷宮病」而精神錯亂那時的反應吧。她當時的情況確實很糟糕。

「可是，有些人並沒有參加救援隊。那種人很容易就會相信謠言。尤其是城裡的居民。」

即便在「迷宮都市」裡生活，也不是每個人都了解「迷宮」。有些人甚至一輩子都不曾踏進「迷宮」。

「可惡！到底是誰在散播那種謠言啊！」

拉爾夫氣憤地踹了牆壁一腳。修理費記得要自己賠啊。

「我大概是在半個月前聽說的。就在你們離開這個城市後沒多久。」

「那個謠言還在流傳嗎？」

「是啊。」

「這也未免『太久了』。」

雖然很多人都喜歡散播毫無根據且不負責任的謠言，但也很快就會厭倦。因為其他類似的謠言很快就會取而代之。

「難道是有人刻意在散播這樣的謠言嗎？」

「很有可能。」

聽到我這麼推測，雷克斯也表示贊同。

雖然艾爾玟有許多粉絲，但有些人也很討厭她。那些人似乎就是看揮劍戰鬥的女人不順眼，就算那些人利用她離開這個城市的時候，故意亂說話貶低她也不奇怪。

「總之，妳走在路上的時候還是要小心點。天曉得那些信以為真的傢伙會幹出什麼事來。」

「感謝你的忠告。」

艾爾玟坦率地向他道謝。

「可是，我回到這個城市，就是為了再次挑戰『迷宮』，不可能逃……」

她還沒把話說完，公會大門就發出巨響打開了。在場眾人全都轉頭看過去，結果看到一位駝背的老太婆衝了進來。她穿著一件灰色連身裙，肩膀上披著一塊白色披巾，應該是個隨處可見的平民吧。她滿頭的白髮亂成一團，臉色也很難看，嘴唇不停地顫抖，還用滿是皺紋的雙手抓住艾爾玟。

「喂，犯人就是妳吧？妳應該知道吧？妳到底把索妮亞抓去哪裡了？」

「妳這話是什麼意思？」

「別裝傻了！大家都說人是妳抓走的。把她還給我。那孩子只有十六歲啊！妳應該有讓她好好吃飯吧？她最喜歡喝番茄濃湯了！」

這個老太婆突然出現，還說出這種莫名其妙的話，讓艾爾玟也覺得一頭霧水。

「抱歉，我不認識那位名叫索妮亞的女孩，也不知道她人在哪裡。」

「妳看這裡。她這裡也有跟我一樣的痣！從她還小的時候，我們就經常互相確認對方的痣，看看跟自己的有多像了！」

老太婆指著自己的脖子。脖子上滿是皺紋，還長著三顆黑痣。因為老太婆硬要艾爾玟仔細看清楚，讓她皺起了眉頭。

後來這個老太婆不斷說著同樣的話語，但總結來說大概就是這麼回事。

差不多在十天以前，她的孫女索妮亞跑去朋友家，然後就再也沒有回去了。自從父母死去之後，索妮亞就跟祖母相依為命，雖然一貧如洗，卻過著和睦的生活。

「雖然住在附近的那些臭老太婆說她跟男人跑了，但我是絕對不會相信的！那孩子不可能丟下我不管！」

她找遍了孫女可能跑去的地方，但就是找不到人。就算跑去向衛兵報案，也完全不被當成一回事。後來她聽說「神聖太陽」會綁架孩童與年輕人，就跑去找尋那些人，但還是找不到孫女的下落。

正當她走頭無路時，碰巧在路上看到艾爾玟，就這樣追了過來。

「……抱歉，我真的不知道索妮亞人在哪裡，也跟『神聖太陽』毫無瓜葛。我反倒很痛恨那些壞人。更重要的是，我們也是剛剛才回到這個城市。」

艾爾玟露出同情的表情，出言安慰那位老太婆。雖然這位善良的公主騎士是發自內心感到同情，但結果卻適得其反。

「妳騙人！我不會被妳欺騙的！」

人只要陷入煩惱，想法就會變得狹隘。只要認定事情是這樣，之後就很難改變想法了。老太婆大聲吵鬧，無論如何都要堅持自己的主張，結果引來許多圍觀的群眾。我這時才發現雷克斯確實沒有騙人。所有人都用冰冷的目光看著凱旋歸來的公主騎士大人。

「快點帶我去見她！妳把她藏在哪裡了？妳這個綁架犯！」

「妳給我差不多一點！」

也許是無法忍受主人遭到這種對待，拉爾夫一把推開那位老太婆。老太婆的肩膀被推了一下，完全無法反抗，就這樣直挺挺地倒在地上。她彎起身體，痛苦地扳起臉孔。

「住手！拉爾夫，你太過分了！」

艾爾玟大聲責罵無能的家臣，準備過去扶起那位老太婆。

老太婆揮開她的手，就這樣躺在地上掩面痛哭。

眾人看著我們的目光變得愈來愈冰冷。不久後，一名年紀與她兒子相仿的男子過來接她了。男子似乎是她那個已故兒子的朋友。

老太婆就這樣在男子的攙扶下，一邊咒罵一邊離開了。

「真傷腦筋。」

結果雷克斯的忠告立刻就應驗了。

他本人也露出覺得過意不去的表情。

「要是我有把事情問得更清楚就好了……」

「以後有機會再說吧。」

雖然艾爾玟很同情那位老太婆，但我們可沒有那種閒工夫。我們要做的事情太多了。更重要的是，我們還不確定犯人到底是不是「神聖太陽」，要是真的插手就無法脫身了。

在這個城市裡，有人失蹤只不過是家常便飯。跟男人私奔的女孩就不用說了，被抓去賣掉的年輕女子也多到不行。而且那個老太婆說孫女不可能拋棄她，也只不過是她自己的說法。她孫女到底是怎麼想的，也只有她孫女本人才知道。

如果想要插手去管這個城市裡的所有壞事，就永遠不會有結束的一天。我以前明明早就告訴過她了。

「如果那女孩真的被綁架了，只要繼續追查那些傢伙，遲早都能找到人的。妳只要到時候再對她這麼說就行了，就說『妳奶奶已經煮好妳最愛喝的番茄濃湯，在家裡等妳回去』。」

艾爾玟露出強忍著苦楚的表情點了點頭。

「看來今天還是早點回家比較好。」

我原本還想要順便找幾間店逛逛，但那樣很可能又會引起騷動。

「你們兩個今天也要去『五羊亭』住嗎？」

「我是這麼打算的。」

「還是早點去訂房間比較好。」

一旦「建國節」正式舉辦，來自附近的觀光客也會到來。雖然「五羊亭」的主要客群是冒險者，但要是其他旅館都客滿了，旅客應該也會跑去那邊才對。因為那裡的老闆是個壞人，就算是惡名昭彰的公主騎士的同伴，他應該也會願意讓他們住下來。因為他的原則是「只要付了錢就是客人」。

「那我們今天就此解散吧。」

艾爾玟這麼提議，但拉爾夫跟諾艾爾都反對。

「這樣太危險了！」

「至少讓我們送您回家……」

雖然他們搬出許多理由，堅持不肯退讓，但艾爾玟就是不肯答應。約好明天在公會碰面後，我們就決定暫時解散了。

「記住，不准說出我們在馬克塔羅德看到的一切。如果有人問起，就隨便敷衍過去。拉爾夫，尤其是你。」

畢竟「大龍洞」還關係到矮人族的祕密。要是因為這傢伙害得德茲被逐出矮人社會，我一定會宰了他。

「當然沒問題。」

「我知道啦！」

諾艾爾很爽快地就答應了，但拉爾夫的語氣聽起來有些不爽。

「不要命令我！還有，你還是管好自己的嘴巴吧。上次進到『迷宮』的時候，就是因為你那樣『胡扯』，才會害得我們也要配合你……」

「那我們就先告辭了。」

諾艾爾就這樣拉著拉爾夫離開。

我原本還以為他稍有長進，結果還是馬上就故態復萌了。這傢伙也差不多該長大了吧。

跟他們兩人道別後，我們離開公會，沿著大街往西邊前進，但因為街上擠滿路人，讓我們寸步難行。因為剛才聽到的謠言，我讓艾爾玟用兜帽遮住臉孔。可是，因為有我這個大塊頭走在旁邊，還是讓她有些引人矚目。我原本想要離她遠點，但艾爾玟還是緊緊跟著我。

「馬修，你這是什麼意思？」

「妳先等一下。」

我看到一位年約六十的老人坐在路邊。他就是那位搬運者大叔。雖然他的頭頂早就變得光溜溜了，但後腦杓與頭部兩側上的白髮依然屹立不搖。他有著濃密的眉毛，還揹著一個籃子。艾爾玟有一瞬間扳起臉孔。我猜是因為她看到籃子裡裝滿了茄子吧。

「大叔，你好啊。」

聽到我這麼打招呼，他抬起充滿倦意的臉龐。

「你不是馬修嗎？原來你還沒死啊？」

他一臉驚訝地站了起來，在我手臂上拍了幾下。

「我出去旅行回來了。你正準備去做生意嗎？」

「是啊，因為老主顧突然下了訂單。聽說是因為『建國節』要到了，客人也變得更多，食材不夠用了。」

他故意搖了搖背後的籃子。艾爾玟差點就要擺出一張臭臉，但她還是咬緊牙關，調整好呼吸開口：

「我記得這位老先生是冒險者公會的人。」

「沒錯，他是一位搬運者。」

所謂的搬運者，就是公會僱用的搬運工。他們會將冒險者擊敗的魔物屍體與寶物等戰利品運回地面。雖然是很重要的工作，但酬勞並不高，所以很多人都只把這當成副業。

「對了，我還沒向你道謝呢。上次真是謝謝你了。多虧有你幫忙，我家的公主騎士大人才能平安回來。」

「別客氣。有困難的時候就是要互相幫助。」

「我也要向你道謝。」

艾爾玟走到前面。

「馬修說你這次幫了我們大忙。我改天會找機會正式答謝，但今天還是要先在此致上謝意。謝謝你。」

「不，千萬別這麼說。讓公主殿下向我道謝，小的承受不起。」

他立刻低下頭去，輕輕撫摸自己的禿頭。也許是因為他彎下了腰，導致茄子從背後的籃子掉了出來。

「糟糕，我的茄子掉了。」

大叔急忙伸出手，身體卻在那一瞬間僵住。當他保持著詭異的姿勢動也不動時，一輛帶篷馬車從他身後飛馳而過。對方似乎正在趕路，讓馬兒發出一聲長嘯。笨蛋，又不是隨便亂揮鞭子，馬就會跑得更快。我覺得有些傻眼，重新轉頭看向大叔，結果不小心在他的衣服縫隙之中，看到肩膀上的黑色刺青。

「大叔，原來你……」

也許是注意到我的目光，大叔猛然回過神來，收回撿茄子的手，趕緊遮住自己的肩膀。

「不准看！」

「抱歉。」

大叔對我怒吼。我立刻乖乖道歉。艾爾玟錯愕地睜大眼睛，但我知道這是怎麼回事。他肩膀上的刺青是在這個大陸廣為流傳的奴隸印記。我代替他撿起茄子，幫他放進籃子。

「看來你也有段艱苦的過去。」

「那都是以前的事情了。」

雖然這個國家並不允許，但目前依然有許多國家保有奴隸制度。

雖說都是奴隸，但每個國家對待奴隸的做法都不同。有些國家會立法保障奴隸的基本人權，也有些國家只把奴隸當成消耗品。沒人會叫他們的名字，只會對他們大呼小叫，用笛聲與鞭子下達命令。他們不被允許反抗，只要不夠賣力，主人就會毫不留情地揮下鞭子，對他們拳打腳踢。即便處境相同，奴隸之間依然存在著階級。受到主人喜愛的奴隸會引以為傲，輕視那些不夠賣力的同伴。時間久了之後，他們甚至會把自己的項圈當成寶貝。

有三種方法能讓人擺脫奴隸的身分。一種是把自己買回去，另一種是逃跑，最後則是一死了之。我不知道他當初選擇了哪一種方法，但我想應該並不容易吧。就算他成功重獲自由，難堪的過去也不會消失。這位大叔應該是聽到揮鞭子的聲音，才會想起過去的往事吧。

艾爾玟與諾艾爾在來到這裡之前也遇過各種困難，連拉爾夫都吃過不少苦頭。我不是要看輕他們經歷過的痛苦，但失去尊嚴又是另一種痛苦。

「我還以為你是本地人。」

「我是最近才來到這裡的。大概有三年了吧。」

大叔用褲子擦掉手汗後，突然露出有話要說的表情。

「我的事情不重要。我最近聽到一些奇怪的傳聞，說是那位公主大人跟『大進擊』有關。」

「這我已經聽說了。」

畢竟這位大叔人脈好像很廣，應該很快就會聽到這種謠言吧。

「那只是毫無根據的謠言。請你不要到處亂說。」

聽到我這麼叮嚀，大叔露出尷尬的表情，向我點了點頭。

「這樣就全部撿回來了。」

艾爾玟走到大叔身後，把茄子放進籃子。不過她只用兩隻指頭夾著茄子，看起來實在很沒禮貌。

「老先生。」

艾爾玟先甩了甩手，然後才換上嚴肅的表情。

「讓你受到那種苦難都是我不好。真的很抱歉。」

「不，那不是妳的錯……」

「希望你今後可以過著安穩的人生。我會祝福你的。馬修，我們走。」

說完這句話就威風凜凜地轉身離開了。真是帥氣。

這讓我看到失神，大叔輪流看向艾爾玟跟我，說出了這句話。

「我還是覺得你們兩個完全不配。」

要你管。

「快點過來。」

當我回過神時，走在前面的公主騎士大人也正好叫我過去了。

「再見了，大叔。要是茄子沒有賣完，就請你送到我家吧。我會全部買下來的。」

「你家……喂，可是那裡早就……！」

我向還有話要說的大叔揮手道別，然後快步追上艾爾玟的背影。

跟大叔道別後，我們再次踏上歸途。因為天色還很亮，我不太擔心會被人襲擊。不過，我還是能偶爾感覺到狐疑的目光，應該是因為那個謠言吧。這種感覺實在讓人覺得很煩。因為害怕又有人跑來找麻煩，讓我們不由得加快了腳步。

「我想聊聊『神聖太陽』那件事。」

當我們從大街走進住宅區時，走在我旁邊的艾爾玟開口了。

「妳說吧。」我一邊應聲一邊繃緊神經。她讓拉爾夫與諾艾爾先行離開，應該是為了讓我更好說話吧。

「你覺得那個怪物真的死了嗎？」

「其實我不太相信。妳覺得呢？」

「我不是看不起那對姊妹的本領與實力，只是不認為那傢伙會這麼輕易就被擊敗。」

艾爾玟曾經實際跟那個「傳道師」打過一場。即便她本領高強，也還是以戰敗收場，失去了三個同伴。

不過，敵我雙方的戰鬥風格、運氣與臨場發揮這些因素，都會影響到戰鬥的勝敗。就算對方的實力比自己弱，也可能會因為一時大意就輸掉。更何況瑪雷特姊妹還是魔術師。就算她們靠著艾爾玟沒有的招數取勝，也不是什麼奇怪的事情。

雖然她們擊敗的傢伙也可能是長得很像的冒牌貨，但現有的情報不足以讓我做出判斷。看來還是直接去請教她們本人比較好。

「還有，那個怪物到底是什麼？這你應該早就知道了吧？」

我就知道她會問這個。如果我要告訴她，就勢必得提到那個蚯蚓太陽神的事情。就算我成功避開「詛咒」的事情不提，也可能會把她扯進我遇到的麻煩。

眼見我沉默不語，艾爾玟重重地嘆了口氣。

「我太過依賴你了。前陣子還讓你看到不少醜態。我知道就算要你相信我，也沒有任何說服力。」

艾爾玟露出下定決心的眼神，繼續說了下去。

「可是，如果那個怪物還活著，很可能會再次出現在我面前。到時候就太遲了。這是屬於我的戰鬥。不只是這樣……」

她把手擺在自己的胸口上。

「我當時是不是曾經死過一次？」

聽語氣就知道，她不是在質問我，而是在跟我做確認。

「這不是可以治好的傷。我想應該連魔術都無法治好。可是，我現在依然好端端站在這裡。雖然我當時就快要失去意識了，但我還是有看到你跟尼古拉斯先生在交談。我猜是你們兩個救了我一命吧？」

「我們可能也只是把妳推進地獄。」

如果她當時直接死去，就不需要受到更多折磨了。

「就算是這樣，我還是很感謝你們。」

艾爾玟露出苦笑。

「我現在還能跟你說話，都是因為我還活著。光是這點就令我感激不盡了。」

聽到她發自心底這麼說，讓我無法繼續拒絕。

「好吧，我說就是了。」

我終於認輸了。既然艾爾玟早就跟我扯上關係，就算那怪物真的死了，也遲早會有其他「傳道師」出現在她面前。到時候我要後悔就來不及了。我應該事先做好防備才對。這樣對艾爾玟也比較好。

「那傢伙是『傳道師』，也就是那個牛糞太陽神的手下。」

後來，我把知道的一切都說出來了。我告訴她對方是太陽神的手下，目的是得到「迷宮」裡的「星命結晶」，為了達成這個目的，他們想要毀掉這個礙事的城市與居民。我還告訴她「大進擊」的事情也是他們在暗中搞鬼，擊敗她的傢伙就是「傳道師」，而且八成就是「神聖太陽」的「教祖」。當艾爾玟得知自己的堂兄羅蘭也是敵人的同伴時，臉色變得非常難看。不過我騙她說羅蘭是被德茲擊敗的。

我還說了我們把「聖骸布」放進她心臟的事情。我沒有說出尼古拉斯的真實身分，只告訴她那是跟太陽神有關的寶物。

當我把這些事情全都說完時，艾爾玟果然有些生氣地這麼問我。

「你怎麼都不告訴我這些事？」

「因為這本來就是我自己的問題。」

我不想讓她跟那個糞坑太陽神扯上關係。

「而且我不想增加妳的負擔。」

聽到我這麼說，艾爾玟閉口不語。雖然她無法接受，但應該也不知道該怎麼反駁我吧。因為她前陣子才剛被身上的重擔壓垮。她決定換個其他話題。

「這是我被那個『傳道師』擊敗時的事情。」

之前因為「迷宮病」變嚴重了，讓她不太記得當時發生的事情，但她最近總算想起來了。

「那傢伙應該是以為自己成功殺掉我，結果就掉以輕心了。對『迷宮』施展神祕的魔術後，他小聲說出了一句話。他說『這樣我就再也不用踏進這個可恨的洞穴了』。」

根據尼古拉斯的說法，「傳道師」的力量在「迷宮」裡似乎會受到限制。而他也確實在給艾爾玟最後一擊前就耗盡力量落荒而逃。就是因為這讓他感到痛苦，才會不小心說出那句話吧。

「這意味著兩件事。」

艾爾玟豎起兩根手指。

「第一，『大進擊』已經在那個怪物的掌控之下。第二，那傢伙當時就躲在前來救援『女戰神之盾（Aegis）』的救援隊之中。」

「先等一下。」

第一點我還可以理解。因為如果對方可以操控「大進擊」，當然就再也不用踏進「迷宮」了。可是，第二點又是怎麼回事？

「我猜那傢伙應該無法在『迷宮』裡長時間使用力量。那他在第十三層前又是怎麼過來的？更重要的是，當時除了冒險者之外，還有其他人踏進『迷宮』嗎？」

「迷宮」的入口是由公會職員負責管理，想要不被發現就偷偷跑進去並不容易。

如果對方擁有隱形能力，可以不被公會職員發現，應該也不會刻意出現在我們面前才對。

「我猜那傢伙八成是以人類的外表混進救援隊，到了第十三層才變身成『傳道師』，打算在那裡舉行儀式。可是他在那裡遇到我們，跟我們打了起來。」

擊敗艾爾玟等人後，那傢伙又重新開始舉行儀式，讓自己得到「大進擊」的掌控權，最後變回原本的樣子，若無其事地跟我們會合。在我們找到艾爾玟等人之前出現的濃霧，應該也是那傢伙的能力吧。為了讓救援隊分散開來，就算自己消失不見了，也不會有人覺得奇怪，他才會創造出那樣的環境。

當時除了我跟艾爾玟與「女戰神之盾」的成員，就只有那些冒險者與幾名公會職員待在第十三層。難道那個怪物就躲藏在這些人之中嗎？真是太可惡了。

因為我之前對付羅蘭和賈斯汀的時候，都是在他們變身後才打贏，讓我沒想過敵人還有可能變回人類。其實仔細想想就能明白，一直保持怪物模樣的風險實在太大了。

畢竟他們都是那個踩狗屎太陽神的手下。他們應該都舔過太陽神的鞋底，學過變回人類的方法才對。問題在於那個「傳道師」到底是誰。我們當時身處在昏暗的「迷宮」之中，又遇上了那種濃霧。我猜應該誰也不記得別人在什麼地方吧。雖然也可以調查比對每個人的證詞，但如果沒有慎重行事，就會打草驚蛇受到反擊。

「我還要補充一點。」

我豎起一根手指。

「就是那傢伙對妳心懷怨恨。」

我還記得在給艾爾玟最後一擊之前，那個「傳道師」非常憤怒，說了「不許命令我」這句話。因為被人命令讓他感到屈辱。他跟我說話的時候，反倒還沒有那麼激動。雖然他的自尊心好像很強，但他當時會氣到發狂應該還有其他理由。

「妳有頭緒嗎？」

「沒有。」

艾爾玟篤定地這麼說。

「要是有人長得那麼奇怪，我只要見過一次就絕對不可能忘記。」

我想也是。

「如果那個『傳道師』還活著，應該不會就此罷休。我猜他肯定會試圖引發『大進擊』。」

也就是說，他遲早會跟我們再次對決嗎？我同意這個說法。

「總之，我們明天再去冒險者公會打聽看看吧。」

雖然我們總算回到這個城市了，但還是有許多問題需要解決。城裡的居民整天惴惴不安也很麻煩，但太過興奮也是個問題。因為節慶會讓每個人都變得興奮，無法集中注意力，可說是最適合壞人展開行動的時候。

「別擔心，總會有辦法的。」

我努力表現出開朗的樣子。要是讓艾爾玟感到沮喪，結果「迷宮病」再次復發就糟了。

「對了……」

艾爾玟突然尷尬地別過頭去。

「關於上次那件事……」

「妳是指什麼事？」

我現在頭緒太多了，根本想不到答案。要是她不把話說清楚，我可是會很頭痛的。

「該不會是我跑去馬克塔羅德王城那件事吧？我已經跟妳解釋過很多次了，那只是運氣與偶然結合在一起的結果。」

「雖然那件事我也想要問清楚，但我不是要說那件事。」

她先是著急地這麼否認，然後又移開視線，支支吾吾地小聲這麼說。

「就是……我們當時在那個村子的地下室裡，你跟我說……」

「我知道了。」我想到答案了。

「妳是說我那超級火熱的告白嗎？」

「你不要自己說出來啦！」

艾爾玟紅著臉叫了出來。

「雖然我還有自己的使命與立場，可是……我也不能隨便踐踏你的心意……」

「其實妳不必把那些話放在心上。」

「咦？」

艾爾玟不知為何詫異地停下腳步。

「忘了吧。那是只有一晚的美夢。」

雖然我當時被氣氛影響，不小心說出那些話，但我們兩人的身分地位差太多了，不該想要得到童話中那種美好的結局。那種未來我老早就捨棄了。

「你這傢伙……到底知不知道我有多麼……！」

艾爾玟有一瞬間露出傻眼的表情，但又突然眼尾上揚，一把抓住我的衣服。我猜她應該也很煩惱，結果被我擺了一道，現在覺得很不爽吧。我於是舉起雙手。

「對不起啦，要是讓妳費心了，我願意道歉。」

「……算了。」

艾爾玟放開抓住我的手，快步從我身旁走過，用背影讓我知道她要把我丟下，就這樣自顧自地走向前方。

「這樣很危險喔。」

我小跑步追了上去。她這人總是這麼容易生氣。

當我走過轉角時，我看到艾爾玟停下腳步，站在家門前面一動也不動。我原本還以為她在等我，但我很快就發現原因並非如此。

因為我們的家變成廢墟了。

「這還真是糟透了。」

屋子早已燒成焦炭，地板跟天花板都變得一片漆黑，原本擺著家具的地方只剩下燒焦的殘渣。

「看來我們不在家的時候，好像有強盜闖進去了。」

對方不但偷走值錢的東西，還順便在屋子裡放火。這間屋子本來就已經被賽希莉亞・瑪雷特用魔法燒過一次，現在又遭到了致命的一擊。這件事說不定跟那個謠言也有關連。不幸中的大幸就是我們的損失只有那些「貴重物品」。真正重要與不能被人發現的東西，我早就拿到祕密的地方藏起來，不然就是處理掉了。

「現在要怎麼辦？」

艾爾玟這麼問我。別說是床鋪了，現在連屋子裡的地板都變得破破爛爛，根本不可能住人。太陽就快要下山了。如果不快點想想辦法，我們說不定就得露宿街頭。

「看來只能聯絡房東，請他租其他房子給我們了。」

「有辦法立刻就租到房子嗎？」

雖然這得視物件而定，但要立刻租到房子可能有點困難。

「不然就只能去住旅館了。」

雖然拉爾夫等人借住的「五羊亭」離冒險者公會很近，對我們來說很方便，但我們不確定那裡還有沒有空房間。就算真的住進去了，艾爾玟也有許多不方便的地方。我不想讓她跟別人同住一間房。而且那裡還有許多精蟲衝腦的智障，很可能像上次那樣闖進她的房間。這樣艾爾玟也無法放心休息。其他旅館應該也只會更慘。

「馬修，你知道有什麼地方能讓我們借住嗎？」

不過，既然我家的公主騎士大人都如此拜託了，那我也不能說自己辦不到。

「交給我吧。」我笑著這麼說。

「我今天會幫妳找一間最棒的旅館。」

第二章

憤怒的山羊

因為感覺到有東西從腳邊迅速跑過，讓我醒了過來。

我睜開眼睛，發現一隻小灰鼠睜著圓滾滾的眼睛，爬到了我的腿上。也許是發現我醒過來，小灰鼠立刻跳開，鑽進房間角落的小洞。

因為床鋪不夠大，我今天也是用毛毯打地鋪。雖然這比露宿街頭好多了，但還是不太好睡。我一邊打呵欠一邊站了起來。因為附近有許多工匠的家與工房，所以從早上就開始發出鐵鎚敲打東西的聲音，以及研磨金屬的聲音。雖然我不討厭熱鬧的地方，但一大早就這樣敲敲打打，還是讓人有些難以接受。

「早啊。」

我下樓一看，發現德茲正在喝茶。他還用一隻手拿著不知是泥巴還是石頭把玩。他怎麼還拿著那種東西？有時間玩那種東西，還不如去摸你老婆的屁股。

「借用一下。」

我從廚房拿來一個杯子，喝起從德茲房裡偷偷拿出來的酒。這是德茲祕藏的水果酒，原料是冬天買回來的大量蘋果。雖然有點甜，但很適合在疲累的時候飲用。

「喂，現在還是早上耶。」

「你之前不是還在早上叫我喝酒嗎？」

就是我跟艾爾玟上次跑來借住的時候。這傢伙當時應該是想要鼓勵我吧。

「此一時，彼一時。」

「我今天也很難過啊。唉，我家被燒掉了，大鬍鬚還要奪走我唯一的樂趣，真是糟透了。」

「不要喝給我看。」

「你不是也很喜歡這樣喝酒嗎？」

我們在冒險者時代經常一起整天喝酒，現在想想就覺得很懷念。

「總之，也幫我倒一杯茶吧。我還要幾樣下酒菜。」

「你自己去弄。」

「如果還能幫我找個漂亮的小姐就更棒了。可以嗎？」

下一瞬間，我的身體就撞在牆上了。

「你今天飛得還真遠，揍起來的感覺就像是紙片一樣。」

「你這人真的很不會開玩笑。」

這種話通常都是出手之前就要說了，揍人之後才說「小心我揍飛你喔」就是在搞笑，但德茲都是在揍人之後才說「我揍下去了」，就只是一種事後報告，所以一點都不好笑。

正當我準備站起來時，我看到一隻圓滾滾的肥老鼠從我腳上跑過去。

「你開始養老鼠了嗎？」

「最近好像變多了。」

「這也是『大進擊』的影響嗎？」

我猜是因為地震經常發生，讓牠們無家可歸，才會跑到德茲家裡。

「你還是放點捕鼠器吧。要是你兒子被咬到就麻煩了。」

「不用你說我也知道。」

我看向他手指的地方，發現廚房的地板上設置了捕鼠器。

「發生什麼事了？」

睡眼惺忪的艾爾玟走下樓梯。她今天穿著白色男士襯衫與褲子，打扮得很樸素，但這更能突顯她本人的美貌。

雖然我們在當初離開這裡時就把壞掉的鎧甲拿去修理，但好像還沒修好。

吃完早餐後，我在廚房裡洗碗，作為在這裡寄住的回報。

「你今天要去冒險者公會打聽情報對吧？」

艾爾玟在我身後這麼問。雖然她有說過要幫忙洗碗，但我鄭重拒絕了。因為要是害她得到富貴手，諾艾爾跟拉爾夫肯定會宰了我。

「我有些事情想問問『蛇之女王』與其他人。」

我想打聽他們上次消滅敵人根據地的事情，順便問看看他們有沒有在救援隊裡發現行跡可疑的人物。雖然很可能白跑一趟，但我還是想去確認一下。

「那這件事就交給你了。我想去尼古拉斯先生那邊走一趟。」

盤子從我手中掉到地上，腳邊傳來清脆的聲響。

「妳該不會是喜歡那種白髮大叔吧？如果妳早點告訴我，我就會去染頭髮了。」

「笨蛋。」

我回頭一看，發現艾爾玟羞紅著臉。

「我只是想問問自己身體的狀況。」

「有什麼地方會痛嗎？」

「不是，我完全沒問題。」

艾爾玟輕撫胸口，像是要叫我不用擔心。

「可是，聽說傳說中的『聖骸布』就在自己體內，我還是有些不敢相信。我有些事情想要問他。我會帶著諾艾爾跟拉爾夫過去。這樣你總該沒意見了吧？」

諾艾爾就算了，拉爾夫應該只會扯後腿才對。我隨便想想就知道了。

不久後，他們兩個就過來迎接艾爾玟了。我們住在這裡跟碰面地點改變的事情，我早在昨晚就通知他們了。

「聽好，妳的任務是保護艾爾玟。妳要保護好她，別讓那些白痴流氓跟無良冒險者，還有偽裝成護花使者，其實滿腦子都是下流妄想的色小鬼對她亂來，萬事拜託了。」

對諾艾爾再三交代後，我就離開德茲家了。雖然拉爾夫擺出一張臭臉，但我當然沒有理他。其實我是想要繼續喝酒回去睡覺，但要是我沒讓德茲有時間陪伴家人，很可能又要挨揍了。畢竟我們還得在他那裡打擾一段時間。

於是，我跟昨天一樣來到冒險者公會，不過這裡果然沒什麼人。我猜是因為「迷宮」還沒開放，「建國節」又快要到了吧。就只有窮人才會專程跑來這裡找工作。看著那些窮酸的委託書，那些人也都擺出一張臭臉。我明白他們的心情。當別人都在玩耍的時候，沒人還會想要工作。可是當別人都在工作的時候，玩起來也會讓人特別開心。

我原本想要向公會長打聽一些事情，但他今天好像忙著到處拜訪那些大人物。就算手中握有權力，但上了年紀還要到處跑來跑去，應該也不輕鬆吧。果然還是當個小白臉最好。

「奇怪？」

在這裡等了一段時間後，我要找的兩位女士就出現了。那就是碧翠絲與賽希莉亞。她們是冒險者隊伍「蛇之女王」的隊長跟副隊長，也是大名鼎鼎的瑪雷特姊妹。

「你不是跟公主大人回國了嗎？」

跟我說話的人是雙胞胎姊姊賽希莉亞。

「我們只是去她住在附近的親戚那邊靜養，昨天才剛回來。」

因為我們利用了矮人族祕藏的「大龍洞」這件事不能說出去，我只好隨便找了個理由。

「這讓艾爾玟也恢復了許多，應該再過一段時間就能踏進『迷宮』了。」

「是喔。」

她用魔杖敲了敲自己的肩膀，一副不太感興趣的樣子。

「妳就只有這些話要說？」

艾爾玟應該是她們挑戰「迷宮」的勁敵。雖然她們以前曾經跟艾爾玟大打出手，但上次還是賭命參加了救援隊。我還以為她們會更關心艾爾玟才對。

「反正她早就沒救了。」

我感覺不到惡意。那種語氣就像在閒話家常，跟「今天有點冷」或「那間店的東西很便宜」這種話差不多。

「我原本還對她抱有期待，她卻讓我看到那種醜態。我覺得很失望，也覺得不用管她了。」

這個評價還真是嚴厲。在賽希莉亞的心目中，艾爾玟已經不算是她們挑戰「迷宮」的競爭對手，不需要放在眼裡了吧。

「我想跟妳們談談。」

「如果是要借錢的話，免談。」

「我想打聽我們不在城裡時發生的事情。」

「下次再說吧。」

她竟然打了個呵欠，實在是太看不起人了。

「當然，我不會讓妳們白白幫忙。我也想為之前的事情答謝妳們。」

我耐著性子繼續拜託，賽希莉亞的眉頭動了一下。當我覺得賽希莉亞好像稍微提起興趣時，從遠處傳來了呼喚她的聲音。

「又有我們的指名委託了。要接嗎？」

碧翠絲就站在櫃檯前面，高舉著手中的委託書。

「先讓我看看。妳不要跟上次一樣擅自接下來喔。」

她先是這麼提醒妹妹，然後重新轉頭看向我。

「不好意思，我們要去工作了。再見了，小白臉。」

看樣子繼續說下去也沒用。我還是去跟其他人打聽吧。

後來我又去向在場的其他冒險者打聽情報，卻沒能得到太多成果。畢竟他們只是些三流冒險者，這也是沒辦法的事。雖然有些傢伙參加了討伐「神聖太陽」的行動，但他們提供的情報跟我從葛羅莉亞那邊聽到的差不多。

「喂。」

碧翠絲不知道在什麼時候跑到我旁邊，硬是讓我轉過頭去，用飢渴的眼神看著我說。

「你身上有糖果嗎？」

看來她完全迷上我的糖果了。

「抱歉，我現在手邊缺貨。這個給妳將就一下。」

我從懷裡拿出一袋杏仁給她，她立刻就把杏仁放進嘴裡。

「嗯，這個好吃。」

「那是我剛才在城西市場買來的。很甜吧？」

而且杏仁還能拿來製作糖果。雖然容易碎掉，無法隨身攜帶，但我還曾經用杏仁做過餅乾。

「還有沒有？」

碧翠絲把袋子倒過來甩了幾下，還用央求的眼神看著我。她這麼快就吃完了嗎？

「只剩下這個了。」

我這次拿給她一整袋花生。

「這個有點鹹，不過還算好吃。」

拜託妳至少等我說完再吃。

「那些花生加了鹽巴連殼一起煮過。因為我覺得一直吃甜食很容易膩。」

「我不是叫你別給碧吃奇怪的東西了嗎？」

賽希莉亞站在碧翠絲身後，對我露出可怕的表情。冤枉啊，這可不是什麼奇怪的東西。

「這個很好吃喔。希，妳要不要也來一點？」

「晚點再吃吧。」

她硬是搶走裝著花生的袋子，然後塞進妹妹懷裡。

「我們差不多該走了。現在就要去跟委託人見面。」

「看妳們生意這麼好，我也覺得很高興。」

「謝了。改天見。」

向我揮了揮手後，賽希莉亞她們就走出公會了。

「不過，這下就傷腦筋了呢。」

就算繼續待在這裡，應該也無法取得更詳細的情報。我也很在意艾爾玟那邊的狀況。雖然那位當過聖職者的醫生很可靠，但他的倫理觀念跟我差太多了，這讓我很擔心他會不會亂說話。

雖然比原本的計畫還要早，我還是決定先離開這裡，結果差點在走出公會時撞到人，嚇得往後仰起身體。我這次又遇到熟人了。

「文斯，好久不見。」

那人就是「聖護隊」的隊長文森特。一看到我出現，他端正的臉龐就垮了下來。

「你怎麼會在這裡？」

「因為我回來了。」

如此說道的我又把剛才對賽希莉亞說過的話說了一遍。

「我有些事情要問你。」

「給我滾。」

「你還在找『神聖太陽』的殘黨對吧？我就是要問這件事。」

就是因為無法輕易消滅，害蟲這種東西才令人頭痛。而且這個城市太大了。雖然那個老頭子很有實力，也不可能把那些傢伙全找出來。他們絕對還躲藏在某個地方。

「這件事跟你……」

「你可別說『這件事跟我無關』喔。我上次不是早就在大地母神教的娼館裡被拖下水了嗎？」

不過我們兩個都被害得很慘就是了。

「如果找到那些傢伙的藏身處，你們應該會想要獨自解決這件事。既然你跑來這裡，該不會是遇到對付不了的敵人了吧？例如上次那種怪物。」

「……你過來一下。」

也許是放棄隱瞞了，他把我帶到公會後面。

「我們確實找到『神聖太陽』的根據地了，但我來這裡是為了提出忠告。」

「忠告？」

「那些傢伙好像正在制定計畫，想要襲擊某位冒險者。」

雖然敵方的根據地早已人去樓空，但他們找到敵人留下的資料，才會得知那個襲擊計畫。

「他們似乎想要假冒成委託人，設計陷害那些冒險者。」

委託人不見得都是正派的人物。有些人甚至有著不太光明的一面。請別人幫忙從小偷手裡奪回物品的委託人，其實才是真正的小偷，也早就是司空見慣的事情。不管是被人設計幫忙走私，還是被捲入鄰居之間的土地糾紛，或是互相欺騙，在這個世界都是理所當然的事情。當然，那些有問題的委託跟可疑的委託人，都會由公會事先做過判斷後再以排除，但有時候還是會有漏網之魚。所以聰明的冒險者都會先確認委託的內容。碧翠絲就算了，但賽希莉亞應該不會疏忽才對。

「那你怎麼不去找衛兵？」

這件事關係到這個城市的治安，只要讓那些傢伙幫忙處理就行了。

「因為他們都忙著處理『建國節』的警備工作，根本顧不得這種事。」

對那些衛兵來說，那些邪教徒早就被他們趕走了。如果那些傢伙再次為非作歹就算了，但如果他們只是安分地躲起來，那些衛兵也懶得把他們的老巢找出來擊潰。畢竟他們自己也可能會被反咬一口。

「總之，我要走了。你可不要到處亂說話。」

他竟然沒付錢就要我幫忙保密，真是個小氣鬼。當我暗自對他吐舌頭時，文森特回過頭來。他露出尷尬的表情，吞吞吐吐地這麼說。

「請你幫我向艾爾玟小姐問好。」

「我會的。」

我很喜歡他這種老好人的個性。至於這種個性是否適合他現在的工作，就另當別論了。

看來「神聖太陽」那群人好像要對某位冒險者下手。既然艾爾玟率領的「女戰神之盾」已經瓦解，這個城市裡最礙事的隊伍應該就是「蛇之女王」了吧。不過本領高強的冒險者通常都很有戒心。就算他們假冒成委託人，也很可能會被看穿。如果換成是我的話……

為了確認自己的猜測只是杞人憂天，我回到冒險者公會。幸好櫃檯那邊就只有一位長相凶惡的大叔。他還一臉無聊地用手撐著臉頰。我直接衝過去趴在櫃檯上，假裝喘著大氣這麼說道。

「大事不妙了。『迷宮』的大門好像不太對勁。該不會是魔物要衝出來了吧？」

「喂，你沒騙我吧？」

大叔變得面色鐵青，衝出去察看情況了。我抓住四下無人的機會，就這樣跑到櫃檯後面。

畢竟這裡的職員都是些覺得殺了我也不算犯罪的傢伙。就算我直接去問，他們也不可能告訴我。從裡面桌上擺放文件的箱子裡，拿出剛辦好手續的委託單。就算我閉著眼睛，也知道什麼東西擺在哪裡。因為我經常跑來這裡。

「就是這個嗎？」

這是「蛇之女王」剛才接下的委託，內容是「取得砂黑狐的肝」。所謂的砂黑狐，就是一種棲息在西方荒野的魔物。據說只要把砂黑狐的肝拿去煮湯喝掉，就能治好各種關節疾病。雖然那種魔物會躲在沙子底下，想要找到並不容易，但實力也不是很強。這頂多就是三星級的委託，對「蛇之女王」來說易如反掌。

委託的內容沒有可疑之處。委託人是住在「聖賢街」的湯瑪斯。我認識湯瑪斯這個人。他是個年過四十的代筆人，雖然只是個普通人，但跟道上弟兄也有來往。他不久前才剛搞砸工作受到制裁。雖然撿回了一條命，但受傷的後遺症讓他很困擾，一直想要弄到止痛藥。

他不是頭一次提出委託，在這個月就提出了兩次同樣的委託。這兩次委託都是由「蛇之女王」接下，所以這已經是第三次了。

「看來是被我猜中了。」

我把文件放回原本的地方，就這樣衝出櫃檯。先跟對方正常交易幾次，然後在最後一次欺騙對方。這是常見的騙術。

「聖賢街」早就沒有名叫湯瑪斯的男子了。

如果他沒有去碰危險的「禁藥」，應該也不會那麼短命。他早就在「迷宮」裡變成哥布林的糞便了。

賽希莉亞原本應該也有小心提防，後來交易過兩次之後，就相信對方只是普通的顧客了。這毫無疑問是個陷阱。雖然這件事跟艾爾玟無關，但我不想讓「神聖太陽」的計畫得逞。更重要的是我還欠賽希莉亞一個天大的人情。

「我還是不能放著不管。」

我抄近路來到「聖賢街」外圍的一棟兩層樓石造房屋。去尼古拉斯家裡找他的時候，我曾經從那間房子前面經過幾次。雖然還掛著代筆人的看板，卻不像是還在營業的樣子。窗戶全都關死，門也緊緊閉著，但是還能找到有人進出的痕跡。對方應該是霸占了這間沒有主人的屋子吧。看來「蛇之女王」肯定是走進這間屋子了。我低頭看著掉落在腳邊的花生殼，忍不住嘆了口氣。

屋裡完全沒有動靜。雖然門口理所當然上了鎖，但我還是靠著盜賊傳授的開鎖技巧成功把門打開。

空氣裡沒有太多灰塵。因為這裡明明有在營業，卻沒有人在打掃的話，賽希莉亞她們也會發現不對勁。

老實說，我已經是第三次來到這裡了。第一次是當個普通的客人，第二次是來確認湯瑪斯家裡的「庫存」。雖然我把整間屋子澈底找過一遍，卻連一隻小貓都找不到。二樓也完全沒有動靜。就在這時，我突然想起一件事。

我記得這裡好像還有個地下倉庫。最裡面的房間散落著許多用來代替止痛藥的酒，而那裡的地板就藏著通往地下室的入口。雖然那間地下室不是很大，但是要容納幾個人還是不成問題。這裡果然也能找到有人進出的痕跡。難道她們都不覺得可疑嗎？

就在這時，我發現有人從背後衝了過來。當我回過頭時，看到一名男子高舉著酒瓶。

我趕緊從懷裡拿出水晶球，一邊詠唱咒語一邊扔向對方。

「『照射（Irradiation）』。」

「片刻的太陽（Temporary Sun）」在男子臉上發出耀眼的光芒。陽光刺進眼睛，讓他放開酒瓶，摀著臉孔退向後方。雖然只有短短一瞬間，但我認得這名被陽光照亮臉孔的男子。他是「神聖太陽」的人。那就不需要問話了。

我揮出右直拳，直接打在那傢伙臉上。從拳頭上傳來肉被打爛的感觸。確認男子完全死透，而且周圍沒有其他同伴後，我開始調查他的屍體。我在他懷裡找到那個看了眼睛會爛掉的紋章。破壞掉通往地下倉庫的門鎖後，我立刻解除「片刻的太陽」。

「看來我沒有猜錯。」

賽希莉亞跟碧翠絲果然被騙來這裡了。

其他比較重要的東西就只有錢包，還有一個沾滿手垢的屎尿太陽神雕像。我把那個骯髒的人偶丟進垃圾桶，只收下錢包裡的東西。

當我走到地下室時，牆壁上的燭台已經被點亮了。

我看到地下倉庫的牆壁開了一個大洞。或許該說是有人用十字鎬或鏟子挖開了一個洞才對。

「這是怎麼回事？」

泥土都露在外面了。至於這是誰幹的好事，我不用想也知道答案。

先不管他們是偶然發現，還是原本就這麼打算，但看來「神聖太陽」就是從這裡入侵的。這個洞穴裡一片漆黑，什麼東西都看不見，而且好像意外地深。既然都已經來到這裡，好像也沒時間讓我猶豫了。我拿起燭台與蠟燭，就這樣走進洞穴。

我才剛踏進洞穴，就遇到一個直角的彎道，走過彎道後又繼續筆直前進，就來到一個開闊的地方了。岩石露在外頭，地面還時不時有水滲出來，繼續流向地下。天花板上還有好幾根鐘乳石。

這裡應該是經過改造的天然洞窟吧。從回音的音量來判斷，似乎相當寬廣。我看到洞窟深處發出強光。我靠著燭光走向那裡，然後聽到爭鬥的聲響。我壓抑著焦急的心情繼續前進。緊靠著牆壁，小心翼翼地探頭看向裡面，免得被人發現。

因為天花板很高，牆壁與天花板上到處都掛著燭台，讓我可以看到裡面的情況。

洞穴深處是一個巨大的廣場。因為看起來有些老舊，所以不可能是最近才打造的地方。我猜以前應該有人把這裡拿來當成倉庫，結果被那些傢伙找到並加以運用了吧。我在廣場中央的祭壇上看到一個小型石像。那是太陽神的雕像。他們竟然把那種低級的東西搬了進來。

瑪雷特姊妹就在離祭壇不遠的地方，跟一隻巨大的怪物戰鬥。

那怪物是長著山羊頭的惡魔。牠背上長著黑色的翅膀，身體和手臂與人類毫無分別，下半身長滿了毛，腳踝跟山羊的蹄一樣。那怪物就是巴風特。

這下糟了。

巴風特有著強大的魔術防禦力。尋常魔術對巴風特不管用，管用的魔術又太過強大，連周圍的一切都會遭到破壞。只要瑪雷特姊妹不小心失手，大家就會被活埋在這裡。為了讓她們無法使用破壞力強大的魔法，敵人才會把她們騙來這裡嗎？瑪雷特姊妹跟「蛇之女王」的其他成員都是以魔術為主要武器，所以這傢伙完全就是她們的剋星。

事實上，她們的其中一名成員已經受傷坐在遠處，正讓其他同伴用魔術幫忙療傷。

地上還躺著好幾具屍體，但都不是「蛇之女王」的成員，應該都是「神聖太陽」的信徒。不知為何，我還在死者中看到疑似道上弟兄的傢伙。除此之外就沒有別人了。

鮮血從祭壇上不斷滴落。上面躺著一個看不出原型，但曾經是人類的東西。從身高看來，那人的年紀應該跟矮冬瓜差不多。

那些傢伙當時想要綁架她，就是為了做這種事。

現在想起來還是讓我怒火中燒。

「燒穿敵人吧！『火焰釘（Flame Needle）』！」

碧翠絲從巨大的魔杖射出火焰。雖然火焰長槍不斷擊中巴風特，卻沒有留下任何傷痕。巴風特靠著巨大的身軀與蠻力抱起石柱揮舞，捲起了狂風。要是被石柱擊中，就得立刻去冥界報到了。

「真是的，氣死人了！」

眼見攻擊不管用，碧翠絲忍不住亂抓頭髮。雖然在堅固的「迷宮」裡可以任意施展魔術，但在普通的地底下就不行了。

「既然普通魔術行不通，我們就使出那一招吧。希，準備動手。」

「碧，妳先冷靜下來。」

聽到妹妹這麼提議，賽希莉亞好聲好氣地勸告她。

「要是現在用掉那招，我們就沒有餘力了。敵人說不定還有其他同伴。我會負責牽制這傢伙，妳快點帶著大家逃到外面！」

「我明白了。」

不知道是因為信任姊姊，還是因為懶得思考，碧翠絲很快就做出決定。她背著魔杖衝向同伴。

正當巴風特準備追上去時，賽希莉亞衝了過去，擋住敵人的去路。她放出好幾百顆小型的火球，同時射在巴風特身上。雖然這招看似不管用，但激烈的連續攻擊還是壓制住巴風特。就在巴風特停下腳步的瞬間，牠腳底下的地面崩塌了。那也是賽希莉亞的魔術。巴風特失去平衡，放開石柱跪了下去。看來火球只是誘餌，這招才是重點。

也許是發現雙腳動不了，巴風特拍動著翅膀，卻被光球集中打在翅膀上。賽希莉亞應該是知道攻擊不管用，打算儘量爭取時間吧。當巴風特摔落到地上時，賽希莉亞再次施展魔術讓岩石變形，把牠的身體固定在地面上。

巴風特似乎是感到焦急了。牠擊碎岩石站了起來，緊接著又跳到後方。牠才剛著地就盤腿坐下，大大地吸了口氣。那招是……這下糟了！

「快摀住耳朵！」

我大聲喊叫，同時把手指塞進兩隻耳朵。

巴風特發出無聲的咆哮，讓空氣為之一震。

「為什麼……？馬修，我只是……」

下一瞬間，一股寒意竄上我的背脊。腦海中清楚浮現出那個倒在地上淚流滿面，小聲呼喚著我的女子。

這是巴風特的精神攻擊。有些魔術能讓人精神亢奮充滿勇氣，當然也有效果完全相反的魔術。

每個人多少都有痛苦的回憶，也就是心靈的創傷。就算是平常完全不會表現出來的人，內心深處也總是不斷淌著鮮血。巴風特的咆哮可以讓人暫時想起那種回憶，並且強化那種情感。光是聽到那種聲音，就會讓腦袋裡只剩下那些可恨的回憶。這會讓人失去行動能力，不是大聲哭喊，就是縮起身體不斷求饒，根本不可能繼續戰鬥。我看到「蛇之女王」的成員抱著頭在地上打滾，胡亂抓著自己的頭髮。

巴風特發現攻擊奏效，揚起嘴角站了起來。牠輕鬆自在地走向「蛇之女王」，一副勝券在握的樣子。

雖然碧翠絲想要幫助同伴，但她自己也摔倒在地上，賽希莉亞也抱著頭跪了下去。

我不覺得她們軟弱，也不覺得她們沒出息。只要是做過冒險者的人，應該都遭遇過討厭的事情。事實上，賽希莉亞小時候就被自己的家人捨棄了。

我也不例外。不願想起的往事從剛才就不斷浮現在腦海中，無論如何都揮之不去。如果這裡是床上，我應該會抱著棉被，為了蓋過自己內心的聲音，滾來滾去叫個不停吧。不過這裡是戰場，敵人就在眼前。如果放著不管，我跟某人就會死去。事情就是這麼簡單。所以，拜託妳安靜點吧，凡妮莎。

「『照射』。」

我從洞穴裡跳出去，同時讓「片刻的太陽」發出光芒。

我才剛落地就拔腿狂奔，挺身站在巴風特面前。

「大哥，你心情好像不錯喔。是要去跟漂亮的山羊小姐打炮嗎？」

山羊面露不快。嗯，我可以理解。就算真的長得很像，牠應該也不喜歡被人拿長相來開玩笑吧。畢竟以前也經常有人叫我馬臉哥。

「不好意思，你們的約會取消了。因為人家正忙著跟比你帥氣的山羊交尾。」

我用雙手抓住巴風特剛才丟掉的石柱，就這樣抱了起來。巴風特似乎在一瞬間露出驚訝的眼神。

「放馬過來吧，家畜小子。我要把你做成絞肉與燒烤。」

巴風特發出怒吼向我衝了過來。太棒了。這樣我比較省事。

「看招！」

我揮舞石柱，打在山羊的頭上。石柱從中折斷，擊中敵人的地方也碎裂開來。

「還沒完呢。」

我丟出剩下的半根石柱，直接擊中巴風特的腹部。巴風特從嘴裡吐出不知道是口水還是胃液的黏液。

其實這傢伙的弱點也跟山羊一樣，雖然腦袋很硬，腹部卻很脆弱。當敵人彎下身體時，我衝了過去。也許是擔心會再次受到攻擊，敵人用雙手保護著腹部，同時還低下頭來，專心防禦我的攻擊。牠應該是認為自己的腦袋夠硬，就算挨打也不會有事吧。這個判斷並沒有錯，但前提是敵人不是我。

我在巴風特面前跳了起來，發出怒吼揮拳打在牠的額頭上。雖然手有點麻，但我早就料到了。我趁著敵人頭暈目眩，就快要往後倒下的時候，伸手抓住一根羊角，還把腳踩在牠頭上。

「借我用一下。」

我從背後使力，一口氣從牠頭上拔下一根羊角。巴風特的腦袋噴出鮮血，把山羊的臉孔染成赤紅。

敵人大聲慘叫，身體扭來扭去，不斷痛苦地掙扎。

「抱歉，我現在就還給你。」

我把羊角轉個方向，用尖端刺進原本的地方。巴風特從眼裡流出紅色的血淚，就這樣往後倒下，再也不會動了。牠一邊全身痙攣，一邊化為灰色塵埃逐漸消滅。據說異界的惡魔會變成屍骸回到原本的世界。確認沒有其他敵人出現後，我才解除「片刻的太陽」。

「嗯？」

我突然發現洞穴那邊有動靜。我猜對方八成是那些屍體的同伴，因為同伴遲遲沒有回去，才會過來看看情況吧。

「你是……」

對方不小心開口了，而我認得那個聲音。我撿起燭台與蠟燭，看向聲音傳來的方向。微弱的火光照亮了一張纏著繃帶的臉孔。從體格看來，對方應該是個男人。不光是臉孔，那傢伙的雙手跟身體也纏著繃帶。他眼睛周圍的皮膚受到嚴重的燒傷，但我認得那種野獸般的眼神。

「你是……雷吉嗎？」

他是以前在這個城市混過的黑道，也是「三頭蛇（Tri Hydra）」的幹部。因為我跟艾爾玟出手阻止這傢伙販賣人口的計畫，讓「三頭蛇」澈底毀滅。雷吉不斷逃亡，等待著報仇的機會，在前陣子襲擊了被「迷宮病」折磨的艾爾玟，而且他還知道要慫恿素行不良的冒險者，讓他們先打頭陣。

當我們陷入危機時，就是賽希莉亞救了我們。雷吉當時被魔術變成一團火球，人也不知道被轟飛到什麼地方，想不到他竟然沒死。

原來如此，這樣很多事情就說得通了。雖然不知道是在什麼時候，但雷吉跟「神聖太陽」聯手了。雷吉應該知道許多官員與冒險者不會知道的祕道與藏身之處。

而他也對把他燒成火球的賽希莉亞懷恨在心。因為我們短暫離開這個城市，讓他把目標鎖定在賽希莉亞身上。他召喚出巴風特這種怪物，也是為了對付那些魔術師。

「怎麼又是你！為什麼你每次都要阻撓我！」

雷吉的聲音裡充滿著積怨。

「那是我要說的話才對。」

我根本不想跟這種傢伙扯上關係。

「不過，這也算是某種緣分。我就陪你玩玩吧。」

我伸手指向那隻巴風特，讓雷吉往後退了幾步。他應該也看到剛才那一戰了吧。我也想在這裡跟他做個了斷。

「可惡！」

雷吉心有不甘地發出咂嘴聲，突然轉身就跑。別想逃。當我把手伸進懷裡，準備拿出「片刻的太陽」時，手上突然感覺到一陣衝擊。半透明的水晶球脫手而出，就這樣滾進黑暗之中。

「糟了！」

雷吉得意地揚起嘴角。他故意假裝要逃跑，結果卻趁機把石頭丟了過來。

「真是遺憾啊。我早就知道了。是那東西給了你力量對吧？」

他不知何時往我這邊走了過來，還用繃帶擦拭著手裡的匕首。

「不，你誤會了。」

那其實只是能讓我發揮原本實力的道具。

「不管怎樣都好，重點是你現在只是個沒用的小白臉對吧？」

「這可難說喔。」

我舉起拳頭虛張聲勢。雷吉的動作看起來不太自然，不管怎麼看都像是個傷患。我猜他身上的燒傷應該沒有完全治好吧。雖然我覺得自己或許能應付，但現實完全不給軟腳蝦馬修面子。我很快就被逼到牆邊無處可逃。雷吉拿著匕首在我眼前面露冷笑，彷彿是從惡夢中跑出來的怪物。

「我們就不能坐下來好好談談嗎？」

「這個玩笑可真是難笑！你這『嘴砲王(Wisecrack)』也沒梗了嗎？你的煙霧彈呢？」

他應該是說我們以前闖進這傢伙的根據地時發生的事情。我當時就是靠著煙霧彈擾亂雷吉跟他的手下。

「我以前沒跟你說過嗎？大概還要等一個禮拜才會進貨。」

「在那之後已經過了一年多。」雷吉如此說道。「我當時應該是這麼說的……『我現在就想要』！」

他氣憤地這麼吼著，高高舉起了匕首。雖然我拚命移動身體試著閃躲，但身體就像是沉在海底一樣遲鈍。

當我回過神時，匕首已經來到胸前。我發現大事不妙，全身都冒出冷汗。

下一瞬間，從後方飛過來的火焰擊中雷吉。

繃帶似乎燒了起來，讓雷吉發出慘叫退向後方。我趁機逃離牆邊，連滾帶爬地拉開距離。

「妳這個臭婆娘竟敢又放火燒我……」

我轉過頭去，看到手拿巨大魔杖的女子疑惑地歪著頭。

「你這話是什麼意思？」

碧翠絲一臉不可思議地這麼說。

「話說，你到底是誰啊？」

「他是名叫雷吉的流氓，就是上次被妳姊姊燒成火球的傢伙。他今天好像是來報仇的。」

我代替他這麼說明。

「原來如此。」

碧翠絲不斷點頭。

「那我也要燒了他。」

她揮舞巨大的魔杖，同時射出好幾根火焰釘。身上滿是繃帶的男子瞬間化為一顆火球。

雷吉發出淒厲的慘叫，倒在滿是岩石的地上打滾。人型火焰在黑暗中舞動，沿著地面爬行，最後突然隨著慘叫聲消失不見。

「他摔進這裡了嗎？」

我用燭光照亮該處，發現洞窟的角落有個大洞，而且一直延伸到地底下。雖然火焰應該還沒熄滅，但我還是看不到他。我還試著把石頭丟進去看看，結果連石頭落地的聲音都聽不到。看來連要確認他的屍體都沒辦法了。

雖然我想從雷吉口中問出情報，但這樣還是比讓他把情報帶回去給同伴要來得好多了。

「呼，妳救了我一命。謝謝妳。」

我向碧翠絲道謝。

「這樣我們就互不相欠了吧？」

碧翠絲在瓦礫上坐了下來，對我露出得意的微笑。

我探頭看向她挺起的胸膛，說出了這句話。

「如果妳還能陪我睡一晚，我們就互不相欠了。」

我的要求被駁回了。

精神攻擊的效果不會維持太久。畢竟巴風特已經被擊敗，只要稍待片刻，其他人應該就會復原了。反正「神聖太陽」與雷吉的同伴也沒有要回來的跡象，看來只能暫時在這裡休息了。雖然我成功找回「片刻的太陽」，但剩餘的使用時間已經不多，沒辦法把所有人都帶走。

「妳們都沒事吧？」

聽到碧翠絲這麼說，「蛇之女王」的成員逐漸恢復神智。雖然她們的臉色還很難看，但看起來好像都沒事了。就只有一個人例外。

「希！」

昏倒的賽希莉亞才剛醒過來，就開始痛苦地掙扎。她大口喘氣，像是野獸一樣趴在地上，使勁握著拳頭。她的眼睛滿是血絲，顯然失去了理智。她抱著腦袋鬼吼鬼叫，胡亂甩著頭髮，然後還往後仰起上半身。難道她想用頭去撞牆嗎？

雖然她們隊伍中的僧侶從背後架住她，但賽希莉亞還是拚命掙扎，把同伴的手甩開。

「妳怎麼不用魔法？」

我記得艾爾玟以前變成這樣時，賽希莉亞直接用魔法讓她睡著。同一招應該管用才對。

「沒辦法，那種魔法就只有希會用啊！」

這下傷腦筋了。

「失禮了。」

我知道要是放著不管，她就會傷害到自己跟同伴。於是，我在賽希莉亞面前蹲下，握住了她的手。

「我懂，畢竟妳的腦袋才剛被那種混帳亂搞一通，換作是我也會抓狂。可是，這裡只有妳的同伴。妳完全不需要害怕。」

她趴在地上用頭撞了過來。鼻樑痛到不行。這傢伙的腦袋還真硬。

「妳先深呼吸，然後試著算數看看。我們首先從一百開始算起。一百……九十九……

九十八……」

我裝出若無其事的樣子，看著賽希莉亞的眼睛慢慢倒數。

雖然她剛開始的時候還會激動地用指甲抓我，不然就是甩我巴掌，但她好像發現我沒有敵意，慢慢恢復冷靜了。

在我還沒倒數完的時候，賽希莉亞做了個深呼吸，重新坐在地上。看來她應該不會繼續發狂了。碧翠絲從後面抱住她，在她耳邊小聲低語。

我猜她們應該不想讓別人聽到那些話，就暫時離開那裡。不久後，她們姊妹的對話似乎告一段落，於是我便把擺在廣場角落的杯子拿給碧翠絲。

「給她喝點水吧。這應該能讓她稍微冷靜下來。」

就算是那個爛貨太陽神的信徒，只要還是個人類，就會餓肚子與口渴。既然這裡是他們的據點，就當然會有食物跟水，而且還有錢。

碧翠絲狐疑地看著我。

「水裡應該沒下藥吧？」

「我剛才檢查過了。」

畢竟水裡很可能加了會讓人腦袋壞掉的「禁藥」。如果我是「教祖」就一定會這麼做。

我還讓其他人也喝了水，幫助她們冷靜下來。還是先讓她們休息一下吧。

當我打算在這段期間調查這裡時，碧翠絲走了過來。因為她說有話要說，我們就在神像附近的岩石上坐了下來。至於那個在祭壇上被獻祭的孩子，已經被碧翠絲親手火葬了。

「剛才真是謝謝你了。我要代替希向你道謝。」

「如果妳要答謝我，就陪我睡一……」

「看你剛才安撫希的樣子，你好像很習慣做那種事。」

我的要求又被駁回了。

「那是你的職業專長嗎？就是小白臉的絕招之類的。」

「嗯，就是這麼回事。」

因為只要活得夠久，跟麻煩人物相處的機會也會變多。我以前就跟那種女人交往過。

「對了，你怎麼會來到這裡？」

我簡潔地告訴她理由。因為聽說「神聖太陽」的殘黨企圖暗殺某位冒險者，我才會趕來警告她們，結果發現她們跑進這裡。後來我看到她們正在戰鬥，陷入天大的危機，但有位神祕的冒險者X及時趕到，英勇地擊敗巴風特，然後又英姿颯爽地離開了。

「那些廢話就不用說了。」

這明明是我絞盡腦汁編出來的精彩故事，卻被她一句話就打發掉。看來我是當不成編劇了。

「妳們之前不是擊潰了這些傢伙的據點嗎？我想打聽當時發生的事情。」

「你就為了這種小事專程跑來這裡？」

「一切都是命運的安排。」

不然我才不會跑到這種地底下。

「妳們應該也明白吧？『神聖太陽』還沒有瓦解。妳們擊敗的怪物很可能只是個冒牌貨。真正的『教祖』應該還躲在某個地方。」

碧翠絲不滿地噘起嘴唇。

「妳之前不是跟那些傢伙打過一場嗎？要是妳有發現什麼異狀，希望妳可以告訴我。」

「完全沒有。」

「那我想聽聽看妳姊姊的說法。」

「就算你去問希，結果也是一樣。」

聽說她們用魔法轟飛所有敵人，然後戰鬥就結束了。雖然她說得很輕鬆，但內容太過草率了。

「那這次換我發問了。」

碧翠絲意味深長地探頭看向我的臉。

「你到底是什麼人？別跟我說你是艾爾玟的小白臉。」

我的存在價值突然被人澈底否定了。

「你的實力明明就很強。那種蠻力到底是怎麼回事？我還以為你是牛頭人呢。可是我記得在上次去救艾爾玟之前，你連一次都不曾踏進『迷宮』，這又是為什麼？」

她剛才都看到了嗎？這可不妙。

「因為我怕黑。我連半夜要去上廁所都不敢。」

「你騙人。」

「不然妳下次要陪我去嗎？」

碧翠絲先用魔杖揍我，然後繼續說了下去。

「你就是用那種蠻力殺光想要襲擊艾爾玟的流氓嗎？」

賽希莉亞都告訴她了嗎？這對姊妹真是多嘴。

「那是妳姊姊誤會了。」

「希絕對不可能誤會。因為她很聰明。」

她竟然敢這樣斷言。明明長得一模一樣，她就這麼喜歡自己姊姊嗎？

「希望妳能幫我保密。」

「我不要。」

碧翠絲搖了搖頭。

「我早就決定不會隱瞞希任何事情了。」

「是喔。」

拜託饒了我吧。要是兩姊妹都要處理掉，我來救人就沒有意義了。

「妳都沒問題嗎？要是覺得難受就說出來吧。反正照顧一個人還是兩個人都差不多。」

如果離得愈近，巴風特的精神攻擊威力就會愈強。碧翠絲當時離巴風特最近，卻是第一個振作起來的人，現在已經完全沒事了。

「沒問題，我從以前就不是那種放不下過去的人。」

雖然巴風特的精神攻擊效果因人而異，但完全不受影響的人還是很罕見。不知道是因為她意志堅強，還是個性太過單純了。

「不過，希就不是這樣了……因為她經歷過許多事情。」

「我都聽說了。聽說妳救過小時候的賽希莉亞。」

碧翠絲驚訝地睜大眼睛。

「她告訴你了嗎？」

「我猜她只是被氣氛影響就是了。」

「那你有聽說後來的事情嗎？」

「我記得妳們好像被流浪魔術師收留，還向那人學習魔術對吧？」

「原來她連這件事都告訴你了啊。」

碧翠絲不斷點頭。

「不過我們會跑來當冒險者，也是為了那位老師。」

「其實我不想知道那種事情……因為我不感興趣。」

「可是我想告訴你。」

後來，碧翠絲對我說出她們姊妹的夢想。

年幼的賽希莉亞與碧翠絲離家出走了。因為某個事件讓她們跟家人之間的關係變得很差。兩姊妹離開那個鄉村後，沒幾天就走投無路，結果遇到了某位魔術師。

「她就是達莉亞・瑪雷特，我們姊妹的老祖母。」

達莉亞帶著她們回到自己居住的村子。當兩姊妹被帶到跟故鄉很像的深山裡，心中對此感到困惑時，達莉亞這麼說了：

「我讓妳們自己選吧。妳們要不要當我的家人，將來成為魔術師呢？」

魔術師有著「只能傳授魔術給親人」這樣的規矩。因此，每當他們收徒弟的時候，徒弟都得改用老師的姓氏。

達莉亞收了許多徒弟。魔術師也是人類，當然也會有負面情感，也會怨恨、霸凌、遷怒、虐待與施暴。而這些負面情感的受害者就會逃走，最後來到達莉亞身邊。

雖然並非正式，但既然號稱是家人，收其他門派的學生當徒弟，在魔術師的世界裡當然是違反道義的行為。然而達莉亞卻積極地包庇那些無法適應魔術師世界的人。

「她是個好人，一點都不像是魔術師。」

因為無處可去，兩姊妹決定向達莉亞拜師。據說她們接受的訓練很嚴格。雖然碧翠絲很難說是個優秀的學生，但賽希莉亞算是很有天分，不斷學會許多魔術。不光是達莉亞，她們還向其他魔術師學習了魔術。

雖然都是些吊車尾的學生，但那裡聚集著各種門派的魔術師。每個門派擅長的魔術體系都不一樣。如果要學會多個體系的魔術，就必須要有天分，但賽希莉亞還是學會了那些不同體系的魔術。因為門派裡就只有賽希莉亞與碧翠絲這兩個小女孩，所以大家都對她們疼愛有加。

「難不成賽希莉亞經常掛在嘴邊的爸爸和媽媽……」

「沒錯，他們都是瑪雷特家族的成員。」

後來差不多過了十年，瑪雷特姊妹長大成人，也必須決定自己未來的志向了。

雖說都是魔術師，但其實還是有著許多完全不同的發展方向。有些人選擇在戰場上施展攻擊魔法，也有些人選擇當個追求真理的學者。有些人選擇當個隱居在森林裡的賢者，也有些人選擇活用自己的知識，當個服侍王侯貴族的宮廷魔術師。

達莉亞．瑪雷特是一名學者，而她的研究主題就是「迷宮」。關於「迷宮」的起源與生態，至今依然有著許多未解之謎。而達莉亞的目標就是解開那些謎團。

「我們當時有好多夢想，也有許多種未來可以選擇。」

可是，那些未來以意想不到的方式消失了。

某一天，達莉亞有個出外旅行的徒弟帶著奇怪的石像回來了。據說那是冒險者在某個「迷宮」深處找到的東西。可是，在達莉亞調查石像的時候，石像突然噴出紫色的煙霧，而成千上萬的魔物也在同時衝向村子。

那是討厭達莉亞的其他魔術師門派幹的好事。

雖然他們當然有試著反抗，卻無法使用魔術。因為從石像噴出來的紫色煙霧會吸收魔力，讓人無法使用魔術。

結果達莉亞跟其他瑪雷特家族的人都死了，就只有碰巧到村外辦事的賽希莉亞跟碧翠絲逃過一劫。再次失去家人後，兩姊妹找出那個陷害他們的魔術師門派，把對方澈底擊潰了。

成功復仇後，兩姊妹的下一個目標便是復興瑪雷特家族。為了讓世人無法遺忘達莉亞・瑪雷特跟他們一家人的名字，也為了讓全世界都知道瑪雷特家族的名號，賽希莉亞與碧翠絲才會成為冒險者，在達莉亞立志研究的「迷宮」裡四處闖蕩。後續故事下次再說。

「妳們的人生還真是坎坷。」

聽她說完漫長的故事後，我發自內心感到同情，說出了這句話。

簡單來說，她們想要的東西是名聲，而不是「星命結晶」。她們那種驕傲自大的態度跟說話方式，其實都是宣傳自己的演技。就算無法接受她們之前的提議，跟她們組成「冒險者同盟」，但她們應該有可能暫時跟艾爾玟聯手。光是知道還有交涉的餘地，就算是一大收穫了。

「我不需要你的同情。」

「我現在知道妳很喜歡自己的姊姊了。」

不管是離開村子，還是繼續當個魔術師，還是要挑戰「迷宮」，碧翠絲做這些事情，全都是為了賽希莉亞。她這個人看似任性妄為，但其實都是為了姊姊。姊姊為妹妹著想，妹妹也為姊姊著想，這種姊妹情誼還真是美好。

「那還用說嗎？她可是我最引以為傲的姊姊。」

她還開心地說出這句話。

「啊，她醒了。」

碧翠絲突然臉色大變，立刻衝到同伴身旁。賽希莉亞好像清醒了。她有氣無力地挺起上半身。

「妳現在感覺如何？」

聽到我這麼問，賽希莉亞發出咂嘴聲。

「醒過來就看到你的臉，害我現在感覺糟透了。」

「那可真是奇怪。每個人看到我的臉都很開心。」

「就只有你家的公主騎士大人才會那樣吧？」

「或許是吧。」

如果讓她本人聽到，應該又要生氣了。

不久後，我們就順利回到地面上了。陽光還真是耀眼。

「對了，我們剛才不是有說到要怎麼答謝我嗎？」

我這麼說道。

「妳們能不能不要說出我的事情，就當作『神聖太陽』的殘黨跟巴風特都是妳們解決的？當然，對艾爾玟也要保密。」

「你這是在同情我們嗎？」

「妳想太多了。」

我才不會同情一流的冒險者。這是我自己的問題。

「我要回去了。我還會再去公會露面，要是妳們有想起什麼事情，就跟我說一聲吧。」

「……我可沒有什麼還能想起的事情。」

賽希莉亞從後面叫住我。

「你是要問我們擊垮『神聖太陽』那時候的事情對吧？沒問題，我統統告訴你。你想知道什麼？」

「我想知道關於那隻怪物的事情，妳不用立刻告訴我也行。」

「那傢伙已經死了。他的外表就跟『你當時看到的一樣』，腦袋像是顆雞蛋，有著巨大的眼睛，還長著奇怪的牙齒跟黑色的手腳。對了，他的上臂還有『奇怪的圖案』，不過跟你說過的不太一樣。」

「這樣啊……」

「雖然我想讓你親眼看看屍體，但屍體噴出『紅色煙霧』後就消失了。」

「原來如此……」

紅色煙霧啊……

光是為了問出這點情報，還真是讓我費了不少工夫。

「我明白了。那我要走了，再見。」

我丟下這句話就離開了。雖然背後隱約傳來欲言又止的聲音，但我故意假裝沒聽見。反正就算我回過頭去，她們也不會多說什麼。

因為這種事我很有經驗。

第三章

嫉妒的人們

因為太陽下山了，我只好拖著疲倦的身體回家。
雖然遇到了點麻煩，但也不是沒有收穫。
那個「傳道師」果然還活著。
他就像是隻老鼠般躲在暗處，隨時準備伺機而動。
我知道他有何目的。他想要殺光這個城市的居民。因為城裡的有錢人早就嚇得逃走了。反正「大進擊」遲早會結束，「迷宮」也會重新開放。等到魔物離開後，他們應該就會輕鬆自在地回來了吧。為了不讓那些有錢人逃過一劫，那個「傳道師」假裝自己被擊敗，還讓「大進擊」暫時平息。他應該是打算在人們以為城裡變得安全，重新聚集在這裡後，再突然引發「大進擊」吧。
羅蘭以前曾經對我這麼說過。
「我要『淨化』這個城市。」

賈斯汀在最後留下了這句話。

「反正這個城市完蛋了。你跟那位公主騎士都得死在這裡。」

那個「傳道師」也這麼告訴我。

「這個城市就要毀滅了。地面上那些蠢貨全都得死。吾神將會再次降臨世間。」

那些傢伙異常執著，無論如何都要毀滅這個城市。

他應該只是故意裝死，現在依然躲在某處。等到人們因為「建國節」聚集在這裡，他就會引發「大進擊」。這裡跟其他「迷宮都市」不同，防禦工事與對策都不夠完善，很多人將會死去。

「馬修。」

「嗯？」

我抬頭一看，發現一位女冒險者從酒館窗戶探出頭來。

我記得她叫菲歐娜。原來她還沒離開這裡嗎？還是她又回來參加「建國節」了？不管是怎麼回事，她都應該儘快離開這個城市。畢竟她救過我和艾爾玟一命，而我這人向來有恩必報。

正當我想跟她打聲招呼，順便給她忠告時，她向我招了招手。

她不像是要找我喝酒，也不像是要跟我調情。當我為此感到疑惑時，她隔著窗戶一臉困惑地瞪了過來。

「你怎麼會在這裡？你不是離開這個城市了嗎？艾爾玟怎麼了？」

雖然她接連問了許多問題，但答案就只有一個。

「因為艾爾玟想要回來。」

「給你個忠告。」

菲歐娜一臉焦急地這麼說。

「馬上離開這個城市。時間不多了。『大進擊』隨時都有可能發生。」

「妳知道些什麼嗎？」

明明其他冒險者都以為沒事了，菲歐娜卻知道事情才正要發生。從說話的語氣聽起來，她對此相當有信心。

「……詳細情況我不能說，但我沒有騙你。」

「就是為了阻止這件事，我們才會回到這裡。」

如果「大進擊」真的發生了，艾爾玟絕對不可能逃走。

菲歐娜用手肘靠著窗緣，傷腦筋地搖了搖頭。

她還說了句「那個笨蛋」，只是沒有發出聲音。

「我之前就想問妳了。妳真的是冒險者嗎？」

至少我從來不曾在冒險者公會見過她。她說自己是艾爾玟的朋友，也是她單方面的說法。因為之前發生太多事情，我也忘記要向艾爾玟確認這件事。就連菲歐娜這個名字，也不曉得是真是假。就算她是「神聖太陽」派來的密探，我現在也無從做出判斷。她上次跑到我們家，也很可能是來調查我們的動向。不過她上次也有幫我跟艾爾玟脫離險境。如果她是那些傢伙的手下，應該就不會出手幫忙了。到頭來，我還是不知道她的真面目與目的。

「是啊。」

雖然菲歐娜的語氣很強硬，但聽起來有些動搖與猶豫。

「妳有帶會員證嗎？」

因為那就像是冒險者的身分證，而且每個人都有。

「這個嘛……」

「我沒帶在身上。」

菲歐娜在自己身上摸了幾下後，對我露出靦腆的笑容。

「妳是幾顆星？隊伍叫什麼名字？」

只要知道隊伍的名字，想要調查她就很容易了。凡是有在「迷宮」出入的隊伍，都有義務去公會登記資料。這是為了在有人遇難的時候，可以確認是誰失蹤。

「我記得自己好像是三顆星。隊伍的名字是祕密。」

她諂媚地對我眨了眨眼睛，但毫無效果。她應該不習慣做這種事吧。

「換句話說，妳無法證明對吧？」

「既然我本人都這麼說了，那就絕對是這樣不是嗎？更何況，你也不是城裡的每個冒險者都認識吧？」

「只要是會踏進『迷宮』的傢伙，我全都認識。」

因為冒險者是最有可能危害艾爾玟的人。那些傢伙本領高強，但頭腦不靈光，而且還貪得無厭，又沒有節操。不但如此，他們還會出入艾爾玟常去的「迷宮」。事實上，我也曾經拜託幾位冒險者幫忙，請他們改行當一具被人洗劫一空的屍體。

「就算你認得長相，也不見得知道所有人的名字吧？」

我才剛準備開口否認，腦海中就閃過幾個想不起名字的熟人。

原來如此，如果是在小村子裡就算了，在「灰色鄰人」這種大城市裡，那種不記得名字的熟人也會變多。我也不會去打聽每間店裡的人叫什麼名字。他們對我來說只是一個路人，但他們也會覺得自己才是主角，而我只是個路人。

「不然我們交個朋友吧。我有不少事情想要向妳請教。」

「你這是在追求我嗎？要是讓你的情人知道，難道她不會生氣嗎？」

我知道她是故意開玩笑，試圖轉移話題。

「我不是艾爾玟的情人，就只是個小白臉。」

「什麼？」

菲歐娜驚訝地叫了出來。

「我看起來配得上她嗎？」

畢竟我沒錢沒力沒工作，也沒有權力與人脈，可說是一無所有。

「真教人不敢相信。公主殿下到底在想什麼啊……」

我強調了好幾次，她才總算相信這件事，誇張地低頭抱著腦袋。

事情變得愈來愈奇怪了。我跟艾爾玟表面上的關係，在這個城市裡相當出名。雖然我沒有到處宣傳，但美女與廢物的組合還是很引人矚目，也容易變成別人閒聊的話題。

如果菲歐娜是某個組織派來的密探，應該不會故意「說錯話」，也不會對城裡居民周知的事實感到懷疑。

「看來我們之間好像有不少誤會。」

既然是這樣的話，我還是直接問她的身體比較快。

「要不要跟我深入交流一次看看？反正還有時間，我們可以聊上一整晚。」

菲歐娜似乎明白這句話是什麼意思，露出笑容對我這麼說。

「去死吧。」

我眼前突然變得一片漆黑，回過神來就已經倒在地上了。

雖然不知道她對我做了什麼，但我沒有感受到疼痛與衝擊。菲歐娜早就消失無蹤了。我探頭看向店裡，卻完全找不到她的蹤影。

「她到底是何方神聖？」

雖然她好像很關心艾爾玟，但我不知道她的真實身分與目的，所以還是不能掉以輕心。

「看來我還是去跟艾爾玟確認一下比較好。」

「你要跟我確認什麼？」

我猛然回過頭去，發現公主騎士大人就站在我身後。

「妳那邊有收穫嗎？」

「還算可以。」

她露出曖昧的微笑。那位醫生應該沒有亂說話吧？看來我之後得去確認一下。

「你那邊情況如何？」

「發生了不少事情。」

我說出瑪雷特姊妹遇到的事情。當然，我沒有告訴她自己跟巴風特打了一架。

「簡單來說，這件事就是雷吉的復仇計畫。」

雷吉跟「神聖太陽」有所勾結。那個地方應該也是雷吉提供的。因為他當初想向我們報仇，結果不但被賽希莉亞阻礙，還被她燒成火球。對「神聖太陽」來說，賽希莉亞等人也害得他們失去許多同伴。這讓他們雙方有了共同的目標。

「那應該也是原因之一，但我覺得還有其他理由。」

「什麼理由？」

「比如說，不讓她們有機會去阻止『大進擊』之類的。」

「可是就算她們都是本領高強的冒險者，也不會主動衝向魔物大軍。」

畢竟那就跟想要爬上瀑布差不多。不管怎麼站穩腳步，也還是會被激流沖走。

不過艾爾玟的看法也不是毫無道理。如果我沒有插手，「蛇之女王」就算沒有全滅，也應該會有人犧牲。一旦隊員變少，戰力當然也會減弱。對方或許是想要事先削弱可能在「大進擊」發生時出面反抗的傢伙。

「如果是這樣的話，那『黃金劍士』與『金羊探險隊』可能也會有危險。」

雖然少了幾個隊員，但他們依然是跟「蛇之女王」不相上下的冒險者隊伍。

「我已經拜託諾艾爾跟拉爾夫去警告他們了，至於其他本領高強的冒險者……」

看著艾爾玟低頭沉思的樣子，我想起剛才的對話。

「對了，妳認識一個名叫菲歐娜的女人嗎？她是一位留著金色短髮的冒險者。」

「……不認識。」

聽我說完剛才發生的事情，艾爾玟稍微想了一下，最後搖了搖頭。

「我只知道一位名叫菲歐娜的人物。」

「她是個什麼樣的人？」

「她是很久以前在馬克塔羅德王國成為傳說的女子。」

「她是個美女嗎？」

「她是某位貴族的妻子，但丈夫病死了。後來她一直獨自扶養著孩子。」

寡婦啊……真教人興奮。我猜她肯定是個美女。

「當時統治馬克塔羅德的國王是個邪惡之人。他被不老不死的欲望蒙蔽雙眼，還為了追求財寶掀起戰爭。」

「原來馬克塔羅德也曾經有過那種國王嗎？」

「我只能說凡事都有例外。」

「……不過我也跟那位國王差不多就是了。」

艾爾玟露出苦笑。

「妳真愛說笑。」

她就算不是英雄也是勇者，應該算是另一種例外才對。

「後來，那位國王變得疑神疑鬼，連自己的親人都無法相信，還派兵討伐自己弟弟一家人。

而他弟弟一家人當時就住在菲歐娜家裡。」

這可真是糟糕。

「僕人全都被殺掉，國王的弟弟跟他妻子也死了，只剩下菲歐娜跟她的兒子，還有國王的姪子安布羅斯大人還活著。菲歐娜讓兩個孩子躲在馬廄裡後，就回到自己的寢室了。」

她是想要犧牲自己嗎？真令人感動。

「聽說有個男人想強暴她，但她趁男人一個不注意把劍搶走，揮劍砍下了那男人的下體。」

拜託別說了，聽到這種事會害我縮起來的。

「在那之後，菲歐娜獨自對抗來襲的敵人。當援軍終於趕到的時候，菲歐娜已經在血泊中斷氣了。就只有她兒子與安布羅斯大人活了下來。」

她犧牲自己，成功拯救了王族與自己的兒子嗎？

「後來安布羅斯大人帶領眾人揭起反旗。被家臣捨棄的國王逃到國外，安布羅斯大人也成了新任國王。」

「而妳就是他的子孫？」

艾爾玟點了點頭。

「她兒子後來也成為出色的騎士，長年支持著安布羅斯大人。而賭命保護兒子與安布羅斯大人的菲歐娜，也成為後人讚揚的良母與忠臣。如果不是她賭命保護兒子與我的曾祖父，馬克塔羅德應該早就滅亡了吧。」

「原來如此……」

我實在不認為那種古時候的偉人跟那位小姐會有關聯。看來是我猜錯了。

「這是給那名騎士的賞賜。」

如此說道的艾爾玟拿出一枚鑲有藍寶石的戒指。

「這是王室代代相傳的戒指。據說能保護主人免於災難與邪惡力量的侵犯，不過這也只是個傳說罷了。」

只見她露出寂寞的苦笑。

戒指原本已經送出去了，但現在又回到艾爾玟手上。我馬上就明白其中的意思。

「不說這個了，『神聖太陽』的問題比較重要。」

不管那些傢伙有何企圖，只要沒找到他們的藏身處，就無法加以應對。雖然聽說「聖護隊」還在追捕他們的殘黨，卻沒能找到最重要的「教祖」。衛兵也忙著執行「建國節」的警備工作，根本挪不出人手。

「我剛才有去問過其他冒險者的想法，但結果不太理想。每個人都認為這件事已經結束了。」

他們原本就不太關心這件事，當初會全力襲擊「神聖太陽」，也是因為公會長的孫女差點被綁架。一旦完成委託後就不關他們的事了。他們絕對不會多管閒事。這才是冒險者該有的樣子。

「雖然我有想過要去向領主大人稟報，但現階段恐怕會很困難。」

「畢竟我們沒有證據。」

我們恐怕只會吃閉門羹。因為這只是我們的推測，即便在不久的將來，這件事就會變成現實亦然。

那些傢伙肯定還躲藏在這個城市裡，但我們不知道他們躲在什麼地方。雖然我也在城裡找過許多地方，但我終究不是本地人。就算我們想找，也沒有那麼多人手。就算我們找到了，只要沒能擊潰那位率領他們的「教祖」，就只能讓同樣的事情不斷上演。

「看來束手無策了。」

「這倒不見得。」

艾爾玟用意味深長的眼神看著我。

「既然人手不夠，那就只能找人幫忙了，難道不是嗎？」

「妳說得很對，但我們要找誰幫忙？」

只要肯付錢，就能輕易僱用冒險者。可是他們只擅長動武，不擅長找人。既然「神聖太陽」已經躲起來了，我很懷疑他們到底幫不幫得上忙。

「不是還有一個嗎？那人很熟悉這個城市，本領也不算差。」

我有種不好的預感。

「而且我們前些日子才剛認識。」

說到這裡，艾爾玟稍微想了一下才這麼說。

「我記得他好像叫做『鱗雲』的奧斯華。就是那個『群鷹會』的幹部。」

「我反對！」

我使勁揮了揮手。

「我明白妳的意思，也知道這個辦法管用。」

因為他很熟悉黑社會的事情，在這裡又是個老鳥，對這個城市瞭若指掌。他遠比我和「神聖太陽」的人都要熟悉這個城市。

「可是風險太高了。妳不該跟那種人扯上關係。」

艾爾玟太小看那些道上弟兄了。一旦跟那種人扯上關係，他們就會徹底將你榨乾，連骨灰都拿去當成培養下一個獵物的肥料。就算最後成功拯救了這個城市，也沒人知道他們會仗著這個恩情索取什麼樣的回報。

「更重要的是，我不確定他們會不會遵守約定。」

事實上，他們上次輸掉酒量比賽後，也確實有派人偷襲艾爾玟等人。一旦發現自己陷入不利的局勢，他們就會輕易背棄承諾。就算不是奧斯華命令他們那麼做，那些人應該也經常違反承諾才對。

「可是我們沒時間了。如果那些傢伙打算引發『大進擊』，就肯定會選在『建國節』動手。我們必須趕在那之前找出並擊潰他們，本來就得承擔風險。」

「沒必要由妳來承擔。」

「可是一定得有人來承擔。只是那個人碰巧是我。」

這女孩為何總是要不斷自找麻煩？

「……要是他們又對妳提出奇怪的要求該怎麼辦？」

「這個嘛……」艾爾玟環抱雙臂想了一下。

「那我就再跟他們比一次酒量。」

於是，我們決定到「群鷹會」走一趟。

隔天，我們動身前往「群鷹會」的總部。當然，我們還找來了諾艾爾跟拉爾夫。其實我本來希望德茲也能一起來，但他是冒險者公會的專屬冒險者，也要顧慮自己的立場。

我們來到城市北方高級住宅區中的一間豪宅。那是一間有著白色牆壁與屋頂的房子。

雖然這裡看起來像是某位貴族的宅邸，但門口都是些眼神凶惡的流氓，跟貴族的宅邸完全不同，毫無品格可言。

「黑道的幹部竟然住在這種宅邸裡面？」

「不然呢？難不成你以為他們都躲在老鼠四處亂竄的地底下生活嗎？」

畢竟他們有的是錢。不管是不是貴族，都能在喜歡的地方蓋喜歡的房子給自己住。

「他不是只有這間房子，他還蓋了三間房子給情婦，蓋了四間房子給小妾。他至少是個有出息的男人，跟你差多了。」

我們被帶到了會客室。

我跟艾爾玟並肩坐在三人座的長椅上，後面站著負責護衛的諾艾爾與拉爾夫。他們兩個好像很緊張。因為只要說錯一句話，這裡就會變成戰場。

因此，我跟艾爾玟都沒有喝對方端出來的茶。

為了買下這些家具與絨毯，天曉得需要多少人流下的汗水與血淚。光是用想的就讓我覺得累人。

「讓你們久等了。」

稍待片刻後，一名長相凶惡的男子就帶著部下進來了。他就是「鱗雲」的奧斯華。

他先是瞪了我們一眼，然後就粗魯地坐了下來，讓三人座的長椅發出聲響。

「我有一事相求。」

艾爾玟直接切入正題。

「我想請你幫忙找出『神聖太陽』的『教祖』。我認為你有那個能力，才會來找你幫忙。」

「……妳怎麼會這麼認為？」

「因為衛兵跟熟悉這個城市的人全部出動，也還是找不到那傢伙，所以我當然會認為是有人在包庇他。而且對方的口風應該很緊。換句話說，對方八成是你們的同行。」

因為只要不小心說漏嘴，就得用命來賠。

「不過，對方還是得跟別人有所接觸。你應該打聽得到消息才對。」

如果要包庇某人，就一定會留下這方面的痕跡。只要那人不是雲霧，就必定會需要金錢、食物、衣服、住處與廁所。

一旦包庇的人愈多，需要的物資就會變多，可疑人物也會隨之變多。

「到底是哪個組織的人在包庇他？『魔俠同盟』嗎？還是『斑狼團』？」

聽到敵對組織的名字，奧斯華揚起眉毛。

艾爾玟也跟著揚起嘴角。

「還是說，其實就是諸位？」

下一瞬間，「群英會」的人立刻變得殺氣騰騰。只要奧斯華一聲令下，雙方就會馬上開打。

雖然我赤手空拳，但艾爾玟與拉爾夫都帶著劍。諾艾爾還難得揹著武器出門。因為她還用布包了起來，我無從得知那是什麼武器，但我想應該很有威力才對。

雖然我們可能會全部戰死，但這些傢伙也無法全身而退。奧斯華肯定得死，他的手下也有好幾十個得跟著陪葬。

讓人覺得隨便動手就會損失慘重，可是談判的訣竅。

「住手。」

奧斯華出聲制止。雖然他的手下同時放下武器，卻沒有隱藏自己的殺氣。真可怕，我都快嚇到尿出來了。

「告訴我，如果我們幫忙找出那個『教祖』，妳要給我們什麼回報？」

「你這個問題還真是奇怪。」

艾爾玟眨了眨眼睛，一副覺得很不可思議的樣子。

「那傢伙是企圖毀滅這個城市的邪教首領。幫我們找出那傢伙加以擊潰，對你們應該也有利才對。」

這些傢伙畢竟是靠著吸這個城市的血討生活。一旦寄生蟲失去宿主，就無法活下去了。

「無所謂，要是這個城市被毀掉就算了。我們可以到其他地方另起爐灶。」

「你打算向本部……也就是『群鷹會』的首領這麼辯解嗎？」

「我不需要辯解，這就像是一種天災。」

「不，這很明顯是人禍。就跟縱火差不多。你們知道那個縱火犯躲在哪裡，不然至少也有方法能把人找出來。可是你們完全不打算動手。這到底是為什麼？」

「因為他不想惹上麻煩。」

我代替奧斯華說出他的想法。

「那傢伙連妳都打得贏，而且腦袋又不正常。要是隨便對他出手，誰也不曉得會遭到什麼樣的報復。」

雖然這些傢伙也會故意讓人覺得他們都是瘋狗，但大多都是做生意的手段。因為覺得有利可圖，他們才會像瘋狗一樣亂咬人。正是因為如此，他們也很清楚「真正的瘋子」有多麼可怕。他們應該也不想插手這件事，讓自己被瘋狗咬上一口吧。

「不好意思打擾了。我還是去找別人吧。」

艾爾玟站了起來。

「妳想去找誰幫忙？」

聽到我這麼問，她托著下巴陷入沉思。

「找『魔俠同盟』或是『斑狼團』都行。他們的人脈應該比這些傢伙更廣。」

「慢走不送。」

奧斯華朝向出口伸出手掌。

「別以為我會中那種激將法。就算成功找到人了，就憑那位公主騎士大人跟你們幾個，也不見得打得贏那傢伙。你們只會反過來被幹掉。」

他大笑幾聲，像是要叫我們別白費力氣了。

「到時候『迷宮病』又會發作，整天只知道哭喊了。我看妳還是乖乖在男人身上扭腰……」

奧斯華沒能把話說完。

因為艾爾玟把手放在劍鞘上。

奧斯華的手下們也再次舉起武器。諾艾爾跟拉爾夫也拿起武器，一副早就做好準備的樣子。

我也握緊了懷裡的「片刻的太陽」。因為太陽曬得不夠久，剩下的使用時間還不夠我數到三百，但也足以讓我殺光這些傢伙了。

艾爾玟充滿威嚴的聲音，打破了這種一觸即發的氣氛。

「麻煩妳了。」

也許是事先就商量好了，諾艾爾迅速取下背後的武器，送到艾爾玟面前。

「這樣你還覺得我打不贏嗎？」

如此說道的艾爾玟解開包著武器的布。

我驚訝地睜大眼睛。

那是「曉光劍（Dawn Blade）」。她是什麼時候帶來的？

「喂，別這麼做……」

我還來不及阻止，艾爾玟就念出那段讓人不爽的咒語了。

「『太陽是萬物的支配者』，『亦是創造天地的絕對神』。」

下一瞬間，劍柄湧出許多菱形的紅色鱗片。那些鱗片像蟲子一樣不斷爬出來，噁心到連那些流氓都嚇得往後跳開。雖然奧斯華沒有發出慘叫，但似乎也覺得很噁心，毫不掩飾地皺起眉頭。

紅色鱗片聚集在艾爾玟身旁，變成一隻巨大的手臂。明明只有手肘前段的部分，長度卻跟一個人的身高差不多。

「『請賜予吾等的敵人，悲哀的敗北與死亡』。」

在念完咒語的同時，那隻巨大的手臂抓住了奧斯華的身體，完全沒有給他機會反抗，就這樣上下搖動了幾下。

「感覺如何？這樣扭腰好玩嗎？」

紅色手臂把奧斯華扔了出去，讓他就這樣跌坐在地上，整個人往後倒下。艾爾玟把劍一甩，紅色手臂就消失不見了。

雖然奧斯華的手下用銳利的眼神瞪著我們，但每個人都被眼前的光景嚇傻，沒有要襲擊我們的樣子。奧斯華本人也癱坐在地上動也不動。

「我可不打算再次輸給同樣的對手。」

艾爾玟如此宣言。

身體總算可以行動後，奧斯華怯怯地看著艾爾玟的劍。

「那把劍是怎麼回事？是被詛咒了嗎？」

「差不多吧。」

我明明已經交給德茲保管，結果她竟然偷偷拿走了。

「感想如何？如果你還想見識，我可以再表演一次。」

「公主大人，妳這是在威脅我嗎？」

雖然奧斯華表面上很平靜，但他在一瞬間偷偷看了自己背後一眼。

我猜他其實早就願意協助我們了，只是不想當著手下的面立刻點頭。因為要是讓手下以為他屈服於艾爾玟的威脅，他這個老大就不用當了。

「老大，我有個想法。」

因為這樣下去只會陷入僵局，我只好出面打圓場。

「『神聖太陽』是我們共通的敵人，我們要不要暫時聯手？雖然你覺得只要去其他地方另起爐灶就行，但重頭開始打拼不但費力，而且又很花錢。」

其他城市早就被其他犯罪組織占據了。如果要趕走那些傢伙，拓展自己的地盤，就得耗費許多成本，也就是金錢、時間、人力與人命。如果可以順利搶贏就算了，要是一個弄不好，也可能會賠了夫人又折兵。

可是如果要奧斯華去投靠「群鷹會」的其他分會，他應該也不願意吧。雖然這些黑幫對付外人時很團結，但自己人之間互相扯後腿也是很正常的事。他應該會失去幹部的寶座。

這些道理奧斯華全都明白，但他還是故意虛張聲勢，跟我們耍心機，想談到更有利的條件，但他找錯對手了。那種伎倆對這位公主騎士大人不管用。

「兩百枚金幣。」

奧斯華拍拍屁股，提出了這個條件。

「這樣我就願意跟你們合作。」

「沒問題。」

雖然公主騎士大人現在缺錢，但只要她能成為拯救城市的英雄，錢就會不斷自己送上門來。不過前提是她有辦法成為英雄。

「那我們就這麼說定了。」

奧斯華伸出手來。

「嗯，請多指教。」

我從旁邊搶先一步握住奧斯華的手。雖然他露出不滿的表情，但我假裝沒有發現。我可不想讓那種髒手碰到艾爾玟。

「這樣真的沒問題嗎？」

我們離開宅邸後，拉爾夫也沒有停止抱怨。

「至少他們的消息肯定比我們靈通。」

那些傢伙底下還有一個名叫「紳士同盟」，負責管理路上紳士的組織。而這個城市裡到處都有路上紳士。就算目標是「神聖太陽」，他們應該也找得到。

我還請他們順便調查是誰在到處亂說艾爾玟的壞話。如果散布謠言的犯人是「神聖太陽」，應該就能循著這條線索找到他們。

「手段還是多一點比較好。只要有利用價值，就算是狗屎也得用。事情就是這麼簡單。」

拉爾夫發出咂嘴聲，趾高氣昂地大步前進。因為他在不知不覺中走到前面，我就故意讓他負責帶頭。這讓諾艾爾很自然地負責保護艾爾玟的背後，也讓我跟公主騎士大人並肩而行。

「先不說這個了，妳先把劍還給我。」

我硬是從艾爾玟腰上把「曉光劍」搶過來。她應該是自己從德茲家裡找出來的吧。看來我下次必須把倉庫的門鎖起來，免得她擅自把劍拿走。

看到我用雙手緊緊抱著劍，艾爾玟冷眼看了過來。

「那把劍有那麼重要嗎？」

我會這樣抱著劍只是因為力氣不夠，卻一個不注意就說出了另一個理由。

「這是我朋友的遺物。」

其實我不在乎要怎麼處置這把劍。因為這是那個果蠅太陽神的東西，我甚至想把它拿去當成糞坑的攪屎棍。可是直覺告訴我，讓艾爾玟繼續使用這把劍很危險。

「就不能讓給我嗎？」

「不能。」

我斷然拒絕。

「這把劍被詛咒了。要是一直使用，毛髮就會掉光。放屁也會變臭。」

「那不是你朋友的遺物嗎？」

「是啊，所以那傢伙才會是個光頭，連眉毛都沒有。」

「你在說誰啊？」

一輛馬車停在我們身旁。矮冬瓜艾普莉兒從窗戶探出頭來。

「妳怎麼會在這種時候出門？」

要是又被人綁架的話該怎麼辦？大小姐無視於我的擔憂，從馬車的窗戶探出身體。

「你們聽我說喔。」

她鼓起可愛的臉頰，拚命說著自己爺爺的壞話。因為擔心差點被綁架的孫女，那老頭似乎禁止她參加今年的「建國節」活動。

「我都已經答應要帶大家去參加遊行了……」

「遊行？」

「那是『建國節』的一項活動。」

我代替艾普莉兒解釋給艾爾玟聽。經過裝飾的花車與穿著奇裝異服的群眾會在大街上遊行。起點是位在東西南北的四個城門，終點則是城裡的中央地區。當所有隊伍都到齊以後，打扮成建國之王的大人物就會發表建國宣言。這可說是一場較為陽春的歷史劇。因為沒有特別限制，所以大家都能發揮創意，任意裝飾那些花車。

「艾爾玟小姐，難道妳不知道嗎？去年也有舉辦遊行喔。」

「因為她對這種事不感興趣。」

我記得在去年的這個時期，艾爾玟正好待在「迷宮」裡面。

「別多嘴。」艾爾玟賞了我一記肘擊。真是個可愛的傢伙。

艾普莉兒負責照顧的育幼院孩童似乎想要去看遊行，但是讓他們自己去會有危險，就算要找人陪同，也沒有那麼多員工。於是，艾普莉兒就答應要帶幾個孩子一起去看遊行，但她爺爺猛烈反對。

別說是帶著孩子一起去了，她爺爺甚至不准她自己去，讓艾普莉兒為此鬧脾氣。雖然她一直鬧個不停，但她爺爺還是以護衛不足為藉口不肯點頭。結果這對祖孫完全無法取得共識，才會變成現在這種狀況。

「我明明說過要帶大家去的……」

艾普莉兒似乎以為老頭子不讓她去參加，只是因為她上次差點被人綁架，但現實並非如此。那個老頭子是害怕她會被「大進擊」波及。因為那個老頭子身為公會長，肯定早就掌握了相關情報，可惜孫女完全不明白祖父的苦心。不過，畢竟他必須保密，所以這也是沒辦法的事。如果告訴艾普莉兒，這件事很快就會傳遍街頭巷尾，只會造成混亂。

「我能體會妳想要在慶祝活動中大玩特玩的心情。可是妳這次還是乖乖待在家裡編織或刺繡比較好。如果把成品送給妳爺爺，他明年應該就會讓妳去了。」

艾普莉兒從馬車上揮拳打了過來。喂，這樣會痛耶。

「馬修先生，你到底站在哪一邊啊？」

「就這件事來說，我站在妳爺爺那邊。」

有群瘋子想把魔物釋放到城市裡。要是她在那種時候出去閒晃，天曉得會遇到什麼危險。

艾普莉兒的家夠大間，也蓋得很堅固。我猜她爺爺肯定早就買好一大堆驅魔物品放著備用了。屋裡應該還有能在危急時讓人避難的地下室。待在她家裡確實比較有機會活下來。我甚至想要請她讓我們也躲進去。

「『迷宮』也還沒重新開放。妳不要再增添妳爺爺的煩惱了。」

「對了。」

艾普莉兒突然眼睛一亮，興奮地拍了一下手，一副想到好主意的樣子。

「艾爾玟小姐，我們要不要一起去逛逛？」

她突然說出這樣的傻話。

「簡單來說，就是因為護衛不夠多，我爺爺才會擔心。可是只要艾爾玟小姐也一起去，這個問題就解決了。」

「不好意思，她那天已經有約了。」

我故意摟住艾爾玟的肩膀給她看。

「我們要在『建國節』當天單獨約會。」

艾普莉兒不滿地叫了出來。

「別這樣，我們一起去逛逛嘛。」

「我可不想帶著一群小鬼走來走去。小孩子給我滾到一邊去。」

雖然我揮手趕人，但艾普莉兒沒有放棄。

正當我還在煩惱該怎麼辦時，被我抱著的艾爾玟開口了。

「這個嘛……難得有這個機會，我覺得這樣也不錯。」

我輕輕拉扯艾爾玟的袖子，小聲說出這樣的忠告。

「我勸妳還是別這麼做比較好。」

我們可沒時間玩耍。要是一個弄不好，可能會害艾普莉兒再次遇到危險。聽到我如此反對，艾爾玟好聲好氣地向我解釋。

「你也知道艾普莉兒的個性吧？要是放著她不管，她只會自己到處亂跑，那樣反倒更危險。」

「所以我才叫她乖乖待在家裡。」

「那種年紀的女孩……」

艾爾玟不知為何很有自信地這麼說。

「絕對不可能在舉辦節慶的日子乖乖待在家裡。」

「這是妳的親身經歷嗎？」

「不告訴你。」

她別過頭去，故意跟我裝糊塗。

「那我們就這麼說定了。絕對不能反悔喔。」

結果我們就這樣約好要一起去看遊行，讓艾普莉兒開開心心地回家了。看她那開心的樣子，不知道的人可能會以為她爺爺終於點頭了。

「可是，妳到底打算怎麼做？別告訴我妳打算放著『大進擊』不管，就這樣帶她到處玩。」

如果「神聖太陽」出現的時候，艾普莉兒也在現場，事情就會變得麻煩。更何況這次還會帶著育幼院的孩子。就算她武藝高強，也沒辦法保護好所有人。雖然可以趕快帶他們到安全的地方避難，但除了艾普莉兒的家以外，那種地方並不多。雖然冒險者公會算得上是固若金湯，卻是對抗「大進擊」的最前線。老頭子不可能同意讓孫女待在那裡。

「我都想好了。」

「真的嗎？」

「你還真是不信任我。」

「你明明就那麼信任德茲先生……」

她氣得鼓起臉頰。

「不好意思，你們兩個根本沒得比。」

天曉得那個大鬍子救了我這條命多少次。他的人品我也完全信得過。

我當然也信任艾爾玟，而且深愛著她，但德茲跟我的交情還是比較久。

艾爾玟震驚地垂下肩膀。

「你跟德茲先生果然有一腿……」

「就跟妳說不是那樣了。」

她為何動不動就要誤會我跟大鬍子的關係？

「好吧，那我就證明給妳看。」

我把艾爾玟擁進懷裡，盡可能溫柔地小聲低語。

「妳今晚別想睡了。」

雖然稍微愣了一下，但她好像聽懂我的意思了。

艾爾玟微微一笑。

尼古拉斯才剛看到我的臉，就立刻笑了出來。

「看來你出去旅行的時候吃了不少苦頭呢。」

「你這個玩笑一點都不好笑。」

看到別人臉上的巴掌印，他竟然還笑得出來，這種聖職者真是爛透了。

真希望我家的公主騎士大人能學會拿捏分寸。

「別擔心，我沒有說出關於你的事情，因為她也沒有太過深究。」

「那你自己的事情呢？」

「我隨便應付過去了。不過，我有說出自己曾經信奉那傢伙的事情。」

我想也是。既然尼古拉斯擁有「聖骸布」，就不可能隱瞞得了自己跟太陽神之間的關係。

「這件事我只有告訴你們。在這個城市裡，我就只是個藥師兼治療師。」

這樣比較好。知道祕密的人愈少愈好。

「先不說這個了，我有個好消息要告訴你。」

接著從桌子的抽屜裡拿出一個小包裹。裡面好像是藥粉。

「關於你要的解毒藥，只要再給我一點時間，我就能完成試製品了。」

我看向他手指的方向，發現燒瓶裡有一種半透明的液體正在翻騰。

「雖然調配費了我不少力氣，但只要能夠完成解毒藥，就能中和患者體內的『解放』。」

我探頭看向燒瓶裡的液體。

「離試製品完成……大概還需要四天吧。」

那不就是「建國節」當天嗎？怎麼偏偏選在那一天？

「只要解毒藥做好了，我就會送去給你。」

「只要服用解毒藥，是不是就能讓人戒掉『禁藥』了？」

「事情沒那麼簡單。」

尼古拉斯露出苦笑。

「如果服藥一次就能治好疾病，那醫生與藥師就不用那麼辛苦了。這種藥必須長期服用，而且症狀愈是嚴重的人就得服用愈久。反倒是心理層面的問題應該比較不好解決。」

尼古拉斯面露憂愁，繼續說了下去。

「如果不能改變自己的心理，就會不斷犯下同樣的過錯。話語、魔術、洗腦與『禁藥』這些東西，都只不過是來自外界的刺激。如果要在真正的意義上改變自己，就只能依靠自己的力量。」

因為他開始說起聖職者愛講的大道理，我立刻切回正題。

「所以呢？下一批試製品什麼時候可以完成？」

尼古拉斯突然移開目光。

我有種不好的預感。

「我光是要走到這一步，就用掉了許多錢。一旦完成這批試製品，我就完全沒錢了。」

不會吧？竟然偏偏還在我手邊沒錢的時候說這個。

「我希望你能提供支援，不知道你是否願意？」

尼古拉斯的這種問法還真是讓人討厭。

口頭答應他後，我就離開了。照理來說，這筆錢應該讓艾爾玟本人來付，但我敢打賭她絕對不會出錢。因為比起自己，她更重視這個城市的安危，所以肯定會把這件事擺在後面。不知道能不能請尼古拉斯順便製作能治好她那種頑固個性的解毒藥？

我嘆了口氣，朝著德茲的家邁出腳步。

隔天，城裡雖然很熱鬧，我的心情卻很沉重。因為我們找不出「教祖」的下落，也查不出他的真實身分。雖然我有四處去打聽，卻沒有得到太大的收穫。不光是我，艾爾玟、諾艾爾跟拉爾夫也有幫忙，但全都只是白忙一場。

「在這種心情鬱悶的時候，總是會讓人想要喝杯酒呢。」

「那應該是沒在喝酒的人該說的話吧？」

我回頭一看，發現拉爾夫用輕蔑的眼神瞪著我。我把裝著麥酒的杯子拿到他面前。

「你也要喝嗎？」

「不需要。」

他斷然拒絕，在我旁邊坐了下來。這間酒館的吧檯座位很擠，讓我們不得不碰到對方的肩膀。

「你躲在這種地方偷懶嗎？」

「不然你以為我會工作嗎？」

「這個城市陷入危機了喔。」

「反正這裡又不是我的故鄉。」

「你敢在公主大人面前說這種話嗎？」

「你說呢？」

我又點了一杯麥酒。

「……我到底該怎麼做才好？」

「點你想喝的酒，不過錢要自己付。」

「我不是這個意思！」

「別叫得那麼大聲。」

現在可是大白天呢。

「上次回國的時候，我幾乎派不上用場。」

「是啊。」

看來他有點自知之明了。這可是最重要的事情。無能的人之所以無能，就是因為他們覺得自己很厲害。他總算是有長進了。

「我知道自己不能繼續這樣下去。可是，我完全不知道該做些什麼。」

這個臭小子似乎遇到瓶頸了。只會揮劍沒辦法幫上艾爾玟的忙，而他總算發現這件事了。

「我一直有在鍛鍊自己，實力也變得比以前更強了。可是，光是這樣還不夠。我的實力還不足以保護公主大人……」

「因為你還需要智慧、勇氣、判斷力、理智與經驗。」

「別跟我說笑。」

「這是事實。」

我一口氣喝光店員拿過來的麥酒，繼續說了下去。

「你現在根本沒資格沮喪。因為你還沒付出任何努力。如果覺得自己有所不足，那就去提升自己吧。不管是要鍛鍊自己還是讀書都行。要找人幫忙也可以。」

「找人幫忙？」

「你最欠缺的東西，就是不懂得低頭。」

就算有足夠的實力，自尊心太強也會讓人無法進步。如果不懂得謙虛，就無法向別人討教，只會變成一個自命不凡的傢伙。這是年輕人常有的毛病。

「你可以去找個老師，向對方討教。」

不光是武藝，如果缺乏經驗與智慧，想法就會變得狹隘。如果要在危急時刻做出正確的判斷，就需要理智與勇氣。他老早就沒資格繼續縱容自己，不去想辦法鍛鍊自己缺乏的能力了。

「那公主大人……」

「想也知道不行吧。」

她是個明明已經自顧不暇，卻還是會向別人伸出援手的老好人。拜託不要繼續依賴她了。

而且就幫助拉爾夫進步這點來說，她反倒是個負面教材。事實上，我明明待在她身旁超過一年了，卻完全沒看到她在精神層面有任何成長。而成果我也早就看到了。

諾艾爾也是一樣。她也是個不諳世事的女孩，只是跟艾爾玟不同類型。她不適合教人。

我能想到的人選是那個公會長老頭。先不論他會不會答應，但他的實力與經驗都無可挑剔。可是他不適合當拉爾夫的老師。他們兩個完全合不來。畢竟那男人就像是一隻穿著衣服走路的老狐狸。雖然他應該會變強，但也只能變成那個老頭的粗劣仿造品。拉爾夫的優點將會蕩然無存。

當拉爾夫準備開口時，酒館的門被人推開了。我斜眼看了過去，然後就站了起來。因為我在等的人終於來了。

「讓你久等了。」

那人是個雙眼無神的壯漢。雖然他身上的行頭不算差，卻給人一種落魄的感覺。他是「群鷹會」的成員。

「老大找你過去。」

「我明白了。」

我站了起來，把酒錢擺在桌上。

「跟我走。」

我跟著壯漢走出酒館。拉爾夫隨後慌慌張張地跟上。

第四章

色欲的代價

奧斯華把我們叫到一間名叫「道草亭」的酒館。這裡也是「群鷹會」的老巢。這間店的優點就只有堅固的石牆。走進店裡就能聞到酒臭味與菸味，其中還夾雜著些許屎尿味。因為這裡是出了名的違法物品交易場所，就算有人不小心漏尿也不奇怪。

奧斯華獨自坐在店內深處的三人座豪華椅子上。店裡沒有其他客人。我隔著桌子在他面前坐下，拉爾夫則是站在我身後。雖然我有叫他坐下來，但他說什麼都不願意。我感覺得到他在發抖。

「找到了嗎？」

奧斯華沒有回答，而是讓身旁的男子拿出一張紙。那好像是這個城市的地圖。

「我們找到那些傢伙的巢穴了。雖然我們抓到了幾個在那裡出入的傢伙，但都是一些小角色。我們直接殺了進去，結果發現裡面的牆壁上畫著奇怪的地圖。這是地圖的抄本。」

「感激不盡。」

我一邊道謝一邊接過地圖。雖然很簡略，但位置似乎是正確的。

「你看看地圖上的圓圈。」

我看到中央地區附近畫著一個特別巨大的圓圈。

「這裡不是冒險者公會嗎？」

雖然我不太相信那些傢伙敢去襲擊冒險者聚集的場所，但沒人能預測笨蛋的行為，而這也是他們可怕的地方。我看晚點還是去跟德茲說一聲吧。

「對了，那些被你們抓到的傢伙怎麼了？你應該不會放過他們吧？」

奧斯華露出奸笑。

「你想知道嗎？」

「看你的表情就知道，聽了只會讓飯菜變難吃，我看還是算了吧。」

我猜那些人應該遭到了比死亡還要悽慘的對待。真是可怕。

「那『教祖』呢？」

「沒人知道那傢伙長什麼樣子。聽說他總是戴著看起來像雞蛋的詭異面具。」

就跟那個「傳道師」的長相一樣。

「聽說那傢伙會不定期地到巢穴裡露面，把資金、食物與武器送過去，還會順便說出『只要向太陽神求救就能離苦得樂』這種蠢話。」

明明餓肚子的人是自己，還有自己的父母兄弟與妻兒，為什麼每個傢伙都想拜託神明解決自己面臨的苦難？

「沒人知道那傢伙的真面目。因為他總是穿著大衣，所以連體格都無從得知。據說他的聲音聽起來像是個男人，說起話來也很老氣，應該上了年紀，至少不像是個年輕人。」

也就是說，那傢伙是個中年或老年男子嗎？符合這條件的人實在太多，根本無法鎖定對象。

「有找到那個散布謠言的傢伙嗎？」

「那傢伙倒是還沒找到。雖然那位『教祖』有做出這樣的指示，但『神聖太陽』的那些傢伙正忙著避風頭，所以幾乎完全沒有進行。」

需要隱藏行蹤的人很難散布謠言，這就代表他們之中還有可以自由行動的傢伙，不然就是還沒被懷疑跟「神聖太陽」有關的人物。我猜「教祖」……不，那個「傳道師」八成就在那些人之中。

「喂，誰准妳進來的？」

後方突然傳來語帶威脅的聲音。我回頭一看，發現有個身材瘦弱的女人走進酒館。黑色長髮凌亂地披在身上，明明離夏天還很久，她卻穿著單薄的衣服，還露出大腿與上臂。在這個城市裡就只有娼婦會穿成那樣。雖然皮膚有些粗糙，但膚色算是白皙，應該接得到客人。可是她眼神空洞，走路也搖搖晃晃。儘管奧斯華的手下從剛才就不斷對她大吼，她也完全不怕。如果要說她喝醉了，卻又聞不到她身上的酒臭味。

「給我滾。」

也許是因為叫了她好幾次都沒有反應，其中一位手下惱怒地伸出手，想要把那名女子拖出去，但她突然爬到桌上，動手脫掉身上的衣服。

「喂，那女人是怎麼回事？該不會是你找來的吧？」

拉爾夫紅著臉誣賴我。

「如果人是我找來的，我會挑一個更騷的。」

她的表情那麼嚴肅，就算脫光衣服也只會讓人覺得掃興。

雖然每個傢伙都提高了警覺，但畢竟還是男人，全都露出色瞇瞇的表情。

女子脫掉裙子丟向人群，下半身只剩下一件內褲。

上半身也只有一件單薄的衣服，底下不可能藏著刀子。

某個輕浮的傢伙吹了吹口哨。正當眾人開始起鬨時，我聽到拍桌子的聲音。

酒館裡瞬間變得鴉雀無聲。

「把她轟出去。」

奧斯華失去耐性，說出了這樣的命令。手下們立刻鐵青著臉抓住那名女子。

「喂，妳到底是誰？」

「該不會是嗑了『禁藥』吧？」

女子轉眼間就被人從桌上拉了下來。就算她想要反抗，雙手和雙腳也已經被人緊緊壓住。這樣她應該就動不了。

可是，我心裡那種不好的預感還是沒有消失。腦中響起了警鐘，皮膚上也有種刺痛的感覺，經驗告訴我這是殺氣。

即便被人甩了一巴掌，嘴唇都破皮了，女子臉上依然掛著微笑。

也許是感到惱怒，奧斯華站了起來，準備走向那名女子。

女子露出牙齒，然後使勁拉扯自己的衣領。上面綁著一條線。上衣被她扯了下來。她的肚子上纏著白布。不對，那是卷軸。

「快離她遠點！」

在我叫出來的瞬間，纏在她肚子上的白布冒出花紋。那是魔法陣。當我發現這件事時，立刻抓住拉爾夫的袖子往後臥倒。

下一瞬間，慘叫聲與爆炸聲響徹周圍。

讓人胸口發燙的熱風打在臉上，我翻過身體壓在拉爾夫身上。四處飛散的木片打在背上，害我痛得要死。

暴風終於平息，到處都冒著黑煙，我抬頭一看，發現店裡被燒得一片焦黑。雖然牆壁跟柱子還在，但到處都能聽到呻吟聲。不遠處的地板上多了個大洞。剛才那名女子已經被炸得屍骨無存了。

「喂，你還活著嗎？」

我挺起上半身，對拉爾夫喊話。他沒有回答，只是繃著一張臉，一副做了惡夢的表情。難道他撞到頭了嗎？我想確認他的狀況，結果摸到溫暖的黏液。熟悉的感觸讓我有種不好的預感，而我也猜對了。

拉爾夫的左手被瓦礫壓住了。紅色的鮮血從瓦礫底下流出來。

看來是爆炸讓天花板的碎片掉下來，壓爛了他的左手。

「我……我的手啊！」

他痛到扳起臉孔，不斷說著同樣的話。他臉色蒼白，好像流了不少血。

「喂，到底怎麼樣了？我的左手完全動不了。好痛。」

「我想也是。」

我從旁邊找了塊破布，緊緊綁住他的上臂。我得先幫他止血，要是放著不處理，他會死於失血過多的。

「我……我的手啊！」

「我看就知道了。別說話。閉上眼睛咬緊牙關就好。」

我把手放在拉爾夫臉上。我不是要幫他冷靜下來，而是不想讓他看到我要拿出來的東西。

「『照射』。」

我讓「片刻的太陽」在瞬間發出光芒，撥開壓住拉爾夫左手的瓦礫。

「天啊。」

看起來還真是悽慘。碎片刺進手肘前端，手臂就快要斷掉了。

「情況如何？我的手從剛才就不能動了。」

「看來是沒救了。如果不快點治療，手臂就會爛掉，最後只能砍下來。」

「快……快帶我去看醫生……」

「剛才的爆炸讓入口被瓦礫埋住了。想出去可能得花上不少時間。」

拉爾夫從喉嚨發出吹笛般的吸氣聲。

他露出彷彿末日降臨的表情，接著又突然小聲啜泣。

「別哭了。」

「你怎麼可能懂我的心情！」

他躺在地上大吼大叫，然後又猛烈地咳個不停。

「這樣我就無法握劍，也無法幫助公主大人了……」

「這讓你很難過嗎？」

「廢話！」

我嘆了口氣。

「抱歉。我不該嚇唬你的。這種程度的小傷，還不至於廢了你的左手。」

「我不需要你安慰……」

「你覺得我是那種人嗎？」

我根本不想安慰拉爾夫，只是實話實說。

我從懷裡拿出一個小粉袋，接著又打開封口。用酒清洗過傷口後，我立刻撒上袋子裡的粉末。

「那是什麼？」

「你上次不是看過了嗎？這是驅魔菊的粉末與黑藻鹽。」

雖然我在矮人族的祕密地下通道「大龍洞」被人砍斷手臂，卻靠著這東西立刻接了回去。為了保險起見，我把當時沒用完的粉末帶在身上，結果真的派上用場了。

「這樣就行了。」

把粉末塞進傷口後，我找了塊布代替繃帶纏了上去。這樣驅魔菊的粉末與黑藻鹽就用完了，但這也是沒辦法的事。狀況使然。

「這樣你又學會一招了。如果有人受傷了，你就用這招治好他吧。用法我下次再教你。」

「……」

拉爾夫歪著嘴巴，低頭陷入沉思。我難得說了句好話，他卻一點反應都沒有。他稍微愣了一下，但又突然大聲慘叫。他的手好像又會痛了。這是個好現象。

「這只是緊急處置。晚點記得花錢請人幫你施展治療魔法，別想省錢。」

治療師在這個城市裡開了許多診所。如果要療傷，使用治療魔法是最快也最有效的手段，但也相當花錢。而且那些治療師的技術良莠不齊，要是隨便亂省錢，將來一定會後悔，不是無法完全復原，就是必須忍受後遺症的折磨。

「那女人到底是怎麼回事？」

拉爾夫小聲低語著。也許是知道手傷治得好後，讓他感到放心了吧。他現在有餘力觀察周圍了。

「我猜她應該是釋放了卷軸裡的魔法。」

世上還有卷軸這種方便的東西，可以暫時收納魔物與魔術。雖然收納的時候必須使用相關魔術或特殊道具，但如果只是要釋放的話，就連外行人都做得到。

「雖然那種東西原本應該對著敵人攤開使用，但那女人是把卷軸纏在自己身上，朝向四面八方釋放魔法。」

因為這個緣故，魔法才會以那女人為中心，把整間酒館都炸翻掉。

「要是那麼做的話，她不就……」

「沒錯，她自己當然也會被魔法波及。」

她早就被炸得屍骨無存了。封印在卷軸裡的魔術愈強大，她自己受到的傷害也愈大。她恐怕早就做好覺悟了吧。我想起她脖子上的三顆黑痣，忍不住搔了搔頭髮。

「那女人……」

拉爾夫瞇起眼睛看著天花板，小聲說出了這句話。

「我看到她在爆炸的瞬間笑了。雖然沒聽到聲音，但她說出了那句話，就是太陽神教的……」

「『萬物皆無法逃過太陽神的法眼』嗎？」

「就是這句話。」

我戳了戳拉爾夫手上的繃帶。他大聲慘叫。

「你幹嘛啦！」

誰叫你要害我說出這種讓人不爽的髒話。

看來那女人果然是「神聖太陽」的信徒。我猜奧斯華的手下應該是被她跟蹤了。她是來解決這些礙事的傢伙的。

「你去那邊躺著吧。」

我懶得繼續理會拉爾夫了，我還有其他該做的事情。

「我去找看看還有沒有人活著。聽到爆炸聲的衛兵應該很快就會趕到。」

「你要救他們嗎？」

「如果你之後想被『群鷹會』的傢伙暗算，也可以自己先回去。」

到處都有人痛苦地哀號，結果他竟然打算見死不救，這傢伙真沒人性。

我找出還活著的傢伙，還幫忙從瓦礫底下把他們的同伴拉出來。有些人平安無事，但也有人被碎木片刺進心臟，或是被瓦礫壓碎腦袋。確認那些傢伙死掉後，我脫下他們的衣服，拿去當成繃帶幫沒死的傢伙包紮。雖然我現在手無縛雞之力，但至少還有辦法幫別人急救。

雖然我把整間酒館都找了一遍，卻無法在倖存者與屍體之中找到奧斯華。畢竟他當時離爆炸地點很近，難不成他已經變成肉塊了嗎？

他是個麻煩的臭老頭，而且還對艾爾玟別有企圖，死了根本大快人心。問題在於我們之後到底要怎麼找出「教祖」？

當我忙著在腦海中盤算下一步時，桌子旁邊的瓦礫稍微動了一下。

堆積如山的木片發出聲音垮了下來，臉上滿是灰塵的奧斯華從裡面爬了出來。

「你也真是命大。」

「到底發生什麼事了？」

他氣沖沖地環視這間被炸毀的酒館。

「那些傢伙似乎發現你們幹的好事。那女人突然就自爆了。」

奧斯華發出咂嘴聲，還吐出帶有血絲的口水。

「還有幾個人活著？」

「包含你在內，我找到了五個活人。」

因為他帶了十個手下，所以剛才那一擊就殺掉了六個人。酒館老闆與店員都平安無事。因為奧斯華他們有事先清場，他們才會躲在後場，僥倖逃過一劫。

「他媽的！」

奧斯華發出咂嘴聲，踹倒一張椅腳折斷的椅子。他抬頭看向天花板上的破洞，語帶諷刺地這麼說。

「你跟那個公主騎士簡直就是瘟神。」

我也這麼覺得。

自從跟艾爾玟扯上關係後，我就變得更常挨揍，還做了一大堆壞事。可是我依然無法離開她，也不想離開她。這女人可真是難搞。

「你手上沾到什麼了嗎？」

拉爾夫躺在地上這麼問我。我曖昧地笑了笑，用褲子擦了擦手。

之後聽到爆炸聲的衛兵很快就趕到現場，幫忙清除遺留在現場的瓦礫。

我們接受過簡單的治療後，也當場做了筆錄。

雖然我們有提到「神聖太陽」這個名字，只要是不會惹上麻煩的事情也全都誠實說了出來，但衛兵沒有給我們什麼好臉色看。他們顯然不相信我們的說法，認為那只是我們試圖掩蓋黑道鬥爭的說詞。當每個人都被叫去問過話後，衛兵就放我們走了。

雖然奧斯華也有被叫去問話，但那些衛兵都很害怕，結果根本沒說到幾句話。當奧斯華做完筆錄時，二十位「群鷹會」的凶神惡煞也趕到現場了。他們似乎是來接走受傷的同伴，順便領回死去同伴的屍體。當然，那些衛兵完全不敢出面阻止。

「喂。」

臨走之際，奧斯華惡狠狠地這麼告訴我。

「這筆帳我絕對會算清楚的。」

看來「鱗雲」的奧斯華似乎認真起來了。這是暴風雨來臨的前兆。嚇死我了。

「我們走。」

因為繼續待在這裡也沒用，我帶著拉爾夫離開酒館。現在已經是傍晚了。

「喂，你要去哪裡？」

身後的拉爾夫有氣無力地這麼問。

我回過頭去，發現他本來明明就在我身後，現在卻落後我將近一棟房子的距離。畢竟我的腳比他還要長。

「在前面的第三個路口左轉，然後繼續走過三個路口，就能看到一間名叫『治療女神』的診所。那是這一帶最好的診所。你立刻去請人幫你施展治療魔法。只要說是馬修介紹的，老闆就會讓你進去。」

雖然老闆是個死要錢又沒良心的老太婆，但也是個技術一流的治療師。因為聖職者與治療師在本質上並不相同，就算沒有信仰，也還是可以救人。

「你不跟我一起去嗎？」

「需要照顧的小朋友，光是有矮冬瓜一個就夠我受了。」

既然他還能走路，就應該有辦法自己過去才對。

「我是問你怎麼不去休息！」

「我可沒有那種閒工夫。」

我踩著大步走過去，把那張紙擺在他眼前。拉爾夫瞇起眼睛。

「這是那些傢伙找到的地圖嗎？」

「如果這個情報屬實，就意味著『神聖太陽』想要襲擊冒險者公會。我可不能放著不管。」

我們遭到襲擊後已經過了一段時間。如果我是那些傢伙，就會在情報傳開來之前對真正的目標下手。先不管是否來得及趕上，我還是應該去提出警告。

「你剛才不是差點就要被殺掉了嗎？」

「就是這樣我才要去。」

正好可以讓他們看看疏於防備的下場。

「你快點去診所吧。你不是還想幫上艾爾玟的忙嗎？」

只要我說出這句話，他應該就會乖乖聽話了。如果這樣他還聽不進去，那我也不想管他了。隨他高興吧。

雖然拉爾夫看起來還是無法接受，但最後還是扶著左手走掉了。跟他分開後，我立刻前往冒險者公會。

雖然只有我出面說明，別人肯定不會當成一回事，但這也是沒辦法的事。就算我帶著拉爾夫過來，結果也不會改變。畢竟他可是拉爾夫。

我走過冒險者公會的大門，發現公會職員都在跑來跑去。他們看起來非常慌張，似乎不曉得自己現在該怎麼辦。

我出聲叫住身旁的公會職員，但對方無視於我直接走掉了。整棟屋子看上去沒有什麼不對勁的地方。看來應該是有人出事了。

「啊，小白臉先生。」

葛羅莉亞從我身旁經過。她來得正是時候。

「怎麼了？發生什麼事了？」

「這個嘛……」

她曖昧地笑了笑。

「聽說公會長被人暗算了。」

聽說事情是這樣的。當老頭子出去開完會，準備在深夜回到公會時，有一大群人團團圍住他乘坐的馬車。老頭子身旁當然有許多護衛，雖然他本人已經老了，但也依然是個高手。當他挺身戰鬥，想要擊退那些敵人時，有個刺客爬到了馬車上。那人才剛露出纏在自己身上的卷軸，就立刻當場自爆。

雖然沒被魔法直接擊中，但老頭子還是摔倒在地上，結果挨了刺客一刀。

看來那個圓圈記號不是代表敵人要去襲擊冒險者公會，而是要去襲擊公會長。我們好像才是敵人擺在後面處理的目標。情報來得不夠及時，讓我們只能處於被動。

「身體還好嗎？」

聽到我這麼問的老頭子慢慢挺起上半身。這張床非常豪華，只讓一位老人家睡實在有些太大了。而這間位在高級住宅區的宅邸，對他們祖孫兩人來說也同樣太大。光是這個房間就比我的房間大上三倍。而且他還僱用了好幾位私兵，比尋常貴族的宅邸還要戒備森嚴。

「你這次又是怎麼拐騙我孫女的？」

「其實也沒什麼。」我聳聳肩膀。「我只是實話實說。我跟她說想要來探望你，她就幫我安排好了。」

老頭子發出咂嘴聲。既然會覺得不甘心，那就好好教育自己的孫女吧。

「你是被下毒了嗎？」

我看到他睡衣底下的身體纏著繃帶。如果只是尋常傷勢，只要用治療魔法應該就能立刻治好才對。

「刀子上似乎帶有『詛咒』。不管施展過多少次治療魔法，傷勢還是好得很慢。」

「對方是『神聖太陽』嗎？」

我在床邊的圓椅上坐下。雖然犯人在刺傷老頭子後就自盡了，但那種利用卷軸攻擊的手法，就跟剛才那女人完全一樣。這肯定是同一個組織幹的好事。

「就是那些傢伙。」

「他們背後的金主是誰？」

老頭子的眼神變得跟老鷹一樣銳利。

卷軸不但價格昂貴，買賣的時候也會受到限制。如果沒有人從中牽線，就不可能輕易取得。

我不認為現在的「三頭蛇」有那種財力，所以應該還有別人在提供資金給「神聖太陽」才對。

「我看你最近好像很忙，難道就是在對付那些人嗎？」

「唉，你這傢伙還真是敏銳。」

老頭子心有不甘地嘆了口氣。

「如果公會裡的那些傢伙也有這種腦筋就好了。」

「你這是自作自受。」

雖然公會職員全都是打架高手，卻幾乎沒有心理博弈與交涉談判這種政治方面的能力。因為老頭子害怕被自己底下的人扳倒，沒有教育他們這方面的本事。因此，老頭子這個獨裁者才能隨意支配這個城市的冒險者公會。可是一旦老頭子不在了，公會裡就只會剩下一群什麼事都做不了的傢伙。

「沒辦法，因為每個傢伙都一樣，只要有點小聰明，就會立刻想要中飽私囊。」

「你是希望每個部下都能清廉潔白嗎？」

「如果只是要賺點小錢倒還無所謂，有些人甚至還想取代我的地位。我當然要處理掉那種傢伙吧。」

如果讓眼前這個老頭子下手，他應該會把那些人的飯碗與生命同時處理掉。

「那個沉迷宗教的蠢貨到底是誰？」

「你知道了又打算怎麼做？」

「你說呢？」

我當然是要去偷襲那傢伙，切斷「神聖太陽」的資金來源。如果不這麼做，那些害蟲就會不斷冒出來。

「憑你是做不到的。」

「此話怎講？」

「因為對方是東北方那邊的人。」

老頭子自暴自棄地這麼說。所謂的「東北方」其實是黑話。從這個城市往東北方前進就能抵達王都。說到王都的居民，就會讓人先想到高高在上的「家族」。換句話說，「東北方」就是指那些尊貴的王族。

「不過當然不是本人，是本人身旁那些傢伙手底下的人。畢竟這裡可是王室的直轄地區。」

如果這個城市出了什麼問題，王室的實力當然就會變弱。應該有人很想看到這件事發生吧。雖然這個老頭子文武雙全，行事風格也很霸道，但終究只是個平民，很難對抗那些人。

雖然我很懷疑那種大人物是怎麼跟「神聖太陽」扯上關係，但如果有「三頭蛇」的殘黨幫忙牽線，那一切就說得通了。畢竟「三頭蛇」以前在這個城市裡算是首屈一指的黑幫，而權力、金錢與暴力當然總是互相勾結。也許是他們之間還存在著這方面的聯繫吧。對「神聖太陽」來說，如果可以解決掉公會長，他們也會變得更容易行動。

「雖然付出了犧牲，但我也掌握到了證據。這樣那位大人物也只能收手了。他應該也不想跟我同歸於盡才對。」

要是那位大人物提供資金給恐怖分子的事情被別人知道，政敵就會拿這個把柄來攻擊他。要是一個弄不好，恐怕會失去現在的地位，還會被人送上斷頭台。他應該會立刻湮滅所有證據，假裝完全不知道這件事。

「辛苦你了。」

我往前探出身體，讓椅子發出聲響，問了這個問題。

「對了，那個叛徒到底是誰？」

我很了解這個老頭子。他應該早就猜到自己會被襲擊，就算要在深夜回到公會，也應該會慎選路線，但他還是被人襲擊了。既然「神聖太陽」早就制定好計畫，那應該可以確定有人洩漏了情報。被自己養的狗反咬一口，他現在應該相當氣憤才對。我還以為只要故意問起這件事，他就會立刻說個不停，但卻緊咬著牙閉口不語。

「我知道了。」

我突然想通了。從他的態度看來，他沒有回答這個問題，恐怕不是因為「不能說」，而是因為「不想說」。關鍵就是那場需要開到深夜的「會議」。

「是不是你那個年輕的情婦？」

「閉嘴。」

看來是被我猜中了。那女人八成是被其他帥哥拉攏了吧。畢竟比起這種皺巴巴的老頭子，當然還是生猛有力的年輕帥哥比較好。

「爺爺好差勁喔。」

「去死吧！」

他抓起水壺扔了過來。這爺爺還真凶。

我看還是別太捉弄他比較好。

「你現在就給我閉上那張賤嘴。光是聽到你的聲音就讓我頭痛。」

「今後的事情應該會更讓你頭痛吧。」

一旦沒了資金，那些傢伙遲早都得餓死。他們會在力竭倒下之前發動攻勢，向我們報一箭之仇。人在走投無路的時候，通常都會想著同樣的事情。

「『神聖太陽』想要在『建國節』當天大鬧一場。『迷宮』已經在那些傢伙的掌控之下了。他們打算在那一天引發『大進擊』，讓這個城市陷入混亂。」

「我也是這麼想的。」

老頭子果然也早就掌握到這些情報了。

「難道就不能停辦嗎？」

「如果做得到我早就做了！」

他氣憤地一拳打在床上。

「不管我去講過多少次，答覆永遠都是同一個，那就是『這件事已成定局』。」

慶典會帶來人山人海。只要人潮出現，錢潮也會隨之而來。因為「迷宮」已經封鎖超過一個多月，這場活動將會變成這個城市的一大收入來源，不可能因為不確定的情報就停辦。雖然老頭子是冒險者公會的公會長，也無權干涉這個城市的經營方針。

「就連這次的事件，也被當成是某人對我的私怨。」

「那些大人物總是喜歡任意扭曲事實。」

那些大人物好像還暗中向「聖護隊」提出要求，要他們儘快消滅掉「神聖太陽」的殘黨。文斯的胃現在應該痛到不行吧。

「那艾普莉兒要怎麼辦？」

我還以為老頭子會讓她到城外避難，但她本人從來不曾提到這件事，反倒還想要去參加「建國節」活動。

「我都聽說了。聽說你會在活動當天保護她。」

老頭子握住我的手。

「拜託你。請你一定要保護好那孩子。」

他露出苦苦哀求的表情，看起來就像是個無力的老人。

「她從來不肯聽我的話。我想你應該不知道，你們離開這個城市後，她大鬧了一場。不管我說這裡有多麼危險，她都堅持絕對要留下來。」

「如果你同意讓育幼院的孩子與員工全都來這裡避難，她說不定會改變心意。」

「再來是公會裡的職員跟冒險者嗎？還是她回家時經常順道光顧的甜點店老闆娘？」

艾普莉兒是個好孩子。她應該會想要幫助自己身邊的每個人吧。可是現實是她根本不可能救得了那麼多人，就連某位公主騎士大人都辦不到。

「你也可以狠下心來，直接把她關在家裡。」

「我原本也想要這麼做。可是，我現在受傷了。」

老頭子指向自己的胸口。看來他是沒辦法來硬的了。因為這裡的僕人都很喜歡艾普莉兒，應該也不想做出讓她反感的事情，而且「大進擊」的事情也不能讓太多人知道。

「更重要的是，我聽說在『建國節』當天，那些沒能成功殺掉我的傢伙還會捲土重來。在確保安全之前，我想讓她遠離這間房子。」

「只要帶矮冬瓜去安全的地方避難就行了吧？」

畢竟她是個善良的女孩。說不定她會擔心受傷的爺爺，臨時決定不去參加「建國節」活動，如果「大進擊」發生了，她也很可能會說要回家。老頭子就是要拜託我看著她，別讓她在中途跑回家裡。

「算你欠我一次喔。」

「沒問題。」

老頭子不太情願地答應了。

「還有什麼事嗎？我也差不多想睡了。」

「對了，我還有一件事要問。」

我朝著滿臉狐疑的老頭子伸出手。

「我什麼時候可以拿到薪水？上次去救艾爾玟他們那時候，我不是也去幫忙了嗎？」

我好歹也算是冒險者公會的臨時員工，應該多少能拿到一點薪水。而且我當時差點就沒命了，說不定還能拿到危險加給。

「你在說什麼傻話啊。」

老頭子一句話就澈底否定掉我的主張。

「你就只有那天來上班不是嗎？回報任務的時候也是滿口胡言。後來又連續無故曠職那麼多天，老早就被開除了啦。」

「聽到你這麼說我就放心了。」

我還是不喜歡當別人的走狗。

「再見。你要多吃點肉好好靜養，可別想要帶女人回來運動喔。小心我向矮冬瓜告狀。」

「快給我滾出去！」我背對著老頭子的怒吼聲走出房間。

後天就是「建國節」了，但我們還是沒有找到「神聖太陽」的蹤跡。「群鷹會」也動員所有手下追查。雖然他們擊潰了幾個敵人的小型據點，卻找不到最重要的「教祖」。

從遠方傳來的喪鐘，打斷了我對未來的擔憂。眼前有個巨大的慰靈碑。這裡是冒險者公會專用的共同墓園。

公會每年都會舉辦一次悼念死去冒險者的聯合慰靈祭。雖然這場活動平常都會更早舉辦，但因為最近的「大進擊」問題與「建國節」的準備工作，結果就拖到今天了。

艾爾玟當然也有出席。我也受艾普莉兒所託前來幫忙。

雖然我經常跑來墓園，但自從凡妮莎那次之後，我就再也不曾參加葬禮了。神父在墳墓前方朗誦禱文。每個人都一臉陰沉。有些人是為死去的同伴感到悲傷，有些人是對今後的生活感到不安，也有些人正為了暗自討厭的人死去感到歡喜，只是沒有表現出來。每個人的感受都不一樣。

雖然這次祭悼的死者我都認識，但我跟他們之間沒有太多美好的回憶。我不是被他們毆打，就是被他們嘲笑，還曾經被他們威脅。說實話，有些人死了甚至讓我覺得很爽。所以我現在心裡沒有一絲悲傷。不過，我願意在此時此刻為他們祈求冥福。

葬禮結束後，眾人就各自解散了。他們應該會找間酒館讓自己忘記憂愁，同時懷念那些死去的傢伙，不然就是為了明天以後的璀璨生活乾杯吧。

就算葬禮結束了，我也提不起勁回去，在不知不覺中來到個人墓園。

蓋好不久的墳墓前面供奉著白色的鮮花。想不到他竟然帶了白花要給妳。凡妮莎，妳這個哥哥還真是有哥哥的樣子呢。

「這可能是我最後一次來這裡了吧。」

如果這個城市毀滅了，我以後也不會有機會再來掃墓，要是我死了也是同樣的結局。

「發生什麼事了？」

菲歐娜從墳墓之間探出頭來。

「原來是妳啊。拜託別嚇人好嗎？」

我一邊假裝輕撫胸口，一邊握住口袋裡的「片刻的太陽」。我在公會裡確認過了。這個城市裡並沒有名叫菲歐娜的冒險者。

雖然她是個故意隱藏身分的可疑女子，但目前還沒有表現出敵意，也沒有要加害於我的意思。就算我想要用武力逼她說出實話，也找不到她的住處。在我們上次見面的「五羊亭」，也找不到她的住宿紀錄。不光是這樣，我甚至找不到曾經見過她的人。雖然我想要用武力逼她說出實話，但是在這裡不方便動手。因為還有冒險者與死者遺族尚未離開。

「妳也來參加葬禮嗎？」

「算是吧。」

她把手肘靠在凡妮莎的墓碑上，輕輕拍掉上面的落葉。我沒有責備她不禮貌的行為，因為我有更在意的問題。

「妳認識凡妮莎？」

「以前有點交情。她當時很照顧我。」

「這樣啊……」

如果她還活著，我應該就能摸清菲歐娜的底細了。

「她是怎麼死的？」

「她男朋友做了危險的勾當，害她受到牽連。」

「唉，我早就覺得她遲早會有這種下場了。」

「這女孩真讓人傷腦筋呢。」菲歐娜一邊小聲地這麼說，一邊輕撫她的墓碑。

「就算蓋了墳墓祭悼死者，他們也早就不在這種地方了。」

死者的靈魂會先被送往冥界，在那裡決定是要上天堂還是下地獄。

「因為蓋墳墓是為了還活著的人，不是要給幽靈住的。」

這是為了讓人有個地方想念死者，也是為了讓人感到放心，知道自己將來會前往什麼地方。

「你說得對。」菲歐娜伸出雙手擁抱凡妮莎的墓碑，露出寂寞的眼神把臉貼在墓碑上。

「……雖然不知道會在何時，但我也會過去那邊找妳的。到時候我們再一起去喝酒吧。」

「菲歐娜，妳這話是什麼意思？」

「咦？馬修，你也來掃墓嗎？」

我回過頭去，發現有個背著巨大籃子的男人走了過來。他就是那個搬運者大叔。籃子裡裝著五顏六色的花朵。

「你也帶太多花了吧？你是要把祖宗十八代全都拜過一遍嗎？」

「這是別人拜託我帶來的。」

原來他還有在賣花嗎？真是個大忙人。

「我正在跟這位小姐討論要去哪裡約會。記得幫我保密，別讓艾爾玟知道。」

「可是這裡沒有別人啊。」

「咦？」

我回過頭去，發現菲歐娜在不知不覺中消失無蹤。

雖然我立刻環視周圍，但還是找不到她的身影。

「她這個人比較害羞，出現在別人面前可能會覺得不好意思吧。」

「我勸你還是不要在墓園裡約會比較好，免得被殭屍拖進墳墓。到時候就輪到別人幫你祭悼了……那人是不是叫做尼克？我是說上次那位大叔。」

「是啊。」

我記得尼古拉斯在冒險者公會裡是使用假名，好像叫做「尼克·伯恩斯坦」的樣子。看來我得小心一點，免得不小心說出他的本名。

「先不說這個了。」

大叔偷偷觀察周圍，小聲地這麼告訴我。

「我聽到一個傳聞。公會長前陣子不是被人暗算了嗎？聽說暗中牽線的人就是那位公主騎士大人……」

「大叔。」

我伸手搭住他的肩膀。

「可以請你不要到處亂說這種話嗎？算我求你了。」

聽到我這樣拜託，大叔面色鐵青地向我道歉。

「那我要先走一步了。真期待『建國節』的到來呢！」

「我也是。」我一邊這麼搭腔，一邊輕輕揮手。

跟大叔道別後，我回到墓園的入口，就聽見某人大聲喊著詐欺師、殺人犯與惡魔這樣的可怕詞彙。我轉頭看了過去，結果看到一位眼熟的老太婆露出猙獰的表情大吼大叫。雖然身旁的男人們硬是把她拖走，但她還是沒有停止叫罵。而那個遭到怒罵，無助地站著不動的人，正是我家的公主騎士大人。她好像也剛去掃完墓。因為她的摯友珍娜也葬在這個墓園。

我趕緊衝了過去。正當我猶豫著該不該告訴她剛才那個傳聞時，她率先開口了。

「馬修，我有件事要拜託你。」

艾爾玫的聲音讓我感受到堅定的決心。

「我想請你幫忙把冒險者叫到公會裡去。人數愈多愈好。」

「妳想做什麼？」

「這件事已經超出我們的能力範圍了。如果不改變做法，我們永遠只能處於被動。」

換句話說，她想要拜託其他冒險者幫忙。如果要對抗「神聖太陽」，只憑我們的力量，能做到的事情還是有限。

「妳長大了。」

「別跟我開玩笑。」

「不，我是在稱讚妳。」

光是學會依賴我跟其他同伴以外的人，就算是一大進步了。

「不過現在還有個問題，那就是其他人會不會輕易點頭。」

艾爾玫並不是杞人憂天。無論是好是壞，冒險者都是實力至上主義的信徒。他們會保護弱者，追隨強者。先不論實力的問題，這位公主騎士大人身上有著曾經得過「迷宮病」這個汙點。她早就失去別人的信任了。那些冒險者可沒有這麼好應付，不會讓一個弱者爬到自己頭上。

「畢竟妳也沒錢了。」

我們最近這一個月的開銷非常龐大。除了給三位死去同伴遺族的慰問金，還有「迷宮病」惡化期間的治療費與生活費，還要加上臨時回國的旅費，而且屋子又被燒掉了。這讓艾爾玟的財產少了許多。我們還付了頭款給「群鷹會」，早就沒錢僱用所有冒險者了。

「這不是工作。這是所有住在這個城市的人都得面對的問題。」

可是冒險者終究不是本地人。雖然這個城市裡有許多冒險者，但他們都不是居民。他們只是為了踏進「迷宮」賺錢而來的外人。就算要說他們是法外之徒也行。就算跟自己無關的人死去了，他們也不會在意。因為他們不是這個城市的居民。如果用這種理由去說服他們，我不確定到底會有多少人點頭。

如果放著她不管，她絕對不可能說得動那些冒險者。

「妳無論如何都要這麼做嗎？」

「沒錯。」

她這人還是一樣，一旦決定了就聽不進別人的意見。

「那我要給妳一個建議。」

我開口說道。

「如果想用金錢以外的事物讓冒險者聽話，就不能搬出正義或是那些大道理。」

簡單來說，冒險者就跟野獸差不多。他們行動時只會考慮輸贏與得失。雖然那些高尚的口號很重要，但他們不會只因為那樣就行動。

「要靠這裡。」

我指向自己的胸口。

「要動之以情。」

黃昏時分，除了艾爾玟等人之外，總共有二十六名冒險者來到冒險者公會。人數比我預期的還要少。這個城市在不久前還有上百位冒險者。雖然有些人是因為「大進擊」而離開這個城市，但絕大多數的人只是不願意過來。

我們就聚集在公會一樓的櫃檯前面。我事前取得老頭子的同意了。反正最近都沒有委託和委託人上門，所以他很乾脆地答應了。

雖然我跟拉爾夫與諾艾爾從公會裡找來了數量剛好的椅子，但超過一半的椅子都沒人坐。

「臨時找大家前來，感謝各位願意賞光。」

正當眾人忙著議論紛紛時，艾爾玟出現了。她站在櫃檯前面，恭敬地向大家道謝。

「妳找我們來有什麼事？」

「黃金劍士」的隊長雷克斯率先開口。

「我有事要拜託各位幫忙。」

接下來艾爾玟說出了整件事的來龍去脈。包括他們前陣子擊敗的「神聖太陽」教祖是個冒牌貨，其實真正的「教祖」還活著，為了得到「星命結晶」，現在正企圖引發「大進擊」摧毀這個城市的事情，還有敵人準備在「建國節」當天引發「大進擊」，一直躲在暗處裡搞鬼，如果放著那些傢伙不管，勢必會出現許多犧牲者的事情，以及如果要避免這種事情發生，我們目前正缺乏人手與時間的事情。

雷克斯揚起嘴角。

「妳是說我們當初白忙一場了嗎？」

「敵人就是這麼狡猾。」

為了避免讓雷克斯覺得不愉快，艾爾玟說得很委婉。事實上，這個城市裡的每個人都玩不贏那個「教祖」，目前只能任憑那傢伙擺布。

「有證據嗎？」

「有。」

拉爾夫說出我們前幾天遭遇自殺攻擊的事情。雖然他的手臂康復了，但口才還是一樣差勁。

因為他常常說到一半就卡住，還有許多沒說清楚的地方，害我也得幫忙補充說明。

「這個城市裡可沒有那種會讓棄子拿著昂貴的魔法道具自爆的黑道。不管怎麼想，這都是瘋狂邪教徒的做法。」

眾人開始跟自己的同伴交頭接耳。他們好像慢慢開始相信我們的說法了。

「以前不是有個名叫『三頭蛇』的幫派嗎？就是那個幫派的殘黨在幫助他們，他們才有辦法躲到現在。」

當眾人安靜下來時，艾爾玟繼續說了下去。

「當然，我們目前仍然在尋找那些傢伙，也希望可以成功阻止他們的陰謀。可是，我還是覺得應該做好最壞的打算。」

「所以呢？」碧翠絲冷冷地這麼問。「妳到底想要我們做些什麼？」

「我想請各位幫忙疏散人民，以及討伐魔物。」

聽到艾爾玟的指示，諾艾爾在牆壁上攤開一張巨大的紙。那是這個城市的地圖。

「根據這個城市的法律，當『大進擊』發生的時候，就必須優先保障城外的安全，對外的城門全都會被關上。」

冒險者們立刻議論紛紛。就算是在這個城市裡住了許多年的人，也不見得會了解安全與防災的相關法規。如果是外來的冒險者，那就更不用說了。一旦城門關上，這個城市就會變成魔物的獵場，犧牲者的人數也會暴增好幾倍。

「我想阻止城門關上。希望各位能幫我完成這個任務。」

「妳是要我們跟衛兵開戰嗎？開什麼玩笑啊。」

「我們會被逮捕的。」

「妳敢在『迷宮』裡再說一遍剛才那些話嗎？」

聽到冒險者們出言諷刺，我立刻插嘴說道。

「一旦『大進擊』真的發生，你們就不需要害怕被逮捕了。因為到時候大家都得死。」

只要經常待在「迷宮」那種魔物的巢窟，就會下意識把城裡當成安全地區。他們太過缺乏想像力了。其實城裡也潛藏著許多危險。就算只是醉倒在地上，也可能會被自己的嘔吐物淹死。

「先說好，別以為這件事跟你們無關。那些傢伙早就把冒險者與公會當成敵人了。偷襲老頭子的犯人也是他們。」

聽到公會長的名字，冒險者們就心生動搖了。老頭子以前也是個大名鼎鼎的冒險者。他的名聲直到現在也還是很響亮。這些野蠻的冒險者願意聽他的話，也是因為這個緣故。雖然他已經上了年紀，這個城市裡的冒險者還是很怕他，對他心懷敬意。

艾爾玟不以為意地繼續說了下去。

「需要討伐魔物的理由就不用說明了。我想請各位幫忙解決那些在街上作亂的魔物，帶領人民到安全的地方避難。」

如果要儘量減少傷亡，就不能沒有能夠跟魔物戰鬥的人才。

「當然，我們還有許多要做的事情。」

如果能用魔術強化「迷宮」的大門，「大進擊」造成的傷亡也會減少。至少可以讓魔物更晚衝進城裡，也能讓更多人趁著這段期間逃走。

「還得有人負責確保避難場所與聯絡眾人，這些事情就交給我。請各位務必助我一臂之力。」

「妳是要我們相信妳嗎？」

一名黑髮男子站了起來。我記得他是個三星級冒險者。

「妳應該聽說過關於自己的傳聞吧？妳要我們相信那種女人？就算先假設妳說的都是實話，但妳不是得到『迷宮病』了嗎？要是我們聽妳指揮，結果妳在緊要關頭再次發病，我們又該如何是好？」

「迷宮病」是一種心理疾病。因為肉眼看不到傷口，所以別人根本無從得知她是否痊癒了。雖然可以請醫生開個診斷證明書，或是親口為她做擔保，但這些傢伙也不見得會相信。

「你說得很有道理。」

艾爾玟從懷裡拿出一把匕首，拿到那名男子面前。

「如果你認為我是太陽神的手下，或是覺得我不夠格擔任隊長，可以用那把匕首殺了我。」

我全身冷汗直流，忍不住吞下口水。艾爾玟是認真的。為了拯救這個將要發生「大進擊」的城市，她賭上了自己的性命。而她的覺悟似乎打動了某些人。

我聽到了吹口哨的聲音。吹口哨的人是碧翠絲。不過，其實我覺得那種行為不值得欣賞。

「只靠我們幾個根本不可能守住這個大城市。」

「金羊探險隊」的尼克提出質疑。

「冒險者公會也會幫忙。不但會從旁協助，也會跟我們並肩作戰。公會長也已經同意了。」

冒險者們看向櫃檯。長相凶惡的職員們環抱雙臂點了點頭。

「雖然這件事原本不可能發生，但畢竟關係到這個城市的存亡，可以說是緊急情況。」

說到這裡，艾爾玟瞥了我一眼。

其實我什麼都沒做，只是要老頭子立刻還我人情罷了。對老頭子來說，這麼做也能保護他最重要的孫女，由不得他抱怨。而且艾爾玟也很適合代理公會長的職務。

「可以拿到報酬嗎？」

這次換成雷克斯發問了。

「……我們就只是一群無所不作的流氓。如果妳要我幫忙，我也不是不願意，但這也得看妳的誠意。」

冒險者只會為了金錢行動。一旦「大進擊」發生，整個城市就會陷入混亂。在混亂的城市裡四處與魔物戰鬥，還要順便拯救市民，這種事雖然說起來容易，但做起來其實困難重重，而且自己也可能成為犧牲者，風險實在太高了。如果有人不惜如此也要去做這件事，只可能是因為能拿到值得冒這個險的報酬。

「如果選擇當個正義的夥伴，我們可以拿到多少錢？」

「……公會長正在跟領主大人交涉，希望由他那邊提供獎金。」

話雖如此，但這裡的領主是個小氣鬼，不太可能點頭答應。就算領主真的願意出錢，大家拿來分一分之後，應該也沒辦法拿到太多。即便冒險者公會願意自掏腰包，也還是拿不出足以讓這些人賭命的金額。艾爾玟也早就失去祖國，那些親戚也幾乎放棄她了，而且她還在前陣子的旅行中用掉許多錢。雖然金錢買不到生命，但想要保命就不能沒有金錢。

「那就沒得談了。」

雷克斯站了起來，其他冒險者也接連起身。

「感謝妳的忠告。我們要離開這個城市了。」

我就知道會是這種結果。每個人都愛惜自己的生命。聽到這個城市要毀滅了，當然會想要逃走。凡是身為冒險者的人，當然都能嗅到死亡的味道。

「你還真是性急。難道就不能晚點再做決定嗎？」

聽到我這麼說，雷克斯在一瞬間扳起臉孔，但他很快就轉過身去。

「如果你想當正義的夥伴，那就自己去當吧。」

眾人魚貫走向屋外，但一道聲音阻止了他們。

「我要留在這裡。」

碧翠絲昂然挺胸，翹起了二郎腿。

原本準備離開的冒險者紛紛停下腳步，重新轉過身來。

「我可沒那麼膽小，才不會在這種時候夾著尾巴逃走。」

她咧嘴一笑，將目光投向艾爾玟。那表情像是在為勁敵重新復活感到歡喜。聽著剛才那些對話時，她應該也在暗中觀察艾爾玟，然後做出了決定。她決定在艾爾玟身上賭一把。

「喂，別說傻話了。妳不要命了嗎？」

雷克斯走到碧翠絲面前。

「可是要是放著不管，『星命結晶』也會被那些傢伙搶走不是嗎？我才不要那樣呢。」

聽到她輕描淡寫地這麼說，雷克斯露出難以置信的表情，懊惱地抱著自己的頭。

「我明白妳的心情，但無謀跟勇氣是不一樣的。」

「哪裡不一樣了？」

「只有笨蛋會去打那種毫無勝算的架。」

「那這就是有勇氣的行為了吧。」

碧翠絲不斷點頭。

「反正我跟希都會幫忙，那不就等於贏定了嗎？」

「……說得也是。」

賽希莉亞嘆了口氣，重新坐在椅子上。

「既然碧都這麼說了，那件事就這麼決定了。」

聽到她這麼說，她身後的「蛇之女王」隊員全都重新坐下了。

「妳們最好冷靜想想。妳們想要因為一時的情感丟掉性命嗎？拜託妳們冷靜一點。」

「該冷靜下來的人是你吧。」

艾爾玟好聲好氣地這麼勸告他。

「我們是冒險者。不管是要死還是要活，都得由自己決定。她們選擇留在這裡。你選擇離開這裡。自己決定，自己負責。事情就是這麼簡單。」

「這種行為可是自殺。」

「我就是這麼打算的。」

我倒抽了一口氣。

「馬克塔羅德……我的祖國被魔物大軍攻破時，我原本是打算在王宮裡戰到最後一刻。因為我沒能守住從祖先手裡繼承的國家。我想要為此負起責任。」

「……」

「可是，我現在很慶幸自己當時沒有死成。我再也不想讓那種慘劇發生了。我不想讓這個城市變成第二個馬克塔羅德。為了達成這個目的，我需要各位的幫助。」

「我明白妳的心情，可是……」

還站著的傢伙全都面面相覷。

雖然他們也感到同情，但還是更珍惜自己的生命。

「你們好像以為只要撐到『大進擊』結束，就能回到原本的生活，但我就坦白說了吧。你們太天真了。」

「你這話是什麼意思？」

聽到我這麼說，所有人都轉過頭來。

「『大進擊』結束後，城市將會毀滅，房屋也會變得破破爛爛，找不到可以吃飯與休息的地方。」

「可是，那種小問題……」

「犯罪當然會變得猖獗，各種流行病也會隨之出現，治安澈底敗壞。就算魔物回到『迷宮』裡，也會換成外面的魔物進來。因為城牆與城門到時候應該都毀掉了。」

我以前曾經去過變成戰場的城市。那裡到處都充滿著痛苦、悲傷與怨恨。這個城市也會變成那樣。因為「大進擊」就是人類與魔物之間的戰爭。

「更重要的是，身為元凶的『神聖太陽』與其『教祖』也都還存在。你們覺得這個城市毀滅後，那些傢伙下一步會怎麼做？他們會把那些倖存下來的市民變成信徒。只要拿出金錢與食物，那些難民就會自動入教了。」

因為人類是種難以抗拒眼前誘惑的生物。為了苟延殘喘，就算對方是害死自己兄弟的仇人，他們也只能向仇人搖尾巴。當他們搖著尾巴的時候，就會逐漸被那些教義洗腦，最後把自己親人與同伴的死亡，當成是獻給神明的偉大祭品。

「就算沒有變得那麼糟糕，你們覺得那些失去家人與住處的市民會怨恨什麼人？是魔物嗎？還是領主？不，都不是。是你們這些冒險者。」

「為什麼？」不知道是誰問了這個問題。

「因為你們曾經大肆宣傳，說你們已經擊敗『教祖』，把『神聖太陽』消滅掉了。可是如果『大進擊』還是發生了，你們當初說過的話就會變成謊言。」

我猜那些政府官員與道上弟兄也會順應人民的這種想法。如果沒有人出來犧牲，這場混亂就無法平息，而冒險者就是最好的人選。因為他們都是外人，也是最適合扛起罪過的人。反正公會到時候也毀滅了。畢竟這裡就在「迷宮」的正前方。

「沒有人是贏家。就只有那些傢伙笑得出來。不，他們早就在笑了。他們會說，因為有你們這些愚蠢的『冒險者』，我們才能輕易引發『大進擊』。」

冒險者是一種只要被人看扁就做不下去的職業。曾經受損的名譽也很難恢復。那位公主騎士大人就為此吃了不少苦頭。

「別以為逃到其他地方就沒事了。因為冒險者的世界意外得小。這種不名譽的傳聞總是傳得特別快。」

沉默籠罩著現場。每個人都低頭不語。

有幾個人露出氣憤的表情，但沒有重新回到椅子上。

雖然我試著刺激他們身為冒險者的自尊，但看來這招也行不通。

那就只剩下最後的手段了。我就負責扮演黑臉，讓他們團結起來吧。如果要讓人團結起來，製造共通的敵人就是最好的辦法。就算打不過「神聖太陽」，如果敵人是一個沒出息的小白臉，他們應該就會開心地揮舞拳頭了吧。

我還沒開口，艾爾玟就大步走向雷克斯了。

「繼續討論下去也沒有意義。」

她不耐煩地扳起臉孔。

「我們直接分個高下吧。」

冒險者都是力量的信徒，只會追隨有實力的強者。如果雙方意見不合，直接用暴力解決就是最簡單的方法。

「公主大人，千萬不能這麼做！」

拉爾夫想上前制止，結果被我一把抓住後頸。不過我現在手無縛雞之力，沒能完全拉住他，結果兩個人一起摔倒在地上。

「你幹嘛！」

「閉嘴看著就好。」

當我們兩個忙著打鬧時，艾爾玟已經走到雷克斯面前了。

雖然雷克斯在一瞬間露出驚訝的表情，但他很快就恢復平靜，伸手握住掛在腰上的劍。

「原來如此，這樣就好說了。」

我看到他身後的同伴遞出長槍。

「那我們就在這裡一決雌雄吧。如果公主騎士大人贏了，我就照著妳的話去做。如果妳輸了，我們就離開這……」

雷克斯還沒把話說完，艾爾玟就來到他面前了。

他還來不及反抗，手臂就被緊緊握住。就算艾爾玟沒有拿劍，也依然是個格鬥高手。她上次打垮瑪雷特姊妹率領的「蛇之女王」時，也幾乎是只靠著自己一個人的力量。雷克斯還來不及反抗就被固定住關節，然後又被摔了出去。

雷克斯發出呻吟，咬緊牙關準備忍受緊接而來的衝擊。

艾爾玟就這樣握著他的手，畢恭畢敬地單膝跪地。

「雷克斯，還有『黃金劍士』的各位，我要再次拜託你們。請各位務必助我一臂之力。」

雷克斯露出驚訝的表情。

「妳這是什麼意思？」

「就算我用武力逼你們屈服，你們應該也不會乖乖就範吧？」

雖然身體可能會聽從命令，但內心也還是會繼續反抗。那種任人操縱的人偶在緊要關頭絕對派不上用場。因為他們沒有自己的意志。

「我想要守護這個城市，所以我需要各位的力量。」

畢竟我們人手不足。

「是……是嗎？」

雷克斯露出驚慌失措的表情。這絕對不是因為艾爾玟的態度讓他意想不到。我敢打賭。

「拜託你助我一臂之力。」

「我……我答應妳。」

雷克斯痴痴地點了點頭。

而且那傢伙竟然還臉紅了。開什麼玩笑啊。她可不是你這種傢伙能碰的女人。

聽到我發出咂嘴聲，諾艾爾探頭看了過來。

「怎麼了嗎？你為什麼要擺出一張苦瓜臉？」

「因為剛剛有一塊苦瓜飛進我嘴裡，現在正要被我吞下肚子。」

我隨便敷衍幾句，諾艾爾便驚訝地睜大眼睛，還叫我好好保重。

「沒辦法……既然妳都這麼說了，那我也只能跟那些傢伙拚了！」

雷克斯振臂一呼，冒險者們立刻跟著大聲叫好。

雖然發生了許多事情，但看來事情總算是談妥了。

我在艾爾玟耳邊小聲這麼說。

「我沒想到妳竟然會那麼做。」

「你是指什麼？」

艾爾玟一副聽不懂我在說什麼的樣子。

「我是說妳竟然握住雷克斯那傢伙的手。」

「怎麼，你吃醋啦？」

「不，沒那種事。」

我誇張地揮了揮手。

「我可是天下第一美男子馬修大爺，才不會因為妳跟其他男人握手就吃醋。」
「這樣你稍微體會我的心情了嗎？」
「……嗯，有一點。」
看來我以後還是儘量少去找漂亮小姐吧。不過，我猜自己應該撐不過三天就是了。
後來我們還開會討論該如何分配任務與當天的作戰。
正當我打算先一步回到德茲家裡做準備時，雷克斯叫住了我，還把我拉到房間角落。
「你是想要強吻我嗎？」
「你到底是何方神聖？」
雷克斯的表情充滿畏懼，就像是隻可憐的小白兔。
「我也闖過不少生死關頭，好幾次都差點沒命。我曾經差點被盜賊與流氓砍死，也曾經差點被魔物吃掉。」
「如果你是要自吹自擂，可不可以改天再說？」
「可是，那是我頭一次覺得自己會被人類生吞活剝。」
他是說我們上次去救艾爾玟那時的事情嗎？因為我當時累到不行，雷克斯還在說那種蠢話，害我忍不住認真瞪了他一眼。
「你是指脫光衣服的那種嗎？」

「少跟我開玩笑了。」

看樣子裝傻這招是不管用了。

「天底下可沒幾個人能放出那種魔獸般的殺氣。聽說你以前當過冒險者，你是幾星級的冒險者？為什麼要隱瞞真實身分？」

明明不需要理會我這種人，為什麼每個傢伙都要對我感到好奇？就算我現在故意裝弱，雷克斯應該也不會相信。

「給你個忠告。」

我伸出手。雷克斯立刻舉起雙手，但我無視他的防禦動作，用指尖在他的額頭上彈了一下。

「你最好別亂說話。要是讓大家知道你害怕一個跟公會長孫女比腕力輸過兩次的傢伙，『黃金劍士』可就要名聲掃地了，不是嗎？」

我稍微加重語氣這麼提醒他，雷克斯就焦急地不斷點頭。這傢伙也算是個高手，在這種山雨欲來的情況下，他應該也不想讓戰力有所折損。

「對了，差點忘記告訴你。」

正當我準備離開時，我又趕緊回過頭去。

「謝謝你上次救了艾爾玟一命。我要向你道謝。今後也請多指教。」

我向他揮手道別後就離開了。我沒有確認雷克斯臉上的表情。我覺得不去看他，對他本人應該比較好。

「我回來了。」

當我回到家裡時，屋子裡昏暗無光。現在明明是傍晚了，卻沒有人點燈。我點亮蠟燭走進客廳，發現德茲正在獨自喝著酒。他還是用一隻手拿著圓石把玩。我已經懶得多說什麼了。

「東西修好了。」

他還是跟個老頭子一樣，說話時總是不把主詞說清楚，但我還是聽得懂，這全是多虧了我們的老交情。

「就放在裡面。你晚點去看看吧。」

「你老婆已經出發了嗎？」

「是啊。」

德茲讓妻兒去親戚家裡避難了。目的當然是避開「大進擊」。聽說還有幾位公會職員也讓家人到城外避難了。雖然這傢伙大可跟著逃難，但可惜他不是那種會丟下工作不管的精明男人。

「也給我喝一杯吧。」

「想喝就自己拿。」

「那我就不客氣了。」

我從廚房地板底下拿出一個小壺。在德茲親手釀造的蘋果酒之中，這壺酒也可算得上是極品。我親自品嚐過了，所以絕對錯不了。

雖然德茲露出苦澀的表情，但還是默默地遞出空酒杯。我先試喝了一口。蘋果的甘甜適度抵銷掉酒的苦澀味。這種酒不管要我喝幾杯都行。

「你是真心愛上那位公主了嗎？」

德茲喝了一杯酒後，對我說出這句話。

我明白他想說什麼。我早就被那個飛鼠太陽神變成軟腳蝦，根本算不上戰力。可是既然艾爾玟要留下來，那我也要留在這個城市裡。即便我很可能會失去生命。

「要我幫你刻什麼樣的墓誌銘？」

在德茲語之中，這句話就是「如果你有什麼遺言，就趁現在交代清楚」的意思。而我的答覆老早就決定好了。

「不需要。」

如果我死了，應該也沒有任何需要掛心的事情。如果我有留下屍體，也只需要隨便找個地方丟掉就好。就算是丟在「迷宮」裡，我也不會有怨言。如果讓別人幫我在墓誌銘上刻著「為深紅的公主騎士艾爾玟殉情的男子長眠於此」這種話，雖然可能會讓多年以後造訪的吟遊詩人為我歌唱，但我可不想變成醉漢們聊天喝酒時的話題。

「不過我想請你幫忙照顧艾爾玟。麻煩你儘量實現她的願望。」

如果我死了，那她也完蛋了。她再也無法取得「解放」，也沒人能幫她殺人滅口。她的夢想也會破滅。即使如此，我還是想讓她能夠過著普通的生活。

「我答應你。」

「拜託，表情別這麼凝重嘛。你這帥氣的鬍鬚都變難看了。」

我先輕輕撫摸他的鬍鬚，然後又用手指戳了幾下。

「別亂碰我的鬍子。你到底要我說幾次才會懂啊？」

「如果你要揍我，拜託至少別拿東西吧。」

因為他用拿著石頭的手揍我，害我覺得比平常還要痛多了。

聽到我這麼說，德茲驚訝地睜大眼睛。

「你這話是什麼意思？」

「我是說你手上拿著的那顆石頭。」

德茲發出驚呼聲，低頭看向自己的手掌。

「這是什麼？」德茲睜大眼睛這麼說。「『我手裡什麼時候』有這種東西了？」

難道他完全沒發現嗎？德茲這人不擅長開玩笑，演技也很糟糕。我們是老朋友了，所以我非常清楚。德茲沒有說謊。

「借我看看。」

我從德茲手裡拿走那顆圓石，然後仔細端詳。上面沒有被人雕刻過的痕跡，但以一個自然形成的石頭來說，這顆石頭的形狀又顯得太過工整。

「你還記得是在哪裡找到這顆石頭的嗎？」

在我的印象中，當我們離開馬克塔羅德王國的尤利亞村時，他就已經拿著這東西了。

「我還記得自己是在擊敗那頭龍的時候，剛好看到這顆石頭掉在旁邊，就順手撿起來了。」

難道從那個時候開始，他就一直不自覺地拿著那顆石頭了嗎？

「你老婆都沒說什麼嗎？看到丈夫在床上忙著把玩石頭，把自己的奶子晾在一邊，難道她沒有叫你放下石頭，抓抓她的奶……」

我話還沒說完就被揍了一拳，整個人先狠狠撞到天花板，然後又摔落在地板上。

「這顆石頭該不會被詛咒了吧？」

我一邊輕撫隱隱作痛的下巴，一邊把石頭還給德茲。

「你是說什麼樣的詛咒？」

「當然是那個禿頭太陽神的詛咒。」

說到這裡，我突然靈機一動。

「這該不會就是屬於你的『神器』吧？」

我們同時看向那顆圓石。

「你知道這是什麼石頭嗎？」

這顆石頭看上去很普通，到河邊應該可以撿到好幾百個。

「等我一下。」

德茲從屋裡找出一把用來劈柴的手斧。他先把一顆扁平的石頭放在地上，然後把那顆圓石放了上去。

「哼！」

德茲在吐氣的同時揮下手斧。在發出堅硬的撞擊聲後，手斧的握柄就從根部折斷了。斧頭飛了過來，從我頭上飛過去，差點就要劈開我的腦袋。

「原來如此，看來這不是普通的石頭。」

這也是理所當然的結論。畢竟連德茲的力量都不足以劈開這顆石頭。

「可是，這樣還不能確定這顆石頭是否跟太陽神有關。再說了，我們也不知道這東西要怎麼使用。」

這次換我走向廚房，從裡面拿出一隻被陷阱抓住的老鼠。我把老鼠放進剛才用來喝酒的杯子，又把杯子倒過來放在桌上。我聽到老鼠在杯子裡奔跑的聲音，還有微弱的叫聲。

「你拿著。」

我讓德茲握著那顆圓石，然後又讓他把手擺在杯子上。

「嘿啊！」

我猛然把整個人的體重都壓在他手上。就算雙手軟弱無力，我也還有體重。我的身體跟德茲的手一起壓碎了杯子。紅色的鮮血從杯子底下流了出來。

「你搞什麼啊！」

我指著德茲的手。因為我成功了。

圓石在他粗壯的手掌上發出光芒，而且上面還浮現出太陽神的紋章。

喜歡嗎？我如你所願「獻上血肉」了。如果是要祭拜那個臭蟲太陽神，別說是老鼠了，連蟑螂都算得上是高級的祭品。我絕對不會再次獻上人命。

「看來那東西肯定是那個老鼠太陽神的『神器』。」

「……」

「喂。德茲，你怎麼了？」

德茲突然陷入沉默，看起來像是閉上眼睛睡著了。當我好奇地把臉靠過去時，他突然使出一記反手拳，狠狠地打在我的臉上。

「嗯？這裡是……原來如此。」

德茲眨了眨眼睛，小聲地自言自語。看來他總算睡醒了。

「發生什麼事了？我看你好像失神了，難道說……」

「你猜得沒錯。」

德茲一臉不爽地點了點頭。

「我聽到太陽神的聲音了。」

我那時候是由羅蘭負責傳話，但德茲是直接聽到那傢伙的聲音。

「那傢伙說了什麼？」

「祂說我成功突破第二試煉，再來就是第三試煉了。」

內容跟我那時候差不多。

「祂還告訴我這東西的名字與用法。」

德茲低頭看向掌中的圓石。

「難不成那傢伙還拿著說明書唸給你聽嗎？」

「那是一種感覺。這顆石頭好像叫做『烈焰之心（Heart of Flame）』。」

德茲不太高興地這麼說。

「這東西明明就是石頭，怎麼會叫做這個名字？」

「我怎麼知道？拜託別問我。」

「抱歉，都是我不好。」

我不但害他壓死老鼠，還害他聽到那個搖屁股太陽神的聲音，他會生氣也很正常，就算他再次賞我一拳，我也怪不得別人。不過我還是希望他能溫柔一些。就算強壯如我，被德茲揍上好幾拳還是會沒命的。

「我不是對你生氣。」

德茲搖了搖頭，使勁握住「烈焰之心」。

「那傢伙竟然打算用這種東西討好我，想到就讓人不爽。」

第五章

暴食的「大進擊」

「建國節」當天總算到來了。

當我早上醒來前往她房間時，艾爾玟已經起床了。

「看來妳今天不需要我的早安吻。」

「別胡說八道了。」

艾爾玟輕輕揍了我胸口一拳，然後又看看屋子裡面。

「德茲先生呢？」

「他已經出門了。」

他今天都會在公會裡待命。因為如果有事情要發生，一定是從「迷宮」開始。那裡可是最前線。在緊急情況發生的時候，德茲就是負責正面迎戰魔物的人。

艾爾玟將會前往「傳道師」極有可能出現的北邊廣場。雖然「建國節」是全城都會參與的慶典活動，但北邊領主宅邸附近的廣場才是遊行隊伍與花車聚集的會場。雖然去年的會場是在「迷宮」大門前方，但今年的會場則是改為北邊廣場。雖然表面上的理由是參加者變多，導致原本的會場顯得太小，但真正的理由肯定與「大進擊」有關。因為那些大人物都會聚集在會場，這是為了避免他們在萬一出事時受到牽連。

而我也以保護艾普莉兒為名義，跟著艾爾玟一起行動。

其他冒險者分別在城裡的各個角落待命，負責協助城裡的警備工作。諾艾爾與拉爾夫也被分配到這個工作。冒險者公會的職員負責傳令與擔任助手，跟著冒險者一起行動。要是發生了什麼事，他們就會立刻通知公會。公會那邊則是負責強化「迷宮」外牆與大門的防禦工事，同時進行救助傷患與協助市民避難的準備工作。

然而最重要的「教祖」至今依然下落不明。如果可以在那傢伙引發「大進擊」之前就擊敗他，當然是最好的結果，但「群鷹會」後來就完全沒有消息了。看樣子他們還是找不到人。

「說不定我們再也不會回到這裡了。」

「我們會回來的。」

至少妳還會回來。我就是為此才站在這裡。

外面是萬里無雲的好天氣，人們嘻笑打鬧的聲音與音樂聲也從外面傳進來了。

「我有禮物要給妳。」

我帶著艾爾玟前往裡面的房間。她驚訝地睜大眼睛。

「總算修理好了。德茲昨天就去幫妳拿回來了。」

那就是艾爾玟的鎧甲。當初被「傳道師」打穿的洞已經補好，連一點痕跡都沒有留下。德茲看上的工匠果然厲害。

艾爾玟慢慢走過去，輕輕撫摸鎧甲的表面。憤怒、後悔、決心、勇氣與各種情感似乎同時湧上她的心頭。她把鎧甲的每個角落都摸過一遍，然後轉身面對我，用氣宇軒昂的表情如此說道：

「幫我穿上。」

「沒問題。」

我先幫忙扣住鎧甲上的固定器，接著逐一幫她穿上手甲與腿甲。最後再幫她穿上紅色披風，「深紅的公主騎士」大人就此復活。

然後，我把平時那種糖果拿給她。

看著我手掌中的糖果，艾爾玟的表情蒙上一層陰影。到頭來我還是只能依靠這種東西。她的表情就像是在這麼說著。可是就算她不喜歡這樣，也無法改變現實。如果她不服用這種糖果，就會因為戒斷症狀而失去戰鬥能力。畢竟尼古拉斯製作的解毒藥也還沒送過來。

艾爾玟閉上眼睛，一口吞下糖果。

她讓糖果在嘴裡滾動，然後輕輕嘆了口氣。

「……終於要決戰了。」

不管是輸贏還是死活，今天就能知道結果了。

「我認識你也已經過了一年又三個月之久。」

艾爾玟一邊邁出腳步，一邊懷念地小聲這麼說。

「是啊。」

自從當上她的小白臉後，我就經常被捲入麻煩的事情。先是差點被她手底下的聖騎士殺掉，又被捲入王位繼承人之間的紛爭，最後還親手殺掉了朋友。不光是這樣，我還跟道上弟兄大打出手，又被試圖挖出她身上祕密的「聖護隊」隊長揍了一頓。聽到她失蹤的消息後，我還衝進「迷宮」裡救人，最後甚至跑到魔物橫行的國家裡幫她找回失物。

如果沒有遇見艾爾玟，我應該可以過著更和平的生活。不過，到時候我可能會繼續當著波莉或其他女人的小白臉，過著與行屍走肉無異的每一天。到底哪種生活比較好，現在的我實在分不出來。

「我們一起經歷了很多事。」

自從我們開始同居後，我曾經被她逼著穿上奇怪的衣服，還開始做起家事。每次帶女人回家都會挨揍，跑去店裡找漂亮小姐也會被修理。雖然吃了許多苦頭，但也曾經遇到好事。

我們在春天去賞花，在夏天一起吃冰鎮西瓜，在某個風雨交加的秋天夜晚聊到早上，還曾經在冬天裡鏟雪。

如果沒有遇到艾爾玟，我就無法得到這些回憶。

「現在就懷念往事還太早了。」

就算「大進擊」結束了，我們要做的事也不會改變。艾爾玟還是要踏進「迷宮」，想辦法得到「星命結晶」。我還是要想辦法幫她弄到「禁藥」，暗中解決掉那些知道她祕密的傢伙。

「重頭戲還在後面。我們還沒有得到任何成果。為了實現我們的目標，我們必須跨越今天這一關。」

「嗯，你說得對。」

艾爾玟露出下定決心的眼神，同時握緊了拳頭。

「我們絕對要保護好這個城市。」

我們約好碰面的地點是育幼院的門口。在前來這裡的路上，我們依然遭到了不少冷眼。看來那些謠言還沒平息下來。當我跟艾爾玟趕到時，艾普莉兒已經在那裡等我們了。育幼院的孩子們也跟她在一起。包含艾普莉兒在內，這裡總共有五個孩子。要是真的出事了，我們就必須負責保護這些孩子。想到這裡就讓我忍不住乾笑兩聲。

「你們遲到嘍。」

大小姐完全不明白我的心情，生氣地鼓起臉頰。

「艾爾玟小姐，妳怎麼會打扮成這樣？」

看到艾爾玟全副武裝的樣子，艾普莉兒驚訝地睜大眼睛。

「因為我今天要負責保護妳，穿成這樣才不會有壞人敢靠過來。」

她露出鬱悶的表情。我猜她應該是想起上次差點被綁架的事情了吧。

平常負責保護她的護衛也躲在不遠處監視。你們幾個今天可不要給我出紕漏啊。

「其實我是想要跟艾爾玟小姐一起盛裝打扮，在今天玩個過癮的。」

就算我們今天只是來參加普通的慶典活動，艾爾玟也不會盛裝打扮。畢竟她平常休假的時候也是這樣。

「那是我上次幫妳挑的禮服嗎？」

艾普莉兒在原地轉了一圈，讓裙子隨風飄舞。

「嗯，妳穿起來真好看。我沒有看走眼。不，這已經超出我的預期了。」

我完全選對了。紅色禮服讓艾普莉兒那頭銀髮顯得更耀眼。

「對了，妳穿著那件禮服上街真的沒關係嗎？」

畢竟那件禮服要價不斐，應該比較適合在舞會或正式場合穿。

「你是說這件禮服嗎？沒關係啊，反正又不是很貴。」

……有錢人家的大小姐果然就是不一樣。

「難得馬修先生幫我挑了這套禮服，當然要在這種時候穿給你看啊。」

「這是我的榮幸。」

我畢恭畢敬地低下頭。

我身後的公主騎士大人不知為何露出複雜的表情，撥弄自己的頭髮。

「那我們出發吧。活動已經開始了。」

「啊——妳先等一下。」

我叫住隨時都會衝出去的艾普莉兒，向她招了招手。

「這個給妳。」

這是一個假玫瑰花髮飾。艾普莉兒的眼睛像寶石一樣亮了起來。

「我幫妳找了一個適合搭配那套禮服與銀髮的髮飾。」

「哇，好可愛喔。」

她伸手接過髮飾，臉上也露出笑容。看到她開心的樣子，我就心滿意足了。

「謝謝你，馬修先生。」

「這點小事不算什麼。」

「別忘了出錢的人是我。」

我聽到某人在後面心懷怨恨地這麼說，希望艾普莉兒不要放在心上。

「謝謝妳，艾爾玟小姐。」

「不客氣。」

聽到艾普莉兒道謝，艾爾玟難為情地別過頭去。

「難得有這個機會，我就幫妳戴上去吧。」

「不用了啦。」

「妳不用跟我客氣。」

雖然她吵個不停，但我幫她戴上頭飾時，她還是乖得像個人偶一樣。如果她平常都這麼淑女，我的腳就不用經常受傷了。

「妳戴起來很好看喔。」

「咦？這附近有鏡子嗎？」

艾普莉兒似乎想要親眼確認，像是要找迷路的孩子一樣東張西望。

「拿去。」

我拿給她一面手鏡。

「我就知道妳會想要確認，所以老早就準備好了。」

「你還真是貼心。」

她一邊稱讚我一邊接過手鏡。

「好可愛……」

她變得面紅耳赤，陶醉地看著手鏡。

「我會好好珍惜的。」

「妳喜歡就好。」

這樣就不枉費我用心挑選了。

「別忘了出錢的人是我！」

「放心吧，我沒有忘記這件事。」

公主騎士大人好像不太開心，就像是個想睡覺的孩子。

「妳不用那麼生氣。我絕對沒有輕視妳的付出。艾普莉兒也很感謝妳。」

「你這個男人從來不曾送我禮物，竟然還敢拿我的錢去討好其他女人。」

她還踢了我的小腿。因為她穿著鎧甲，所以害我痛到不行。

「我上次不是就有送妳禮物了嗎？而且還是超棒的禮物。」

「那原本就是我的東西。」

艾爾玟對我這麼說。

「而且我也沒有拜託你去拿回來。」

雖然我沒有要她心懷感激，也不打算向她討人情，但是被她說成這樣還是會覺得不爽。

「好啊，那不然我拿去原本的地方埋起來算了。把東西還來。」

「誰要還給你啊。我再也不會把那東西交給任何人了。」

她裝出抱著寶石箱的樣子，別過頭去不肯看我。

「那妳可要好好感謝我才對。」

「我當然很感謝你，所以才用這裡報答你不是嗎？」

如此說道的她環抱雙臂，伸手指向自己的大腿。

「當初是你自己說這樣報答就可以了。」

「可是妳付出的辛勞與代價，真的抵得過我努力工作的成果嗎？」

「你這人到底憑什麼說出那種話？」

「這妳明明就很清楚不是嗎？」

我很自然地笑了出來。

「就憑我這張超級厲害的嘴巴與舌頭……」

「笨蛋！別亂說話！」

「那個……」

有人從後面輕輕拉扯我的衣袖。艾普莉兒的臉早就紅透了。我原本以為是因為這些話對小孩子來說還太早了，但理由並非如此。原來是有許多路人不知道在什麼時候停下腳步，遠遠地看著我們偷笑。

「我們快點出發吧。」

「我明白了。」

我也不想讓艾爾玟繼續丟人現眼。

「馬修，都是你害的。」

就算會被她本人怨恨，我也不在乎。

我們離開育幼院，前往北方地區的會場。

因為大馬路要留給花車通過，所以馬路兩側都拉起了繩子。這讓馬路變得比平時還要狹窄，人潮也變得更擁擠。扒手們現在應該都忙翻天了吧。就跟那些路上紳士一樣，扒手也有屬於自己的公會，凡是沒有加盟的外人與新人都會受到制裁。公會是由黑道負責管理，還得以繳納會費為名義，被黑道收取佣金。

「往這邊走。」

雖然我是無所謂，但如果在人潮之中等待花車與遊行隊伍，這些小鬼頭很可能會被壓扁，所以我幫他們準備了貴賓席。

「我們該不會是要去店裡吧？」

「妳猜錯了。」

聽到艾普莉兒這麼問，我搖了搖頭。

馬路兩旁的餐廳與旅館的二樓人聲鼎沸，擠滿了觀賞花車的客人。那種地方需要事前預約，而且所費不貲，但我有個更安全，而且完全免費的好地方。

「打擾了。」

我走過重新改建過的老舊要塞的大門，然後推開外牆角落的小門，沿著螺旋階梯往上爬。

最後來到瞭望塔上面。雖然風有點大，但是站在這個石造的圓型高塔上，就能把整條大街盡收眼底。

「哇啊！這裡好棒喔！」

「好高喔。」

「你們太興奮了。小心摔下去喔。」

我把想要從扶手上方探出身體的小鬼頭拉到後面。因為要是摔下去可是會沒命的。

「馬修先生，真虧你有辦法借到這種地方。」

「我剛好有門路。」

當我得意地這麼告訴艾普莉兒時，從底下傳來某人衝上樓梯的聲音，然後門就被猛力打開了。

「喂，你這是什麼意思！」

「文斯，你來啦。」

我出聲問候，但「聖護隊」的隊長沒有理會，直接抓住我的胸口。

「這裡不是給遊客進來的地方！你根本沒有取得我的同意，竟然還敢胡說八道！」

「抱歉，我忘記先跟你說一聲了。」

我老實道了歉。

「我想說你這位身為王國守護者兼正義代行者的『聖護隊』隊長，應該會願意實現年幼孩童的願望。」

「這裡不是給小孩子玩耍的地方！你們現在就給我離開！」

「你這人還真是狠心。」

我故意轉過頭去，結果那些育幼院的孩子全都快要哭出來了。

「我們不可以待在這裡嗎？」

「不要……我想要待在這裡！」

「人家想看表演……」

他們從嘴裡擠出這樣的話語，一個接一個哭了出來。

文森特啞口無言，整個人都亂了手腳。雖然他看起來像是個不通情理的人，卻會定期寫信給妻兒。我早就猜到他敵不過純真孩童的眼淚，看來我沒有猜錯。

看來我讓他們事先「練習」並沒有白費。

「我看你就通融一下吧。這樣『聖護隊』的風評也會變得更好。」

「你們只能待到中午。」

「謝謝大哥哥。」聽到孩子們異口同聲地這麼說，文森特紅著臉把門關上。我聽著他快步下樓的腳步聲，忍不住嘆了口氣。

「唉，我被罵得可真慘。」

「誰叫你沒有事先跟人家說一聲。」

艾爾玟至始至終都不發一語，一副事不關己的樣子，讓我瞪了她一眼。

「這本來就是妳的主意不是嗎？」

早在以前被帶來這裡時，我就已經掌握這裡的結構了。「聖護隊」的總部非常牢固，很可能抵擋得住「大進擊」，而且地底下還有特別堅固的牢房。這樣也能滿足老頭子想要保護孫女的要求。這個想法本身並沒有問題。

不過，當我剛聽到她說出這個想法時，只覺得她大概是喝醉了。

「可是我有叫你先去取得同意。」

「想也知道他不可能同意吧。」

我只能先斬後奏，用既成事實逼他就範。

「大哥哥……」孩子們輕輕拉扯我的衣袖，而且還在裝哭。

「還沒好嗎？」

「可以停下來了。你們做得很棒。」

聽到我這麼說，孩子們立刻停止哭泣。

他們用手擦了擦臉，然後再次緊靠著高塔的扶手。打扮成三百年前士兵的遊行隊伍離開後，裝扮華麗的花車就出現了。

「啊，大家快看。花車出現了。」

「好漂亮！跟城堡一樣耶！」

「那條大魚就跟真的一樣呢。」

孩子們看著花車，每個人都很高興。實現約定的艾普莉兒好像也很開心。

「馬修先生，你看那邊！」

艾普莉兒興奮地指著花車那邊。我也跟著看了過去，發現兩位金髮美女坐在一輛外型像蛇的花車上。

「那是瑪雷特姊妹嗎？」

「好像是。」

艾爾玟也露出傻眼的表情。我還看到「蛇之女王」的其他隊員坐在後面那輛花車上。雖然我有聽說她們會前往北邊的會場，但我沒想到她們會這樣過去。

「原來她們也有參加這場活動嗎？」

「好像是。」

坐在花車上確實比較容易監視周圍的情況。畢竟當初解決掉冒牌「傳道師」的人就是瑪雷特姊妹，結果真貨其實還活著，這應該傷到她們的自尊心了吧。雖說是為了挽回名譽，但這樣還是太招搖了。

「拿去，你們應該都口渴了吧。」

孩子們原本都痴迷地看著花車，但聽到我這麼說，眼睛就立刻亮了起來。

「這是氣泡檸檬水。」

我先在檸檬水裡加入蜂蜜調味，最後只要再放點小蘇打粉就會冒出氣泡。

雖然這種飲料不是很昂貴，但在這一帶很少有機會喝到，所以孩子們好像都覺得很稀奇。

「嘴巴裡刺刺的。」

「感覺很怪嗎？」

「嘴裡有點痛，不過很好喝。」

孩子們紛紛說出自己的感想，而且幾乎都是好評。

「你是在哪裡買到這種飲料的？就我所知，街上的攤販都沒有賣這種東西。」

艾普莉兒看著杯子裡的氣泡，一臉不可思議地這麼問。

「自己做的。」

「這是馬修先生親手做的嗎？」

「是啊。」

「你好厲害喔！」

如果是要招待成年人，我就會準備一瓶酒，但是要招待孩童就不能這麼做了。我想說機會難得，就試著做了他們平常沒機會喝到的東西。

「這男人總是這樣……每次都對艾普莉兒……」

我身後的公主騎士大人一直小聲碎碎唸，希望其他人不要放在心上。我也會假裝沒聽到的。

「可是材料又是怎麼來的？」

「都是一位善心人士提供的。」

我再次聽到某人衝上樓梯的聲音。

結果是艾爾玟幫我付了材料費。

「之後記得還我。」

她把錢包放進懷裡，同時還瞪了我一眼。這女孩真是難搞。

「沒問題。我現在立刻給妳。」

我摟住她的肩膀，將她擁入懷中，結果腳掌被她使勁踩了一下。

「我只收現金，其他東西一概不收。」

我不滿地噘起嘴巴。

「妳貴為一國的公主，就不要跟我計較了吧。不然可就有辱公主殿下之名了。」

「別這樣。」

她突然換上認真的眼神，厲聲對我這麼說道。

「別叫我『公主殿下』。」

「為什麼不行？」

因為現場氣氛不像是可以開玩笑，我認真地這麼問道。

「……因為這關係到我現在的立場。」

不管她本人怎麼想，馬克塔羅德王國都已經被魔物大軍攻破滅亡了。艾爾玟現在只能算是前王族，就只是個失去故鄉的流民。

「我剛來到這個國家時，就有人說我沒資格自稱公主。我當時非常不甘心。」

就算艾爾玟出身名門，身上流著正統的王室之血，也早就失去名為國家的後盾，不能算是王族了。

「不光是在這個國家，擅自自稱王族在任何地方都是重罪。要是有人讓別人叫自己公主殿下，就會被當成是假冒王族，很可能會被問罪。所以我不會自稱公主，也無法如此自稱。就連讓別人這麼叫我都不被允許。」

「那『深紅的公主騎士』這個稱號呢？」

「……那是因為世上沒有『公主騎士』這樣的地位與稱號。別人要擅自這麼叫我，我也懶得去管。」

原來那就只是普通的外號嗎？

「我都不曉得還發生過這種事。」

「我只是覺得沒必要特地告訴你。我剛來到這個城市時，還曾經透過公會長提醒其他冒險者，請他們幫忙注意這件事了。」

要是隨便叫她公主殿下，你們也很可能會被人問罪。因為公會長這麼威脅他們，那些冒險者就乖乖照做了，所以他們後來才會改用「深紅的公主騎士」來稱呼艾爾玟。

「不過，那些『叫習慣的人』偶爾還是會那麼叫我。而我也會每次提醒他們。你以後也要多注意一點。」

我記得諾艾爾剛來到這個城市時也曾經那樣叫她，但後來也被迫改口了。

「我明白了。」

我隨口這麼回答，而原本一片黑暗的前方，也彷彿露出了些許曙光。

花車大致都通過了。之後將要在會場發表的建國宣言，就是這場活動的重頭戲，但這裡離會場太過遙遠，根本看不清楚。

「我們該換手了。從現在開始，妳就是這群孩子的領隊。」

我輕輕拍了拍艾普莉兒的肩膀。

「你們乖乖待在這裡。要是發生什麼事了，就照著文森特的指示去做。就是剛才那位有趣的大叔。」

我剛才有事先拜託他了，他應該會幫忙保護這些孩子才對。這樣就算是確保這些孩子的避難場所了。

「你們要去哪裡？」

「我們要來場大人的約會。」

把艾普莉兒等人留在瞭望塔後，我跟艾爾玟前往會場。

會場被巨大的柵欄圍住，裡面還搭了一個跟人差不多高的舞台。舞台有三面都被高牆擋住，會場前方擠滿了花車與參加遊行的人。會場可說是戒備森嚴，到處都有衛兵守著，只有相關人士可以進出。觀眾席上全都是前來參加活動的大人物。平民只能站在柵欄外面觀看。雖然也能看到冒險者的身影，但他們的主要工作是協助避難。

「你覺得這裡會出事嗎？」

「當然會。」

那傢伙被我們突襲據點許多次，失去了許多部下才走到這一步。今天是他期盼已久的重要舞台。他絕對不會躲起來偷偷引發「大進擊」。那個「傳道師」肯定會現身，說出這是神的制裁或淨化之類的鬼話。而我就是想要趁那時發動攻擊。

要是我們這邊出事了，諾艾爾等人就會立刻趕來。

現場安靜了下來，樂團也開始演奏音樂。

「活動要開始了。」

一名穿著豪華服裝的男子出現在舞台上。他的年紀應該跟我差不多，不然就是比我大一些。他長得像隻猴子，修長的手腳就跟枯木一樣細。此人就是這個城市的領主。雖然他的長相很討人喜歡，看起來不像是個貴族，反倒像是在休息室裡卸了妝的小丑，但要是被他的外表欺騙，可是會嘗到苦頭的。畢竟他是負責治理王室的直轄地區，同時還是「迷宮都市」此處的統治者。如果他只是個無能的傢伙，就不可能掌管這個城市。當然，如果他是個清廉潔白的好人，也不可能活到今天。

領主說完開場宣言後，接著就要宣布花車比賽的優勝者了。雖然表面上是由那些大人物投票選出優勝者，但其實都是他們私下交易與利益交換後的結果。

「這次的優勝者是……」

正當領主即將說出花車比賽的優勝者時，天空中突然出現巨大的火球。

現場響起了慘叫聲。有如隕石般的火球筆直墜向舞台。雖然領主立刻跳下舞台，但火球墜落的速度要來得快多了。而且只要那顆火球炸開來，周圍就會變成一片火海。當絕望的喊叫聲四處迴盪時，火球在空中爆炸了。

天空被染成一片雪白。某種東西蒸發的聲音響起後，天空稍微變亮了。

仔細一看，別說是小火球了，會場上根本找不到被燒焦的地方。

「想不到妳們竟然能擋下剛才那招。」

黑色怪物降落在舞台上，語帶欽佩地這麼說。他有著巨大的金色眼睛，還有跟雞蛋一樣的頭，不停地動著狀似昆蟲的細長手腳。

絕對錯不了。就是那傢伙。他果然還活著。

「小女孩，算妳們厲害。」

兩個長相神似的女人在花車上跳來跳去，最後降落在舞台上。

她們就是賽希莉亞與碧翠絲，也是身為雙胞胎的瑪雷特姊妹。剛才就是她們施展魔術擋下那顆火球。「蛇之女王」的成員也跟著衝到舞台上，把那傢伙團團圍住。

「快點過來。」

當我回過神時，艾爾玟正忙著推開群眾走向前方。為什麼她每次都要衝這麼快？雖然我想要快點趕過去，但群眾一直往反方向推擠，讓我無法如願前進。

在我們忙著趕過去時，舞台上的眾人也還在交談。

「不好意思先問一下，你應該是真貨吧？」

「沒錯。」

聽到賽希莉亞這麼問，那傢伙點頭承認。

「原來擊敗冒牌貨就得意忘形的傢伙就是妳們嗎？真是太可笑了。」

「那種挑釁的話就別說了吧。」

賽希莉亞伸手制止隨時都會衝出去的妹妹，繼續說了下去。

「我只知道你這個混帳讓我們的戰績留下了汙點。不過，就算你是冒牌貨，我們還是會打垮你。」

「如果你是真貨，那我們就更不需要客氣了！」

碧翠絲一聲令下，眾人同時詠唱咒語。她們先設下魔法防壁，免得誤傷周圍的人，準備把「傳道師」關在裡面痛打一頓。「傳道師」發出咂嘴聲，身體突然晃了一下。他又想讓身體變成霧了嗎？如果讓他使出那招，不管怎麼施展魔法，都不可能打得到他。

「我就知道你會來這招！」

賽希莉亞一臉得意地施展魔法。

面對著一臉納悶的「傳道師」，這次換成碧翠絲唸出咒語。

「爆裂四散吧！『落雷槍（Lighting Spear）』！」

狂暴的落雷直接擊中「傳道師」。下一瞬間，他逐漸消失的身體再次變回原本的樣子，狠狠地被轟飛出去，撞到防壁才停下來。

「霧這種東西其實就是水蒸氣。因為是由水組成，所以當然會通電。」

賽希莉亞得意洋洋地這麼說。

簡單來說，就是這傢伙的能力對雷擊不管用。

「知道厲害了吧？這就是希的實力。不過，真正的絕招還在後面呢！」

碧翠絲繼續詠唱咒語。

「轟飛敵人吧！『暴風鎚（Sledge Storm）』！」

「壓垮敵人吧！『岩石雨（Rock Fall）』！」

「凍結碎裂吧！『冰雪矛（Ice Halberd）』！」

瑪雷特姊妹輪流施展魔法。她們打算用連續攻擊壓制對手，完全不給敵人反擊的機會。其他四個人忙著施展強化魔法，不斷提升魔術的威力，同時還站在瑪雷特姊妹前面，以便在遭到反擊時保護她們。因為四面八方早就被防壁魔法完全圍住，就算是「傳道師」也「無處可逃」。

「希，我們是不是該放大招了？」

「等等，情況好像不太對勁。敵人不可能毫無還手之力。」

「妳是說這傢伙又是冒牌貨？」

「不，我是真貨。」

就在敵人如此宣言的瞬間，一隻黑色的手臂從「舞台底下」伸出來，抓住賽希莉亞的腳踝，一鼓作氣把她拉倒。然後，那隻手臂就這樣衝破舞台，外表完全相同的「傳道師」也跟著從底下現身。

「我也是真貨。」

那傢伙就這樣抓著賽希莉亞的腳踝，一隻手把她扔了出去。賽希莉亞的身體在空中飛舞，然後撞上碧翠絲，兩個人一起飛了出去，重重撞在她們自己創造出來的防壁上。那個外表完全相同的「傳道師」低頭俯視著她們。

「剛才那幾招還是挺有效的。要是讓妳們繼續打下去，可能就有危險了。」

「……你們該不會也是雙胞胎吧？」

碧翠絲扳起臉孔，語帶諷刺地這麼說。

「我們可不只是雙胞胎。」

第一個出現的「傳道師」這麼回答，把手伸進自己的腦袋裡面，像是要找東西一樣在裡面摸來摸去，然後突然揚起嘴角。當他使勁拔出手臂時，手上已經握著一顆紅色的蛋。

「雖然我沒有試過，不過要叫出十幾個兄弟並不困難。」

他把那顆紅蛋隨手一扔，碎裂的蛋立刻噴出了紅色煙霧，大量的煙霧又逐漸變成具有實體的東西。

不久後，另一個外表完全相同的「傳道師」就出現在我們眼前了。

他竟然還能創造分身嗎？看來瑪雷特姊妹上次擊敗的傢伙應該也是分身。

「可惡！」

賽希莉亞想要站起來，但又立刻蹲了下去。她剛才被抓住腳踝的時候，骨頭好像也被握碎了。雖然其他隊員挺身站在前面保護她，卻完全擋不住敵人。

「別礙事。」

「蛇之女王」的其他隊員面對著三位「傳道師」，一個被貫穿心臟，一個被砍下頭顱，一個全身著火，一個被劈開腦袋，全都淒慘地死去了。舞台被鮮血染紅，四名女子倒臥在血海之中。

賽希莉亞睜大著眼睛。鮮血飛濺到她臉上，讓她發出不知道是慘叫還是怒吼的聲音。

「你們這些混帳！」

她從魔杖射出巨大的火球。火焰吞噬了三位「傳道師」，連魔法防壁也一併擊破，在舞台上立起一根火柱。

「去死吧！通通給我下地獄去！」

她一邊大聲喊叫，一邊不斷射出火球。火柱變得愈來愈旺盛，火力也不斷增強。熱風席捲著周圍，一道黑影在火焰之中晃了一下，從中心發出白色的光芒。

「危險！」

碧翠絲整個人撲到姊姊身上。一道白光從她們頭頂上飛射而過。

「吵死人了。」

一位「傳道師」從火焰之中走了出來。外表完全相同的「傳道師」在他身後被燒成焦炭，逐漸變成一團紅霧。看來他是把分身當成盾牌，才沒有被火炎燒死。

「既然是蛇就別給我說話，只管安靜地吐舌頭吧！」

「傳道師」氣憤地把瑪雷特姊妹同時踢飛出去。她們兩人像是紙片般飛了出去，雖然賽希莉亞從舞台上摔下去了，但碧翠絲剛好撞到同伴的屍體，勉強還留在舞台上。她用那把巨大的魔杖撐起身體，露出充滿恨意與鬥志的眼神，把魔杖對準「傳道師」。

「可惡！」

「別來煩我。」

雖然她想要詠唱咒語，但也只是垂死掙扎。她的手臂跟魔杖很快就被踢開，發出骨頭碎裂的聲響。她的臉又立刻挨了一拳，整個人倒在地上。

「希……」

「哎呀，原來妳還活著嗎？呃……我忘記妳是哪一個了。算了，反正這不重要。」

「傳道師」抬起腳來，想要踩碎她的腦袋。

「結束了。」

就在他使勁往下踩的前一刻，銀色的刀刃撕裂了「傳道師」的胸口。

「碧翠絲，妳沒事吧！」

艾爾玟再次揮劍逼退「傳道師」，然後趁機扶起碧翠絲的身體。

「……希還好嗎？」

「她沒事，只是昏過去罷了。」

我代替艾爾玟這麼回答。

「其他人呢？」

艾爾玟默默地搖了搖頭。

「這樣啊……」

碧翠絲躺在地上，用空洞的眼神仰望天空。

「又只剩下我跟希兩個人了呢……」

她們曾經離開親人，還失去了尊敬的老師與前輩。碧翠絲應該也跟賽希莉亞一樣，一直忘不掉那種失落感吧。她只是為了保護姊姊，才會努力隱藏那種情感。而她現在還失去了仰慕自己的同伴，就再也藏不住那種情感了。

「碧翠絲．瑪雷特。」

艾爾玟緊緊握住她的手。

「我很明白妳的心情。可是妳現在只能強忍住懊悔與悲傷。如果妳不想讓姊姊變得孤身一人，就必須站起來。如果妳無論如何都辦不到，就在心中默念這句話。」

她張開美麗的嘴唇，清楚說出了那句話。

「吃屎去吧（Kiss my ass）。」

「哈哈，這句話超低級的。」

碧翠絲忍不住小聲乾笑。這傢伙真沒禮貌。

「不過，這句話確實可以幫妳重新站起來。如果說一次不行，那就說十次吧。效果我可以保證。」

艾爾玟微微一笑，輕撫碧翠絲的臉頰。

「妳在這裡等我回來。」

「討厭，我好像要愛上妳了。」

碧翠絲半開玩笑地這麼說，然後就爬向自己姊姊那邊了。

「這裡就交給妳了。」

「正有此意。」

「妳這沒死成的傢伙還真會說大話。」

「傳道師」從旁插嘴。不管是魔法對他造成的傷害，還是艾爾玟剛才在他胸前劃開的傷口，早就都痊癒了。

「好了，諸位。」

他朝向會場攤開雙手。

「本人要以吾神之名淨化這個城市。你們這些人全都得死。」

他高舉纖細的手臂，某個地方的房屋也在同時立刻爆炸，附近的人們全都受到波及，碎片也在空中飛舞。看來這又是卷軸幹的好事。

因為卷軸很薄，所以能輕易藏在身上。再來只要讓手下發動卷軸就行了……以他們自己的生命為代價。

不是只有一間房屋，接著又有第二與第三間房屋和攤販被爆風炸飛。哀號與呼救的聲音重疊在一起，演奏出任何樂器都無法發出的不協調聲音。在火光的照耀之下，「傳道師」歡喜地大聲呼喊：

「去死吧，異教徒。你們該去的地方就只有地獄。」

「住手！」

艾爾玟不斷揮劍砍過去。如果她能像瑪雷特姊妹那樣施展魔法，那或許還有辦法應付，但她揮出去的劍就只能穿過敵人化為霧的身體。可是即便攻擊全被避開，她也沒有放棄。

「我要在這裡殺了你，絕對不會讓你引發『大進擊』。」

「傳道師」突然放聲大笑。

「『公主殿下』，妳果然什麼都不懂！」

他舉起黑色的手臂，指向城鎮的中央，也就是「迷宮」大門所在的地方。

「我『老早』就引發『大進擊』了。就算重新補強過大門，也不可能抵擋得住。」

遠方傳來一聲巨響。緊接著又響起某種東西飛出去的聲音，還有類似地鳴的聲響。

我不用想也知道這意味著什麼。

「難道你剛才只是在爭取時間？」

艾爾玟小聲這麼說，讓「傳道師」冷笑兩聲。

「你們應該以為自己是獵人吧？錯了，你們才是野獸，只能被我逼入獵場，淒慘地被魔物獵殺。」

這裡是城市的北方地區。一旦這裡出事了，群眾就會逃往南方。如果他們逃往南方，就會抵達城市的中央地區，也就是「迷宮」的前方。

「你不惜做到這種地步，也想親眼看著這麼多人死去嗎？」

「我是在驅逐害獸。這當然是一件令人開心的事情。」

「傳道師」激動地扭動身體，一副發自心底感到愉悅的樣子。

「我心裡現在充滿了成就感，而且感到無比自豪。如果能實現所有目標，我肯定可以提升到另一個層級。」

「為此甚至不惜犧牲自己的部下與同伴嗎？」

「反正那種傢伙要多少就有多少。我剛才不是讓妳見識過了嗎？」

他故意誇張地聳肩。

「畢竟讓一大群人追著我也不是很好辦事。用這種人偶來對付你們這些蠢貨就夠了。」

雖然不知道是在什麼時候拿出來的，但「傳道師」手裡正拿著剛才那種紅色的蛋。他朝向屋簷的後方扔出那顆紅蛋。一旦那顆紅蛋孵化了，應該又會變成「傳道師」的樣子，四處追趕城裡的居民，變成驅趕獵物的獵犬。

「我勸妳最好趕快追上去。要是放著不管，傷亡只會愈來愈慘重。」

「你這傢伙……！」

艾爾玟的劍揮了個空。「傳道師」高高跳起，直接跳到了屋頂上。他在屋頂上攤開雙手，向底下的人們如此宣言。

「祭典才正要開始。你們就好好享受吧。」

第六章

「傳道師」的傲慢

我聽到震耳欲聾的地鳴與腳步聲。城裡就要徹底陷入混亂了。

抬頭一看，發現那個混帳早已消失無蹤。

「我要前往『迷宮』那邊。」

我爬到舞台上面後，艾爾玟毫不猶豫地這麼說。

「我要去跟諾艾爾他們會合，找到那個『教祖』將他擊敗。你快去找艾普莉兒。現在過去應該還來得及。」

只要再過一段時間，城裡就會充滿魔物，變得寸步難行。如果想逃走就得趁現在。而且「聖護隊」總部可說是固若金湯。

「瑪雷特姊妹沒事了。治療師很快就會趕到。」

「可是……」

「我們受人之託，有義務照顧好她。你應該也很擔心她吧？」

「……我明白了。」

現在沒時間讓我們慢慢開作戰會議了。只要等到確保艾普莉兒平安無事之後，我再立刻去找艾爾玟就行了。

「我絕對要阻止『大進擊』。那傢伙也不是無敵的。我一定會凱旋歸來。馬修，你只要等我回來就夠了。」

「妳可別死了。」

「那當然。」

艾爾玟對我微笑。

我們暫時分頭行動後，我便動身前往「聖護隊」總部。我只希望這不是我們今生的離別。遊客早就不知道逃到哪裡去了，直到剛才都還擠滿人潮的馬路，現在已經變得空空蕩蕩。在路上可以找到人們弄丟的鞋子與髮飾。慶祝活動的看板與裝飾品也被人們損毀踐踏，上面滿是腳印。

「馬修先生！」

聽到有人這麼叫我，我停下腳步。艾普莉兒從前面跑了過來。

她迅速奔向我，然後直接撲到我懷裡。

「發生什麼事了？」

「『大進擊』爆發了。魔物從『迷宮』裡衝了出來。」

艾普莉兒被嚇得面無血色。

「艾爾玟小姐呢？」

「她目前平安無事，現在正趕去對付那些魔物。」

我摸了摸矮冬瓜的頭。

「我家的公主騎士大人很厲害。她很快就會殺光魔物回來的。現在是妳比較重要。妳現在立刻回去。這裡很危險。」

要是我們繼續愣在這裡，這條路上也很快就會擠滿魔物。

「不用擔心妳爺爺。妳家是這個城市裡第二安全的地方。最安全的地方就是剛才那裡。那位有趣的大叔絕對不會對妳們見死不救。」

他現在應該保護了許多前去避難的民眾。我知道他一直有在做準備。

「不是這樣的。」

雖然我努力安撫艾普莉兒，但她還是難掩激動地搖了搖頭。

「那孩子……路克不知道跑去哪裡了。」

我記得路克是跟她在一起的育幼院孩子。今年好像是七歲。他有著一頭褐髮與榛色的眼睛，是個有些臭屁的男孩。我跟他講過幾次話，對他還算印象深刻。

「妳是說那個將來想當小白臉的男生嗎？」

小小年紀就想讓女人包養，將來肯定前途無量。

「他一定是擔心老師他們的安危，才會跑回育幼院找人。」

看到眼前這種慘狀，他會擔心也很正常。不過，這個城市很快就會變成魔物橫行的地方，不用想也知道一個小孩子能否平安歸來。

「我去找他。妳快點回去。」

我摸摸矮冬瓜的頭，溫柔地這麼告訴她。

「可是……」

「聽好了，艾普莉兒。」

我回想著懷念的往事，繼續說了下去。

「妳爺爺跟德茲說得沒錯，我就是個廢物。可是，唯獨這件事我很確定。『妳不能去』。」

艾普莉兒有一瞬間猛然抬頭，然後很快就點了點頭。

「馬修先生，那這次『也』要拜託你……啊，你快看後面！」

聽到她發出悲痛的叫聲，我回頭向後看，發現有隻長著人臉的獅子從馬路的另一頭走向這裡。

「是蠍尾獅嗎？」

魔物竟然這麼快就來到這裡了。

雖然這隻蠍尾獅遠比上次大鬧公會廣場那隻還要嬌小，但還是一樣不好對付。現在的我可以輕鬆解決……雖然我很想這麼說，但可惜現在剛好是陰天。

因為雲層很薄，天空應該很快就會放晴，但這段時間就足以要了我們的命。

雖然上次諾艾爾幾乎是憑一己之力就擊敗蠍尾獅，而且德茲也在場，但現在就只有我們兩人。

「現在要怎麼辦……」

「慢慢後退。千萬不要背對牠。」

一旦我們背對蠍尾獅，牠就會立刻發動攻擊。

「我們先退到對面那條馬路上。」

只要退到那裡，「聖護隊」總部就近在咫尺了。

雖然我也很想大聲呼救，但是在援軍趕到之前，我們就會先被那傢伙吃掉。

蠍尾獅是一種狡猾又謹慎的魔物，只要牠覺得我們不好對付，應該就不會對我們窮追不捨。

我感覺到身後的矮冬瓜點了點頭。她還緊緊抱住我的手臂。

我們開始慢慢後退。

「別跟牠對上眼。否則就會被牠當成敵人。」

我們逐漸遠離蠍尾獅。很好，只差一點了。

天上的雲層也逐漸散去。一旦天空放晴，就算蠍尾獅發動攻擊，我也有辦法應付。

當我們只差幾步就能退到馬路上時，數道嬌小的黑影從上方落下。

原來是好幾隻小型魔物從我們頭上跳了下來。這些魔物有著尖尖的紅色頭顱，看起來就像是戴著帽子。

紅帽妖精竟然會出現在這種地方！

「快逃！」

我趕緊推開矮冬瓜，紅帽妖精也在同時撲到我頭上。

我故意去撞牆，想要把牠們趕走，但牠們用長爪抓住我的頭髮，就是不肯下來。我這輩子還是頭一次希望自己是個禿子。就算我想要把牠們甩開，太陽也還躲在雲層後方。因為雙手與胸口都被紅帽妖精抓住，讓我無法拿出「片刻的太陽」。

「馬修先生！」

「別管我了，妳快逃！」

也許是失去了冷靜，艾普莉兒轉身逃跑。

我還來不及出聲制止，蠍尾獅就衝了上去。牠的目標是艾普莉兒。

「可惡！」

雖然我在蠍尾獅從旁邊衝過去時伸出手，想要稍微阻擋一下，但也只有指尖稍微碰到牠身上的毛。

「快跑啊！」

艾普莉兒發現蠍尾獅追了過去，拚命地揮舞雙手奔跑，但還是跑不過蠍尾獅。雙方的距離轉眼間就被拉近，蠍尾獅壓低巨大的身軀，然後高高跳了起來。牠直接撲向獵物，朝著獵物揮出利爪。艾普莉兒回過頭去，臉色變得蒼白無比。

就在利爪即將刺進艾普莉兒身體的前一刻，一道黑影從旁邊跳了過去，在空中把蠍尾獅打飛出去。

蠍尾獅在空中重新找回重心，成功用四隻腳著地，從嘴裡發出低吼。

艾普莉兒的眼睛亮了起來。

葛羅莉亞．畢修普輕輕撥弄自己的頭髮，傲然地低頭俯視著我。

「小白臉先生，你聽我說喔。」

我還在想冒險者公會的鑑定師怎麼會在這種地方，她就突然開始向我發牢騷。

「因為公會裡人手不足，我被派去支援會場的警備工作，結果有個奇怪的傢伙突然出現，害得現場亂成一團。會場被那傢伙搞得一團亂，大家都逃走了，所以我就回去公會，結果又在路上遇到魔物。真是糟透了，我果然不該搬來這個城市的。」

她先是自顧自地說個不停，然後又不耐煩地低頭抱怨。這傢伙該不會是喝醉了吧？我突然想到她好像沒有參加那場會議。

我聽到了咆哮聲。蠍尾獅這次好像盯上葛羅莉亞了。牠先是使勁蹬地，撲到房屋的牆壁上，然後又翻轉身體，從斜上方撲向葛羅莉亞。

「可惡！我受夠了！」

她一個翻滾避開敵人的衝撞，同時從袖子裡拿出長針射了出去。雖然長針成功刺進蠍尾獅的肚子，但好像沒有造成太大的傷害。蠍尾獅輕輕甩動身體，長針就發出聲音掉在地上了。

「討厭，真是麻煩死了。」

我猜那根長針應該有塗毒，但蠍尾獅的身體能夠抵抗毒素，讓某些種類的毒對牠完全不管用。此外，因為牠的皮毛也很厚，只用那點力量根本無法讓長針射穿身體。蠍尾獅似乎覺得這是個好機會，再次衝了過去。蠍尾獅直接撲向葛羅莉亞。葛羅莉亞手上已經沒有長針了。艾普莉兒發出慘叫。

巨大的黑影籠罩在頭頂上，葛羅莉亞高舉左手，揚起了嘴角。

現場響起震耳欲聾的爆炸聲。巨大的火柱從地上冒出，吞噬了蠍尾獅的身體。獅子的巨大身軀變成一團火球飛到天上，然後變成一具無頭的屍體掉回地面。

葛羅莉亞站了起來，用右手整理亂掉的頭髮。她的左手還在冒煙。

「真教人不爽。」

連那些爬到我身上的紅帽妖精都被嚇得逃走了。

「謝謝妳。」

我老實地向她道謝。

「妳那隻義手果然『藏有機關』。」

「畢竟這隻義手可是很貴的。」

她舉起另一隻手，指著那隻無力下垂的金屬義手。

「不過缺點是只能射出一發，而且無法調整威力。」

原來如此，那就不能在自己房間裡使用了。

「對了，差點就忘記這個了。」

說完，葛羅莉亞拿出一個小包裹。

「讓我想想……我記得那人好像叫做尼爾．伯恩斯頓。就是那個上了年紀的治療師。他把這東西交給我，請我轉交給你。」

「妳是說尼古……尼克．伯恩斯坦對吧？」

我改口說出尼古拉斯的假名，同時打開包裹，發現裡面放著一顆白色的糖果。

包裹的背面還有寫字，上面寫著「我照著你的做法把解藥做成糖果了，只要讓『患者』服用就能中和毒素」。

雖然我很想更早拿到這東西，但還是比沒有拿到來得好。

向葛羅莉亞道謝後，我把包裹放進懷裡。等到跟艾爾玟會合之後，就趕緊拿給她服用吧。

「葛……葛羅莉亞小姐！」

這次換成艾普莉兒紅著臉對她這麼說。

「謝謝妳保護我跟馬修先生！真的很感謝妳！」

「呃……其實妳不用這麼客氣。」

葛羅莉亞有氣無力地這麼說。

「我只是擔心萬一妳出事了，可能會有可怕的人找我算帳。」

艾普莉兒眨了眨眼睛。

「咦？啊，我懂了。因為爺爺他……我祖父生氣的時候很可怕呢。」

「嗯，就是這麼回事。」

拜託別用那種意味深長的眼神看我。

我向葛羅莉亞說明情況，然後就把艾普莉兒交給她照顧了。雖然這女人很現實，但也就是因為這樣才讓我信得過。她應該不會做出跟老頭子與我為敵的傻事。

幸好今天是晴天。只要我謹慎行事，總是會有辦法抵達目的地。

跟她們兩人分開後，我沿著大街往南方前進。城裡到處都是魔物。不光是攤販拿出來賣的食物，連那些裝飾品都被魔物拿去啃了。牠們簡直就是為所欲為。

到處都能聽到慘叫聲。魔物四處橫行，讓城裡充滿著混亂與恐懼。

不好意思，我現在可沒有那個閒工夫去幫助別人。世上就只有神有辦法拯救所有人，但我認識的神是史上最惡劣的混帳，根本就靠不住。

我偷偷摸摸地穿越魔物大軍，最後總算來到育幼院。

「這真是太慘了。」

整間屋子已經半毀，庭院與花壇也早就被魔物踏平。

雖然這樣的光景十分淒慘，但我沒有看到屍體。我猜這裡的人應該在魔物到來之前就去避難了吧。當我在半毀的育幼院裡四處尋找路克時，聽到熟悉的聲音從瓦礫後方傳來。絕對錯不了。那是路克的聲音。

「喂，你沒事吧？」

我拚命爬到瓦礫堆上面，發現路克癱坐在原本是庭院的地方。他面前還有一條巨蛇。而我也認得那條蛇。

那是林德蟲。

連這種大傢伙都從「迷宮」深處跑出來了嗎？不知道牠是肚子餓了，還是只想順便吃點零食，林德蟲一邊搖晃著巨大的身軀一邊張開嘴巴，準備吞下眼前的獵物。

「滾開！」

我猛力蹬地，在千鈞一髮之際抱走差點被吃掉的路克。巨大的林德蟲從旁邊衝過去，讓我被風壓推倒，身體在地上不斷翻滾。

雖然我狠狠撞上牆壁，但路克沒有受傷。

「你還好吧？」

「啊，你是那個小白臉大叔。」

「如果你能學會在這種時候叫我大哥哥，將來肯定會很有女人緣。」

我好心給他這樣的教誨，然後伸手指向巷子裡的倉庫。

「你快點跑去那裡。那個大塊頭沒辦法進到那種狹窄的地方。」

「大哥哥，你也要跟我一起去！」

路克拉著我的手，想要幫我站起來，但他很快就變得面色鐵青。他應該是看到林德蟲翻轉身體再次衝過來了吧。

「有人要找我去約會。這對小孩子來說可能太過刺激了。你先暫時閉上眼睛，耳朵也要記得摀起來。」

我硬是從後面推了一把，幫助路克衝向巷子裡的倉庫。當我完全看不見他的背影時，林德蟲的巨大身軀已經來到眼前了。

「真是可惜啊。蛇先生。」

雖然牠用身體遮住陽光算是做對了，但可惜還是太天真了。我感受著來自頭上的陽光，往旁邊跳開躲過這一擊，然後揮拳打在林德蟲的肚子上。

蛇的肚子在一瞬間暫時離地。當林德蟲停住不動時，我看到一樣好東西掉在地上。那是在「建國節」活動中使用的國旗，而且連旗杆都有。我撿起國旗，然後深深地刺進林德蟲的眼睛。鮮血四處飛濺，把國旗染成一片赤紅。林德蟲吐出分岔的舌頭，激烈地甩動著頭部。拜託不要亂動好嗎？周圍的塵土都飛起來了。

我撿起一塊尖銳的瓦礫，一口氣跳了起來，然後把瓦礫當成石刀，朝著林德蟲的頭頂刺了進去。雖然林德蟲大聲慘叫不斷掙扎，但動作還是變得愈來愈遲鈍。

「結束了。」

我最後又猛力毆打牠的腦袋，讓牠吐出了鮮血。林德蟲把頭部塞進瓦礫堆裡，讓揚起的沙塵散落在周圍，就這樣一動也不動了。

我坐在一動也不動的林德蟲身上，大大地嘆了口氣。

突然發現有個卷軸掉在屋子的陰影底下。我把卷軸攤開一看，發現裡面是一張白紙。原來如此，我本來就覺得這種大塊頭突然出現在這裡不太合理，看來這也是「神聖太陽」幹的好事。在「大進擊」爆發的同時，他們也在城裡的各個角落釋放出魔物。目的是讓那些成功逃過一劫的人們無處可逃。如果是這樣的話，這種怪物應該還會繼續出現。局勢比我想像中的還嚴峻。如果不能關上通往「迷宮」的大門，這個城市今天就會毀滅了。

「你沒事吧？」

我走到巷子裡打開倉庫的門。路克驚訝地睜大眼睛。

「那隻大蛇呢？」

「剛才有個超強的冒險者跑來幹掉牠了。」

「咦？真的嗎？」

路克衝了出去，結果看到林德蟲的屍體就嚇到腿軟了。

「好厲害！那人到底是誰？公主騎士大人嗎？」

「是你不認識的人。」

我原本想要把他抱起來，但最後只摸了摸他的頭。因為太陽又躲到雲層後面了。

「因為你剛才擅自亂跑，我要給你一點懲罰。準備被我打屁股吧。」

路克突然小聲叫了出來，轉頭指向剛才被我擊敗的林德蟲。因為林德蟲的身體又動了起來。

這怎麼可能？牠應該完全死透了才對。正當我感到納悶時，身上滿是黏液的老鼠與黃色光球從林德蟲的嘴巴裡跑了出來。那隻老鼠的體格跟小孩子差不多，嘴裡還長著巨大的獠牙。老鼠從林德蟲嘴裡爬出來後，直接用兩隻腳站了起來。

那是鼠人。

我猜那隻鼠人應該是被林德蟲活生生吞進肚子裡了吧。而且總共有五隻鼠人爬了出來。牠們手裡還拿著有崩口的短劍與石斧。真虧牠們有辦法在巨蛇的肚子裡活下來。

牠們現在應該很生氣吧。鼠人的紅眼睛裡充滿敵意，朝向我們走了過來。這可不妙，現在的我連這些傢伙都打不贏。我得設法讓路克逃走才行。我立刻準備迎戰，一支箭卻不知道從哪裡射了過來。

一隻鼠人被射中腦袋，四腳朝天倒在地上，讓那支箭變成牠的墓碑。

當那些鼠人感到畏縮時，我身後響起了粗獷的吆喝聲。

「殺光牠們！」

一群凶神惡煞從我們身旁跑過去，拿著武器衝向那些鼠人。他們用棍棒把鼠人圍起來毆打，還用長槍把鼠人刺成蜂窩。鼠人還來不及反抗，就變成倒在地上的屍體。

「喂，你沒事吧？」

我不由得小聲呻吟。

因為這位救兵正是「群鷹會」的幹部「鱗雲」的奧斯華。他身後還有好幾位拿著武器的壯漢。每個人手上都拿著劍、長槍或斧頭。

「你們怎麼會在這裡？」

「那還用說，當然是為了保護這個城市。」

他用下巴往旁邊一指。我順著看了過去，發現一具屍體躺在地上。我猜那八成是半獸人或其他人型魔物的屍體。他們應該是一大群人直接衝上去圍毆吧。那具屍體已經看不出原本的模樣了。

「老大，你也要幫忙嗎？」

「我們確實都是些人渣，靠著被人唾棄的生意討飯吃。」

「原來你有自知之明嗎？」我把來到嘴邊的這句話吞了回去。

「可是，我們還是有絕對不能跨越的底線。再說……」

奧斯華露出憤怒的表情。

「既然被人那樣擺了一道，我們就絕對要討回來。你們說是不是？」

他身後的男人們同時應和。

「原來如此。」

雖然我對他們不抱期待，但人手還是愈多愈好。

「對了，我還有一件事要告訴你。」

「你查出『教祖』的真實身分了嗎？」

「不，我是要說另一件事。」

就是有人到處說艾爾玟壞話那件事。

「雖然費了點工夫，但我們總算是查到了。就只有一個傢伙在散布那些謠言。」

聽到那傢伙的名字與身分後，我完全想通了。

「謝謝你。你幫了大忙。」

「你現在要去找那傢伙算帳對吧？需要我派幾個小夥子陪你一起去嗎？」

「不用了。」

因為我不想造成無謂的犧牲。而奧斯華也不再多說什麼。

「我們都會待在城裡的東南地區。要是遇到麻煩了，就去那裡找我們吧。」

「我知道了。」

目送「群鷹會」的那些人離去後，我牽著路克的手走向「聖護隊」總部。反正現在有陽光，應該不會有問題才對。當我把路克扛在肩上前進時，他突然拉了拉我的頭髮。

「我們不跟那些人一起走真的好嗎？」

「聽好了，路克。」

我很認真地這麼勸告他。

「要是欠那種傢伙人情，之後肯定不會有好下場。最好永遠別跟他們扯上關係。」

把路克平安送到「聖護隊」總部後，我再次離開那裡。目的地當然是「迷宮」。雖然我想要儘快解決掉那個「傳道師」，但我不知道他身在何處，而且如果不處理掉從「迷宮」裡跑出來的魔物，我們恐怕會先耗盡氣力。

我故意避開大街，走巷子前往「迷宮」。雖然這裡照不到陽光，但如果可以直接衝過去，走這邊還是快多了。

數不清的腳步聲從後方傳來。對方好像是用雙腳走路，但腳步有些不穩，走起路來搖搖晃晃的。總不可能是一群醉漢吧？我回頭一看，然後倒抽了一口氣。

我看到一群死者追了上來。

裡面有骷髏士兵、喪屍與食屍鬼，還有一大群低級的不死生物。這倒是無所謂。因為這些傢伙動作遲鈍，想要擊敗並不困難。問題就只有一個，那就是這些死者全都穿著冒險者的服裝。

那些死在「迷宮」裡的傢伙變成不死生物復活了。據說人只要在「迷宮」裡死去，靈魂就會被囚禁在裡面，永無止盡地受到折磨，直到「迷宮」被人征服為止。

我突然覺得很不舒服。因為這些死者的同伴現在應該也在這個城市的某個地方。其中有些傢伙只剩下骨頭了，也有些傢伙跟活人沒有太大分別。

雖然我曾想過要逃到大街上，但那樣只會讓我被其他魔物前後夾擊。

我逃進更加狹窄的小巷。雖然那些死者追了上來，但它們缺乏智慧，完全不會互相配合。因為它們不斷互相推擠，所以很快就被卡住了。有些死者甚至還開始互相啃咬。我原本以為這樣就能輕易擺脫敵人，但前方又有其他黑影向我逼近。對方好像也是死者。

我無處可逃。後方是數不清的死者，但前方就只有三隻。我打定主意，把手伸進懷裡衝了過去，但又立刻停下腳步。

因為這三個傢伙長得跟我的熟人一模一樣。

「看來我獨自行動果然是對的。」

維吉爾、克里夫、賽拉菲娜……

眼前這三名死者正是在「迷宮」裡喪命的「女戰神之盾」隊員。

我們當初明明有燒掉他們的屍體，連骨頭都打碎了，但受到「大進擊」影響的「迷宮」還是細心地幫他們準備了肉體。

他們還穿著衣服，沒有露出骨頭，也沒有腐肉從身上掉下來。不過我還是能明顯看出他們已經死了。因為他們的肌膚毫無血色。更重要的是，他們的瞳孔都散開了。

「好久不見。最近過得好嗎？」

就算聽到我這麼說，他們也沒有回答。看來他們生前的人格都消失了。維吉爾一看到我就露出牙齒，像是野獸般撲了過來。我趕緊踢開腳邊的石頭，然後趴倒在地上。維吉爾在空中撞到石頭，失去平衡摔到地上。我趁機從克里夫的腳邊鑽過去，繞到賽拉菲娜背後，然後在她背上推了一下。他們兩人抱在一起倒下後，我立刻趁機全速逃跑。

……雖然到此為止還算順利，但是在這種不見天日的巷子裡，我馬上就變回那個慢郎中了。我轉眼間就被他們追上。他們好像忘記武器的用法，只會一邊奔跑一邊胡亂揮舞。因為巷子裡很狹窄，而且他們還聚在一起奔跑，所以經常會被對方的武器打到頭，不然就是被牆壁撞到手，但他們完全沒有要放棄的樣子。這些傢伙真是煩人。真希望他們可以在生前好好活用這股熱情。這對艾爾玟也算是好事。

雙方的距離逐漸縮短。

當我準備用武力解決，把手伸進懷裡時，感覺到有某種東西在我背後落地。我忍不住停下腳步回頭一看，結果又看到另一位熟人。

「抱歉，我來遲了。」

菲歐娜手裡拿著劍，朝著維吉爾等人衝了過去。我根本來不及阻止她。

維吉爾拿著劍使勁亂揮，削開牆壁，劃傷地面，偶爾還會用力過猛，連人帶劍摔倒在地上。雖然攻擊毫無章法，卻不會跟活人一樣有所保留。就算會傷害到自己，他也會使盡全力揮劍，所以反倒不好對付。只要被砍中一劍就死定了，但菲歐娜靈活地避開那些攻擊。面對把劍高舉過頭的劈砍，她直接側身閃躲，緊接而來的反手撩劍也被她驚險避開。她不是只顧著閃躲。當維吉爾揮劍橫掃時，菲歐娜由下往上揮劍，把維吉爾的劍架開，然後又趁著維吉爾失去平衡時，順勢砍下了他的手臂。

她的動作可說是行雲流水，顯然學過正統的劍術。

維吉爾屈膝跪下，克里夫與賽拉菲娜立刻接著發動攻擊。他們兩人都沒有使用魔術，也沒有拿著武器。不過，他們還是靠著生前沒有的速度與蠻力殺向菲歐娜。

維吉爾趁著這段時間撿起被砍斷的手臂，重新接在自己身上，而且不到十秒就能彎曲手臂，確認動作夠不夠靈活。

「這裡交給我來處理，你先走一步！」

「妳確定？」

「反正我也想跟這些傢伙敘舊一下。」

雖然她說得很輕鬆，但眼眶卻紅了起來，一副快要哭出來的樣子。

「總不能讓艾爾玟來對付這些傢伙吧？」

她使勁握住劍柄。直到這時我才發現，她的左手上有「戴戒指留下的痕跡」。

「……我明白了。」

我轉身就跑。從背後傳來的刀劍碰撞聲又變得更響亮了。

後來，我穿過巷子與捷徑前往「迷宮」，卻找不到艾爾玟的身影。

我愈是接近「迷宮」，魔物就變得愈多。大馬路已經無法通行了。我爬到屋頂上，沿著屋頂前進。往下一看，直到剛才都還滿是人潮的街道，現在已經變成魔物的殺戮舞台。天空中也出現了魔物。石像惡魔與洛克鳥這些長著翅膀的魔物旁若無人地飛來飛去。躲在屋頂上避難的人被石像惡魔抓到空中。男子先是被倒吊在空中，又被石像惡魔的利爪與尖牙撕成碎片，就像是被鳥葬的屍體。

總算來到能看見「迷宮」入口的地方。原本將「迷宮」與地面隔開來的大門早已損壞，魔物紛紛衝了出來。從哥布林與狗頭人這種低級魔物，一直到食人魔、牛頭人、巴西利斯克、雞蛇、奇美拉與斯庫拉都有，可說是一個「瘋狂狩獵團（Wild Hunt）」。

德茲與冒險者公會的眾人在公會周圍設下防線。他們以魔術創造出防壁，讓魔物無法接近，還試圖逼退魔物大軍，但敵人的數量實在太多了。雖然冒險者與公會職員都在奮戰，但還是力有未逮。

一道黑影突然蓋在我頭上。抬頭一看，發現有隻石像惡魔將我視為下一個獵物，朝向這裡迅速飛下來。我還來不及發出咂嘴聲，整個人就被抓到空中。我感覺到身體浮了起來，被石像惡魔用一隻手吊在空中。如果石像惡魔放開手，我就會頭下腳上地摔進底下的魔物大軍之中。

石像惡魔在我旁邊飛來飛去。看來牠們這次打算將我大卸八塊。

「你們這群鄉巴佬，晚宴的會場不在這裡啦。」

我沐浴著陽光，反過來握碎石像惡魔的手腕。我跟那隻手腕一起頭下腳上地摔下去。我還拉著腳邊的石像惡魔一起急速墜落。感受到一陣衝擊，眼前瞬間變得一片漆黑，然後就這樣倒在地上。有人探頭看了過來，而那人正是比我父母還要面熟的大鬍子。

「你來得還真快。」

「因為發生了不少事情。」

我拉著德茲的手站了起來。

我剛好摔落到冒險者公會前面。石像惡魔正好變成緩衝墊，我才得以平安無事。雖然我想向牠道謝，但牠的腦袋已經摔爛，看來是沒辦法回答我了。

「艾爾玟人在哪裡？」

「公主正忙著到處掃蕩魔物。她剛才還在這附近戰鬥，但我不知道她現在跑去哪裡了。」

「這樣啊……」

她應該是打算邊戰鬥邊尋找那個「傳道師」吧。

「情況如何？」

「如你所見。」

「麻煩你簡單說明一下。」

拜託別放棄說明行嗎？

「在東西南北的四個城門都出現了巨大的魔物。」

那些魔物不可能這麼快就從「迷宮」跑到城門。這八成是「神聖太陽」幹的好事。他們肯定又是利用卷軸召喚出魔物，藉此堵住這個城市的出口。看來他們打算把城裡的居民趕盡殺絕。

「公會職員已經趕往東門那邊了。『金羊探險隊』也已經帶著其他冒險者前往西門。」

「那北門與南門呢？」

「北門好像是由衛兵和『聖護隊』負責處理。」

文斯畢竟也是個騎士大人。而消滅魔物也算是騎士的工作。

「那南門……」

「我們正準備趕過去。」

雷克斯與「黃金劍士」的隊員對我這麼說道。

「那就萬事拜託了。」

南方地區有許多貧民，應該有許多人來不及逃走。

「我就趁現在老實告訴你吧。」

雷克斯小聲這麼說。

「其實我以前曾經追求過公主騎士大人。」

「小心我殺了你。」

「結果我被拒絕了。她說『你的心意讓我很高興，但我已經有一個離不開的保命繩（小白臉）了』。」

雷克斯聳聳肩，但看起來不是很失望的樣子。

「我想也是。」

「……你還真是信任她。」

「畢竟她可不是那種愛上了就能在一起的女人。」

她不但是個難搞的女人，還背負著許多麻煩，又有許多不可告人的祕密。

「下次找機會讓我聽聽你們兩個的愛情故事吧。」

「那你得請我喝『蒸餾酒（威士忌）』才行。我要那種昂貴的單一麥芽。」

「我會考慮的。」

我目送著雷克斯與「黃金劍士」離去，繼續跟德茲交談。

「醫生呢？」

「他剛才還在公會裡幫傷患治療，但後來就跟其他人一起去城裡救人了。」

這大叔還真是閒不下來。要是艾爾玟又出事了，他可是我唯一的依靠。

「那這裡情況如何？那些魔物怎麼樣了？」

「我們已經設下防線，但完全擋不住那些魔物，讓牠們跑到城裡去了。」

公會早已變成野戰醫院，一樓擠滿了傷患。冒險者與受傷的居民正在接受魔法的治療。雖然他們會先從重傷患者開始治療，但人數實在太多了，而且傷患的同伴與家屬還會在旁邊吵鬧，讓他們無法好好救人。雖然他們很想把通往「迷宮」的門修好，但魔物一直不斷跑出來，就連想要接近都做不到。

「如果只是要拖延時間，我倒是有辦法。至少可以讓魔物無法繼續跑出來。」

「那我們該怎麼做？」

「我們必須先解決掉眼前這些魔物。」

「你有先算過數量嗎？」

魔物不斷從門裡跑出來。光是在門的周圍就有好幾百隻魔物。如果是以前的話，我跟德茲兩個人或許有辦法搞定，但我們現在人手不夠。

「如果搞定那些魔物，你就有辦法了嗎？」

我跟德茲同時回過頭去。

瑪雷特姊妹就站在我們後面。原來她們也趕來這裡了嗎？

雖然衣服上都是血，但腳步看上去都很穩健。看來她們已經用治療魔法治好身上的傷了。

「妳們已經可以行動了嗎？」

「現在這種情況，我們也不能一直躺著休息吧。」

碧翠絲一臉厭煩地揮舞巨大的魔杖。

「……而且我們還得幫同伴報仇。」

賽希莉亞使勁握住兩支魔杖。

「我聽到你剛才說的話了。只要能解決掉現在這些魔物，你就有辦法拖延時間對吧？」

「只能暫時撐一下。」

至少應該可以爭取到讓城裡居民逃走的時間。

「我明白了。」

碧翠絲轉身背對我。

「我跟希現在就動手解決掉那些小兵，然後你就想辦法爭取時間吧。」

「這樣好嗎？」

我還以為她不喜歡做這種犧牲自己，成就別人的事情。

「我要讓那些傷害我同伴的傢伙付出代價。」

「……事情就是這樣。再來就交給我和碧吧。」

「現在的問題是該怎麼對付那幾個傢伙。」

那種蛋頭怪物不知道在什麼時候占據了壞掉的大門上方，而且總共有六隻。雖然那些傢伙好像都不是「傳道師」的本體，但如果不想辦法解決掉，他們肯定會出手阻礙我們。

「德茲，該你上場了。」

我還沒做出指示，德茲就先一步行動了。他移動沉重的身軀走向前方。其中一位分身瞬間就繞到德茲背後，對他揮出手刀。

一道光芒瞬間一閃而過。

下一瞬間，分身的手刀刺進了其他分身的頭部。因為德茲用戰斧劈開分身的身體，把砍下來的上半身打飛到其他分身那邊。剩下的下半身在風中搖晃，最後往後倒下。

「殺了他！」

他們似乎把德茲當成危險人物，同時殺了過去。這反倒是件好事。因為德茲更擅長迎擊敵人，這樣他就不用四處移動了。

每當他用雙手抓著戰斧揮舞時，就會在空中劃出光芒。不管是任何東西，只要被那道光芒劃過，就會被砍成兩段。這當然是因為德茲力大無窮，但也是因為他手裡拿著自己親手打造的最棒傑作「二十二號」戰斧。那些小角色怎麼可能打得過他？

「德茲，砍掉他們的腦袋。」

雖然敵人都是些小角色，但就只有生命力還算強大。即便身體被砍得四分五裂，也還是可以行動。

「沒看到我正在砍嗎？」

德茲露出厭煩的表情，一個接著一個砍掉那些分身的腦袋。

「我們這邊也準備好了。」

我回過頭去，看到瑪雷特姊妹用奇怪的姿勢舉著魔杖。妹妹碧翠絲單膝跪地，用腋下夾住一支巨大的魔杖。姊姊賽希莉亞站在她後面，手上拿著兩支魔杖。

「離遠一點。我們要使出大招了。」

「讓你見識一下我們姊妹的實力。」

「碧，不行喔。千萬不能用眼睛看。」

「對喔，我差點忘了。」

聽到姊姊這麼警告，碧翠絲露出苦笑。

「那我們就開始吧。」

她們兩人同時這麼宣言，然後用相同的臉露出燦爛的笑容。

「君臨萬物的」「諸神啊，」「統治異界的」「星海魔神啊，」「我們願意」「化身為」

「汝等的箭矢，」「將諸位的意志」「展現給愚者知曉。」

賽希莉亞與碧翠絲流暢地輪流說著話。她們該不會是要兩個人一起詠唱同一段咒語吧？每當賽希莉亞揮舞魔杖時，周圍就會冒出小型的魔法陣。那些魔法陣又會發出光球，逐漸聚集在碧翠絲手裡那把巨大的魔杖前方。

「火焰之」「蛇啊，」「冰之」「雄獅啊，」「風之」「天狼啊，」「大地之」「鳥啊，」

她們的語氣愈來愈強烈，語速也逐漸加快。

「『請諸位化為光劍，殲滅吾等的敵人。』」

我最後甚至完全分不出哪一句話是誰說的。這是她們兩人共同施展的魔術。

「消滅一切吧！『暗黑白光牙（Dark Ray）』！」

光之奔流襲向我們。我只能趕緊閉上眼睛。我沒有聽到預期中的巨響，也沒有感受到讓人站不住腳的爆風。

那就只是一道無比耀眼的光芒。就算閉上眼睛，白光還是會穿過眼皮射進來。

我知道光芒正在逐漸消散。我怯怯地睜開眼睛，但光芒還是十分刺眼。

眼前什麼東西都沒有。

那些「傳道師」的分身跟超過上百隻的魔物，全都消失得無影無蹤。

我茫然地看著這一切，聽到從身後傳來的歡呼聲。

碧翠絲與賽希莉亞用拳頭和手肘打來打去，興奮地大聲喊叫。

「抱歉，其實我也不想打擾妳們兩位慶祝。」

我看著「迷宮」冷冷地說。

「不過這樣還不算是結束。」

也許是因為擋在前面的傢伙消失了，又開始有魔物從「迷宮」的入口跑到外面。

「剛才那招可以再來一次嗎？」

瑪雷特姊妹互相看了看對方，然後默默地搖了搖頭。我就知道不行。

如果不想想辦法，我們只會回到原點。

「德茲，你在哪裡？該你出場了。」

本來就是因為他說自己有辦法，我才會決定這麼做的。

「他在那裡。」

我看向碧翠絲手指的方向，發現德茲就站在大門前面。他什麼時候跑過去的？

「我正要動手。」

德茲高舉著一塊圓石。那東西名叫「烈焰之心」，是那個臭蟲太陽神的「神器」。

「你要用那東西做什麼？」

也許是覺得已經沒事了，魔物又再次從「迷宮」裡跑出來。而那些魔物最先看上的獵物，就是離牠們最近的德茲。可是德茲卻高舉著圓石，像個笨蛋一樣站著不動，而且還把他愛用的「二十二號」插在地上。

「喂！德茲，你睡著了嗎？快點回答我！」

好幾隻哥布林衝向德茲。牠們應該是打算用手裡的石刀與爪牙，把眼前的鬍鬚矮人吞進肚子。可是凶惡的目光與尖牙還沒碰觸到德茲，那些哥布林的身體就抖了一下。

因為從那顆圓石裡伸出好幾根長針，刺穿了那些哥布林的身體。

那些哥布林被長針釘在地上，但還是一邊口吐鮮血一邊揮舞手腳，想要再次撲向德茲。然後，圓石又伸出另一根長針，刺進了哥布林的頭頂。

德茲緊緊握住石頭後，長針就全部縮進石頭裡面了。

「這東西可以照著我的想法任意變形。」

就在那些哥布林全都變成屍體時，又有魔物從「迷宮」裡跑出來了。這次至少有上百隻吧。

德茲把石頭扔了出去。結果「烈焰之心」在空中變成一把斧頭，一邊旋轉一邊砍倒那群魔物。簡單來說，就是那個吊車尾太陽神先讓德茲再也當不成一名工匠，然後又給了他一個能任意變成各種形狀的玩具。給我下地獄去吧。

「吃我這招！」

當魔物大致都被解決掉之後，德茲把「烈焰之心」丟了出去。就在即將飛進「迷宮」的入口時，那顆圓石突然變成一塊巨大的布，緊緊包住整扇大門，還把上面的破洞補了起來。

「這樣就暫時搞定了。」

「幹得好。德茲，你真是太棒了。」

我把下巴放在他頭頂上。

「別高興得太早。」

德茲從下面衝撞我的下巴。

「這招只能暫時爭取時間。『大進擊』本身可還沒有結束。」

「難道不能就這樣把洞堵起來，直到『大進擊』平息下來嗎？」

德茲稍微動了動下巴，讓我瞬間就理解了。我聽到各種聲響從門後傳來。吼叫、敲打、亂抓、咬牙……各種聲音不斷響起，像是吵著要我們開門一樣。

「這東西撐不了太久。遲早都會變回原本的石頭。」

「我明白了。」

我把待在現場的公會職員叫了過來。

「多虧有我們德茲老大出手幫忙，魔物暫時不會跑出來了。你們快趁現在協助居民避難，別忘了還要解決掉城裡的魔物。」

城裡還有許多魔物在四處徘徊。我們必須解決掉那些魔物，盡可能地讓更多居民逃走。

「那再來就交給你了。」

「你要去哪裡？」

「我累了，要去休息一下。」

德茲好不容易才幫我們爭取到這些寶貴的時間。要是讓他白忙一場，我肯定會被他勒死。

艾爾玟不在這裡。那我現在就不應該去找她，而是直接去找罪魁禍首比較快。

我要擊敗那個「傳道師」，讓「大進擊」平息下來。這是我們唯一的活路。我實在不認為那傢伙會逃到城外。他應該會想要親眼看著這個城市毀滅，現在正坐在貴賓席等著看好戲吧。那他會躲在哪裡？領主的宅邸嗎？還是這個城市裡最高的塔？不，都不是。他會躲在位在這個城市的中央，而且還能看見「迷宮」入口的地方

「那個地方就是這裡。」

我走進冒險者公會的大門。

我先前往櫃檯。這裡平常總是擠滿了來接委託的冒險者，但現在就只有傷患。雖然重傷患者

都躺著休息，但傷勢較輕的人就只有先做過急救，晚點才能接受治療。我要找的人就在那裡。

那傢伙背靠著窗戶旁邊的牆壁，露出快要哭出來的表情低頭看著地板，看起來就像是在感嘆自己遇到的災難。

「嗨，大叔。」

聽到我這麼叫他，那位搬運者大叔無力地抬起頭來，然後驚訝地睜大眼睛。

「你也逃來這裡了嗎？你沒事吧？」

如此說道的他還摸了摸我的手臂。

「你受傷了嗎？」

我看到大叔的手臂上纏著繃帶。

「嗯？是啊，只是擦傷罷了。」

他使勁揮了揮手臂，像是要證明自己沒有大礙。

「我原本在一間酒館裡喝酒，結果聽到有人喊著魔物從『迷宮』裡跑出來，就趕緊逃來這裡了。我當時被旁邊的人推倒，所以才會受傷。」

「你可真是倒楣。」

接著我偷偷看向周圍，小聲地對大叔這麼說。

「剛好讓我在這裡遇到你。我在這裡的倉庫找到了好酒。這是冒險者公會的存貨。我們一起喝掉吧。」

我故意搖晃酒瓶給他看。這可是存放超過三十年的高級蒸餾酒。

「這樣好嗎？這場大災難還沒結束耶？」

「就是這樣才更應該喝。」

我笑了出來。

「這很可能是我們這輩子最後一次喝酒了。這樣不是讓人更想喝點好酒嗎？」

「你說得對。」

大叔露出笑容。

「其實我原本是想跟艾爾玟兩個人一起喝，但她跑去外面救人了。我們在這裡相遇也是一種緣分。你就陪我一起喝吧。」

「聽到你這麼說，我身上的傷瞬間就治好了呢。」

大叔迅速站了起來。

「反正都是要喝酒，我想找個景色更棒的地方。」

我指向窗外。

「我們去那裡喝吧。」

冒險者公會的建築物可以在緊急時刻當成要塞使用。換句話說，這裡有許多結構類似要塞的建築物，而其中之一就是瞭望塔。

瞭望塔就位在公會深處。因為瞭望塔有著厚重的石牆，所以相當堅固。鑰匙剛才已經被我偷偷弄到手了。我才剛打開門，就聞到一股腐臭味。這裡的每個樓層同時也是倉庫，魔物的屍體與身上的素材都存放在這裡，所以職員也都不喜歡來到這裡。

我爬上螺旋階梯，打開頭頂上的門來到屋頂。屋頂是圓型的，這裡就只有一道扶手，而且高度只到我的腰部。寒風呼嘯而過，魔物在我們腳底下大肆破壞。牠們衝進每一間房子，在裡面尋找食物。這群被敵意、殺意與食欲支配的魔物完全沒有要停止的意思。雖然外面應該也有跟剛才那些石像惡魔一樣會飛的魔物，但公會周圍都有焚燒能驅魔的香草，所以應該暫時不會跑到這邊才對。

我把跟酒一起偷偷摸來的杯子拿給大叔，然後把酒倒了進去。我們讓身體靠在屋頂的扶手上，舉起酒杯互相碰了一下。

這酒真是不錯。如果情況允許，我真想看著美女與夜景品嚐。

「這個城市已經完蛋了。剩下的問題就只有多少人能活下來。不過，這裡或許還有辦法撐過去吧。」

大叔瞥了塔底下一眼，忍不住嘆了口氣。「大進擊」不會永遠持續下去。只要高峰過去了，那些魔物就會主動回到原本的「迷宮」。

畢竟這裡遠比其他建築物要來得堅固，還在各個角落施加了驅魔的詛咒，而且還有存糧。照理來說，這裡就位在「迷宮」的正前方，一旦「大進擊」發生了，就會是第一間被踏平的建築物。正因為如此，這裡才會蓋得跟要塞一樣堅固。如果躲在裡面抗戰，或許還有辦法撿回一命。

「是啊，你說得對。」

我點了點頭，讓拳頭發出聲響。

「你的計畫也差不多該劃下句點了。」

我背對著陽光揮出拳頭。

搬運者大叔連滾帶爬地跳開。

「你怎麼突然就要動手？」

「因為那個到處說艾爾玟壞話的人就是你。」

「我才沒……」

「謠言的源頭其實很容易找出來。就算是平常想不出來的事情，只要被一群凶神惡煞逼問，大家就會立刻想起來了。而結果就是那些謠言跟不堪入耳的風評都是出自你的嘴巴。『群鷹會』

可以為此掛保證。」

「……跟我比起來，你更相信那些黑道說的話嗎？」

「畢竟他們都是生意人。」

雖然他們都是些背叛別人只是家常便飯的傢伙，但只要收了錢就不會欺騙客戶。更重要的是「群鷹會」沒理由陷害這位大叔。

「話說回來，我為何要做那種事情？」

「我早就知道你的真實身分了，大叔……不，我該叫你『傳道師』才對。」

大叔先是扳起臉孔，然後又不知所措地玩起自己的手指。

「我聽不懂你在說什麼。」

「大叔，你的故鄉在哪裡？」

「你問這個做什麼？現在有必要提這個嗎？」

「讓我猜猜看吧。答案是『馬克塔羅德王國』。」

大叔的表情變得不一樣了。

「因為那會害人被問罪，艾爾玟從來不讓別人叫她公主殿下，這個城市裡的人也不會那樣叫她。可是，你曾經叫她公主殿下，而且還叫了兩次。」

好像就只有出身自馬克塔羅德王國的人會那麼叫她。而那個「傳道師」也會叫她公主殿下。更重要的是，這位大叔當時也在「迷宮」裡面。這些證據已經足夠讓我懷疑他了。

「我有這麼說過嗎？我不記得了。」

「別裝了，再裝就不像了。」

我總算逮到他的狐狸尾巴了。我可不打算放過他。

「你應該認識尼克・伯恩斯坦吧？」

「我認識，你是說那位治療師大叔對吧？那又怎麼樣了？」

「為什麼你上次要說他會『幫我祭悼』？」

尼古拉斯在公會裡自稱是個治療師，而治療師跟聖職者是兩種不一樣的職業。治療師可不會幫別人祭悼。

「因為你知道那傢伙的真實身分，才會不小心說出祭悼這個字眼。」

「我才不知道那種事。難道只因為我曾經說過某些話，你就要把我當成怪物嗎？馬修，我真是看錯你了。」

「怪物？你怎麼知道是怪物？你當時應該不在場才對。先說好，別跟我說你其實有看到當時的情況。在那種濃霧之中，你根本不可能看得見。」

如果他當時就待在看得到我們的地方，那我應該也看得到他。

「我是後來才聽說的。我聽到你那樣告訴別人！」

「我是怎麼說的？」

「我記得你說那傢伙有著黑色的頭與黃色的眼睛，上臂還有太陽神的……」

「答對了。」

我指著他這麼說。

「你聽到的應該是這裡面的內容吧？」

這是我剛才到櫃檯後面借來的東西，也就是我們上次前去救援時做的筆錄。我的證詞也寫在這裡面。

「我這個人的閱讀能力很糟糕，你自己看看吧。這上面應該寫得很清楚才對。上面寫的是，上臂還有『像是屁眼的圖案』。」

大叔露出震驚的表情，整個人都愣住了。

當時在現場的人就只有我、艾爾玟、諾艾爾與拉爾夫。艾爾玟就不用說了，諾艾爾跟拉爾夫也都受傷了，所以公會職員就讓我做了筆錄。後來我還交代諾艾爾與拉爾夫要配合我統一說法，所以我的證詞就被直接寫在筆錄裡面了。

「這上面根本沒提到什麼太陽神的紋章。」

「這是因為……對了，剛才那個出現在活動現場的怪物……」

「一個一直待在酒館裡喝酒的男人，怎麼會知道這件事？」

「……」

「答案就是，因為那個怪物就是你。至少你肯定跟這件事脫不了關係。」

他沒有回答。

「如果你還是要繼續裝傻，那倒也無所謂。反正我會用武力逼你承認。」

我不是衛兵也不是法官。我只想要保護艾爾玟，而不是遵守法律。

大叔茫然地仰望天空好一段時間，然後重重地嘆了口氣。

「真是的，想不到我竟然會在這種無聊的地方出差錯，真是太不小心了。」

他一臉無奈地歪著頭，還用雙手按著脖子轉了幾下，然後轉頭看了過來。

「沒錯，你猜對了。我就是『傳道師』。」

他給人的感覺變得不一樣了。雖然臉孔與外型沒有改變，但整個人的氣質完全不同，散發出經常動武之人特有的敵意與殺氣。

看來這才是他的本性。我完全被他騙過去了。早知如此，我當初就不該在「迷宮」裡救他。

「現在立刻讓『大進擊』停下來。」

「那可不行。」

「那我只能來硬的了。」

「等等，你先別衝動。」

我正準備把手伸進懷裡，大叔就伸手制止我。

「我們要不要先聊一下？你先在那裡坐下吧。」

大叔指著地上，而我們剛才使用的杯子就掉在那裡。

「你想逃嗎？」

「我才不會做那種丟人現眼的事情。」

我們再次把酒倒進杯子，面對面坐了下來。雖然他的個子比較小，但如果用外表來判斷他，肯定會吃到苦頭。從底下傳來的各種聲音突然變得很遙遠。

我有一大堆問題想要問他。為什麼「神聖太陽」的「教祖」要當一個賣菜的搬運者？他跟艾爾玟之間到底有什麼過節？而這些疑惑全都可以總結成一個問題。

「你到底是什麼人？」

「你還真是性急。」

大叔一邊苦笑一邊喝酒，然後重新看向我。

「我的名字叫做李維。全名是李維・波爾・巴蘭多・馬克塔羅德。」

他這麼自我介紹，聲音充滿了威嚴。

「我是馬克塔羅德王國的『前國王』。」

「我聽你在放屁。」

我不屑地笑了出來。

「那你不就是艾爾玟的老爸了嗎？」

「我算是她的遠房親戚。」

後來，李維開始講起往事。那是一位野心勃勃的男子愚蠢的前半生。

「就像我剛才說的那樣，我以前可是馬克塔羅德王國的國王。」

不過，那畢竟只是個山裡的小國。他順利繼任國王，治理國家，生下王位繼承人，最後啟程前往冥界。

「我不想過著那種平凡的人生，讓自己在王國歷史中的事蹟就只有一行文字。這種想法讓我變得非常怕死。」

男子開始追求每位當權者都渴望實現的「不老不死」，也順利找到了能夠戰勝死亡的方法。那就是「星命結晶」。聽說當時的鄰國即將得到「星命結晶」後，他打著保護人民免於侵略的名義，對鄰國發動戰爭。因為鄰國把全國的大半財力都拿去挑戰「迷宮」，國防因此漏洞百出，讓他順利攻下鄰國的王都，成功得到了「星命結晶」。

「可是，我得到的『星命結晶』是個早就耗盡魔力的空殼。不管我如何許願，不老不死的願望都無法實現。」

實現這個魯莽願望的代價相當巨大。因為他勉強發動戰爭，讓國家的財務變得很糟糕，也因此被國內的貴族怨恨。

「我把那些囉哩囉唆的傢伙都殺光了。可是我的手段太過強硬，結果造成了反效果。國內終於有人起兵謀反，我只能放棄王位逃到國外。」

李維好不容易才逃到國外，連家臣都捨棄他了，但更可怕的事情還在後面。當他四處流浪的時候，他被奴隸商人抓住了。

「後來我一直在附近各國四處流浪，而且還成了一名奴隸。」

他被抓去做苦工，好幾次都忍不住逃走，但又被抓了回去，受到慘無人道的懲罰。

「我沒能實現不老不死的願望，但『星命結晶』裡殘留的些許魔力，還是成功減緩了我老化的速度。這讓我活過的歲月比別人多上一倍，但卻是活在地獄之中。」

一旦主人死了，他就會被賣給其他奴隸商人。他換了好幾任主人，最後竟然被賣到馬克塔羅德王國。當時的國王是艾爾玟的父親。

他當時就在王都外圍，當一名奴隸商人的奴隸。

他從早到晚都做著苦工，只要反抗就會被鞭打。不知道是因為時代變遷，還是因為太常挨揍讓他改變長相，誰也沒有認出他這位前國王，而李維也不敢如此自稱。因為要是他報上名號，這次真的會被處死。為了不讓自己被人認出來，他只能一直低著頭，擔心受怕地低調過活。主人只給他勉強能填飽肚子的食物與住處。雖然不至於餓死，但也很難算是活著，而這種生活持續了好幾年。

「我每天都向神明祈禱，卻沒有得到任何施捨與慈悲，最後在牢房裡病倒，只能等待死亡的到來。我每天都畏懼著死亡。就在那時，我聽到了吾神的『啟示』。」

如果他就這樣死去就沒事了，但那個馬陸太陽神多管閒事，把李維變成「傳道師」了。

「你只是換了個主人，但還是個奴隸不是嗎？」

「主人不同，待遇也不同。」

「所以你承認自己是個奴隸？一個奴隸整天炫耀自己的豪華項圈，難道你都不覺得悲慘？」

「其他神明沒有給我任何東西，就只有那位大人願意幫助我。」

看來想要故意嘲諷他也沒用。

「那太陽神到底要你做什麼？」

「祂要我讓『迷宮』復活。就是那個被我奪走了『星命結晶』的國家，以前曾經擁有的迷宮『百鬼牢獄』。」

雖然耗盡了魔力，但那個「星命結晶」依然存放在馬克塔羅德王宮的地下室裡面。李維靠著太陽神賜給他的力量，從王宮裡偷走了「星命結晶」。

「可是那個『星命結晶』不是早就耗盡魔力了嗎？」

「就是這樣才能派上用場。」

李維笑了出來。

「如果容器是空的，只要重新把魔力灌注進去就行了。」

李維在「星命結晶」裡灌注魔力，讓「迷宮」重新復活了。

「『星命結晶』渴望得到魔力。因為它想要吸取那塊土地的能量，讓『迷宮』再次誕生。」

看來是被德茲猜中了。別說是跟馬克塔羅德王國的滅亡有關聯了，那個尿床太陽神根本就是真正的幕後黑手。

「也就是說，在馬克塔羅德的某個地方有一個通往『迷宮』的入口嗎？」

「不，那個國家『本身』就是一座『迷宮』。」

我花了點時間才理解李維這句話的意思。

「我直接讓馬克塔羅德王國變成『迷宮』了。」

「那種事情……」

「你不用想得太複雜。『迷宮』就像是這個世界本身的一種疾病。以前的『迷宮』都是在患者體內成長，而馬克塔羅德的『迷宮』就只是從體內長到皮膚外面了。」

因為這個緣故，那些魔物才不會跑到其他地方，一直停留在馬克塔羅德王國。因為那裡就是牠們的住處與故鄉。

「那『星命結晶』到底在哪裡？」

「天曉得……你別用那種表情看我。我真的不知道。因為『星命結晶』一直在『移動』。」

「這又是怎麼回事？」

「我不是說過了嗎？我把整個王國都變成『迷宮』了。要是讓『星命結晶』停留在一個地方，它就會自己向下扎根，在那裡創造出『迷宮』。為了不讓這件事發生，我利用魔術讓它在連鳥都到不了的高空中飛行。它現在也依然在王國的上空盤旋，不斷吸收周圍的魔力。你要去找找看嗎？如果你運氣夠好，或許有機會找到喔。」

那種事就跟要在沙漠裡找出一粒砂金一樣困難。

「所以那塊土地上的魔物……」

「可以分成兩種。一種是從『迷宮』裡誕生的魔物，另一種是被『迷宮』困住，準備拿來當成養分與製造新魔物材料的外來魔物。」

「你們做那種事又能得到什麼好處？」

如果只是要在「星命結晶」裡灌注能量，以前那種「迷宮」應該就能辦到了。

「那位大人給我的命令只有讓『百鬼牢獄』復活。方法隨我高興。所以我就用自己的做法讓『迷宮』復活了。」

「你為何要那麼做？」

「那還用說嗎？當然是為了讓那裡『再也不能住人』。」

如果用正常方法毀滅掉一個國家，之後遲早會有人回到裡面生活。就算把整個國家都燒毀，也遲早會長出小草與森林，重新變成肥沃的土地。就算在裡面創造出「迷宮」，只要被人們發現，就會在那裡建立起跟「灰色鄰人」一樣的「迷宮都市」。

「那個國家原本是我的，結果卻被一個『沒殺成的姪子』搶走。那些傢伙把我放逐到國外，還讓後代子孫霸占我的國家，在裡面悠哉地打炮拉屎，是人都會不爽吧？」

既然自己得不到，那就親手把它毀掉。這傢伙明明是個老頭子，但內心依然是個脾氣暴躁的小鬼頭。

因為這傢伙的緣故，馬克塔羅德王國才會滅亡，整個王族只剩下一位公主活了下來。國土也因為魔物變得無法住人。那些住在邊境的國民應該也遲早會逃到其他國家，不然就是慘遭魔物蹂躪。這傢伙的陰謀澈底得逞了。

「你到處說艾爾玟的壞話，也是為了報仇嗎？」

「因為我沒想到會有那麼多人同情那個得到『迷宮病』就哭著逃回故鄉的膽小鬼。這讓我看了就不爽。不過我沒想到這會害我露出馬腳。」

雖然我差點就一拳打過去，但還是勉強忍住了。我還有問題要問他。

「你應該有很多機會可以殺掉艾爾玟才對。」

「我畢竟是侍奉太陽神大人的『傳道師』，完成使命才是我的首要目標。要是我殺了她，結果讓別人發現我的真實身分，只會讓事情變得更麻煩。」

他厚顏無恥地說著這些話。

「成功把馬克塔羅德變成『迷宮』後，太陽神大人賦予我全新的使命與『啟示』，所以我才會來到這個城市。為了澈底融入這個城市，我讓自己變成一個菜販。而我會被冒險者公會僱用，純粹只是個偶然。」

「難道光是馬克塔羅德還不夠嗎？」

「那裡只不過是『備用品』，還要花上幾十年才能存夠魔力。這裡才是真正的目標。」

那個低能太陽神的目的是利用「星命結晶」讓自己復活。就算得到「星命結晶」了，如果裡面沒有魔力，那也還是無法使用。如果要重新灌注魔力，就得花上許多時間。因此，祂才會把目標改為這個世界的最後一個大迷宮「千年白夜」。不對，應該說馬克塔羅德其實只是前哨戰，這裡才是祂真正的目標。

「為了達成這個目的，太陽神大人還幫我準備了兩位得力的助手。」

而那兩位助手就是羅蘭與賈斯汀。

「雖然你害我們付出了巨大的犧牲，但我還是完成使命了。這個城市沒救了。」

瞭望塔底下再次傳來慘叫聲與腳步聲。我想應該是城裡的居民正在逃命，不然就是某人正在戰鬥吧。

李維喝光杯子裡的酒，對我伸出了手。

「你也加入我們這邊吧。馬修，我比任何人都要看好你。」

「是嗎？」

「你擁有過人的力量，以及長年累積的智慧與經驗。更重要的是，你還擁有遇到任何困難都不失光彩的靈魂。那女人配不上你。她無法駕馭你，只是在浪費你的才華。」

他之前勸我趕快跟艾爾玟分手，原來是這個意思嗎？

「我能體會你的心情。因為太陽神大人的神蹟，你變得無法盡情發揮原本的力量，應該覺得很不甘心吧。可是，那是因為你的靈魂還不夠成熟。只要你願意拜倒在祂的光芒之下，遵循祂的教誨，就能讓自己提升到下一個階段。」

「如果我答應你，是不是就能取回原本的力量？」

「那是當然。太陽神大人渴望得到強大的『受難者』。祂需要你的力量。」

李維說到眼眶都泛紅了。

「拋開內心的糾結吧。這樣你就能變得更強，得到想要的一切。不管是要金錢、女人、土地還是地位都行。一切都能如你所願。」

「你真的可以幫我實現所有願望嗎？」

「沒錯。所以……」

「別傻了。我拒絕。」

我對著李維豎起中指。

「你說那麼多好聽話，卻完全無法打動人心。跟現在比起來，你賣菜時要來得帥氣多了。」

「臭小子，你……」

「你要熱心工作是你家的事。」

我一口氣把酒喝光。

「不過，就算這個城市毀滅了，你的復仇也不會結束。因為你想殺掉的傢伙另有其人。」

「我不懂你的意思。」

「你上次差點就在『迷宮』裡殺了艾爾玟。」

「是啊。那又如何？你恨我嗎？」

「你在下手之前做出奇怪的動作。現在回想起來，我才發現那不是你準備施展魔術的架式，你也不是要集中力量，更不是要向那個黑黴菌太陽神行禮。其實你是想要跪地磕頭。就像個奴隸一樣。」

雖然李維沒有說話，但額頭上已經爆出了青筋。

「其實你最痛恨的人就是自己。即便得到力量了，你還是改不掉以前的習慣。就連面對自己看不起的艾爾玟，你也會一個不小心就叫她公主殿下。你無法原諒自己在長年以來的奴隸生活中養成的奴性，所以才會拿她出氣。」

「你給我閉嘴！」

「真可怕。就算外表變成一個可怕的怪物，也還是藏不住你那腐敗的內心。」

這傢伙的力量泉源正是自卑。即便他生為王族，而且還當上國王了，也還是無法忍受平凡的人生，想要得到更高的成就，結果淪落為一個奴隸，被人使喚了好幾十年。那段可恨的過去就是李維的力量泉源，也是他想要遺忘的記憶。

「雖然你讓我聽了不少有趣的事，但時間好像也差不多了。」

我擦擦嘴巴站了起來。

「大叔，我們開打吧。這裡沒有別人，不用擔心被人打擾。」

「你想成為拯救城市的英雄嗎？」

「我看起來像是那種『膚淺』的男人嗎？」

活到這把歲數，我早就不想當什麼英雄了。我對那種事也不感興趣。我完全不想背負著別人的憧憬、願望與希望。我也不是什麼好人，沒資格擺出正義之士的嘴臉。讓我站在這裡的理由就只有一個。

「我來這裡是為了揍扁對別人的女人出手的混帳。」

陽光從天上傾瀉而下。

「給我做好覺悟吧。臭蛋頭。」

「臭小子！別以為自己很厲害！」

李維大聲怒吼，把身上的白色袋子丟到旁邊。

「我早就做好萬全的準備了。別以為我跟其他那些不成熟的傢伙一樣。」

李維的身體同時迅速膨脹，不斷有某種東西從體內冒出來，彷彿血液正在沸騰一般。同時他還從嘴裡吐出大量的黏液。那些黏液包覆住他整個人，讓他的身體逐漸出現變化。

我看到熟悉的褐色蛋頭與兩顆巨大的眼睛，還有長著巨大亂齒的嘴巴與灰色的軀幹，以及跟

昆蟲一樣細長的手腳。這傢伙毫無疑問就是那個出現在「迷宮」第十三層的「傳道師」。

「『萬物皆無法逃過太陽神的法眼』……」

他還沒把話說完，我就揮拳揍了過去。拳頭沒能擊中他的臉，只能直接穿過他的身體。當我用力過猛失去平衡，整個人差點倒向前方時，我迅速往旁邊跳開。下一瞬間，突然聽到一聲巨響。一道電光打在地板上，留下一塊燒焦的痕跡。

可惡，又是這招。

就算我揮拳打過去，拳頭也會直接穿過他的身體。如果我能像瑪雷特姊妹那樣使用魔術，應該還有辦法跟他一戰，但我只會拳打腳踢與貼身肉搏，幾乎沒有能對付這種傢伙的招式。相較之下，李維還會射出外型像劍的光束，人在遠處也能攻擊。這對我太不利了。要是被他追著打，到時候我就完全沒有勝算了。

雖然我有事先準備好王牌，但要是打不中也沒有意義。

「你剛才的氣勢跑哪去了？你就只有嘴巴厲害嗎？」

「別急。我馬上就讓你見識馬修大爺的壓箱絕活。」

「那可真是令人期待。」

李維應該也有所防備，擔心離我太近可能會出意外。他似乎打算拉開距離跟我打。他保持著一定的距離，不斷射出剛才那種光束。因為地板只是有些燒焦，我想威力應該不是太強，但也因此可以連發。我只能四處逃跑，只要停下腳步，就會在下一瞬間被射成蜂窩。我連滾帶爬地逃往樓梯。

「鬼抓人玩膩了，這次打算跟我玩捉迷藏嗎？」

李維來到樓梯旁邊。沒錯，快點走下來吧。就在李維踩到樓梯上的瞬間，我讓「片刻的太陽」發出光芒，同時壓低身體撲了過去，抓住他雙腳的腳踝。我才剛感覺到手掌抓住東西，就立刻直接握碎。

「咕哇！」

李維大聲慘叫，倒在屋頂的地板上打滾。看來我猜對了。

因為如果讓雙腳變成霧，他就會踩不到地板，也就無法移動了。換句話說，他就只有腳踝以下是實體，結果我完全猜對了。雖然我想要順勢追擊，雙手卻直接穿過李維的腳踝。他的身體也在同時逐漸陷進地板消失不見。我一邊發出咂嘴聲，一邊解除「片刻的太陽」。

「被他逃到底下了嗎？」

他的腳被我廢了，行動應該會變得遲鈍，但那傢伙應該有辦法立刻再生。我想要快點追上去給他最後一擊，於是準備衝下樓梯，但又立刻往後跳開。

一道白光從我原本站著的地方射向天空。

那傢伙竟然直接從樓下發射光芒。我猜他應該是靠著聽聲音來判斷要攻擊的位置。

地板不斷被射出破洞。

為了避開那些光束，我拚命地左右閃躲，在屋頂上到處逃竄。就算想要反擊，我的拳頭也打不到樓下。雖然我有想過要把石頭丟進地板上的破洞，但那些破洞都太小了，石頭只會被彈回來。

「可惡，他射夠了沒啊？」

正當我想著不能繼續這樣挨打時，腳步卻突然一個踉蹌。因為地板被打出許多破洞，結果害我的腳被絆到了。這下糟了。腦海中才剛閃過這個念頭，一道光芒就從地板衝出來，劃傷了我的腳。雖然不是很痛，但還是害我失去平衡，整個人倒在地板上。

當我回過神時，我已經仰躺在地上了。太陽正逐漸傾向西方。

我動也不動。因為要是隨便亂動，光芒就會在下一瞬間從下方射穿我的身體。

我輕輕呼吸，努力不發出聲音。我原本還以為這樣就能平安撐過去，卻看到一道光芒從其他地方射出來。因為找不到我，他才會開始亂射一通吧。看來我剛才廢了他的腳踝，似乎讓他非常不爽。

不過這種情況還是很不妙。因為屋頂不是很寬敞，所以他遲早會射中我。就算我能一直逃下去，等到太陽下山，我就沒戲唱了。我能想像得到李維那張怪物臉孔開心的表情。

「那我就這麼做吧。」

我先高舉手臂，然後使勁敲打地板，整個人也在同時往旁邊翻滾。好幾道光芒立刻從地板射向天空。

下一瞬間，我聽到地板裂開的聲音。地板上的裂痕像是蜘蛛網般逐漸擴散開來。如果在地板上打出這麼多破洞，會變成這樣也是遲早的事情，而且他還是一直追著我射出光束，在屋頂的地板上畫出了一條線。

出現一道巨大的裂痕後，屋頂的地板就這樣掉到樓下了。沉悶的聲響讓整座瞭望塔為之撼動。揚起的灰塵遮蔽了視線。

看到這幅景象後，我也跟著跳了下去。

「馬修，算你厲害。」

我聽到沉悶的聲音。

「你這是白費力氣。要是你以為這種小伎倆對我管用，那可就大錯特錯了。」

他都有辦法讓我的身體穿過了，就算天花板掉下來，應該也能輕易避開。

「馬修，給我出來。你到底躲在哪裡！」

他朝著空中胡亂發射那種光束。

我當然沒必要應聲。我屏住呼吸，等待出手的好機會。

我成功掌握那傢伙的位置了。他現在看不見周圍，腦袋也亂成一團，可說是我最好的機會。

我拿出必勝的王牌，然後從窗外對準屋內扔了過去。

「你還是去舔鞋子吧。臭老頭。」

那東西劃破空氣，筆直刺進李維的腳。

他大聲慘叫。

我同時打破窗戶進到屋內。

一陣風呼嘯而過，吹散了灰塵。

李維蹲在瓦礫堆上，抱著自己的腳痛苦地掙扎。我剛才丟過去的小刀刺中了他的左腳腳掌。

「這是……！」

「那是賈斯汀『搞丟的東西』。」

為了讓尼古拉斯無法行動，賈斯汀用這把小刀刺進他的身體，讓他有好一段時間都動不了。根據尼古拉斯的說法，這把小刀可以阻礙「傳道師」，也就是太陽神的力量。那這把小刀對李維應該也管用才對。我剛才就是趁著屋頂地板掉落的時候，往瞭望塔的外側跳了下去，然後躲在窗外偷偷觀察屋內的情況。

雖然他應該死不了，但現在正是殺掉他的大好機會。

我走到李維背後，靜靜地勒住他的脖子。

「別以為勒住脖子就能殺……」

「你以為我會慢慢來嗎？」

我雙手使勁。黑色的皮膚爆出青筋。看到這種怪物也有血管，害我忍不住苦笑。

「雖然這裡應該找得到斧頭或柴刀，不過你就別在意這個了吧。誰叫你要惹火我。」

因為我已經勒住頸動脈與氣管，他現在應該無法正常呼吸了。就是這傢伙害得艾爾玟失去父母、人民與國家，最後遇到了我。我要讓他血債血償。他的脖子已經縮水一圈了。

「再見了。等我們在地獄裡見面時，再記得請我吃茄子吧。」

就在李維身體前傾的瞬間，我聽到東西爆開的聲音。鐵鏽味從他的脖子飄了過來，紅黑色的鮮血也跟著噴了出來。那顆蛋頭在地上彈跳了兩三次，然後就這麼在地面滾動，直到撞上瓦礫才停下來。

「乾杯。」

我把他的身體當成沒了瓶塞的酒瓶隨手一扔。傷口不再流出鮮血，改成流出黑色的灰塵。

我嘆了口氣，當場癱坐在地上。

總算是解決掉幕後黑手了。這樣「大進擊」應該也會平息下來。問題在於要怎麼撐到那時候。天曉得魔物還要多久才會回到「迷宮」。

艾爾玟，拜託妳千萬別死啊。

「你就這麼關心那個女人嗎？」

我訝異地回過頭去，而一道白光也在同時貫穿我的肩膀。

我往後倒在地上。在劇痛中看到的光景，讓我懷疑起自己的眼睛。

「不會吧？」

李維竟然抱著自己的頭顱站了起來。

「馬修，看來這次是經驗害了你呢。」

頭顱在他自己的臂膀中露齒而笑。他還用另一隻手拔出刺在腳掌上的小刀，將其使勁握碎。

小刀的碎片散落在瓦礫上。

「就算是『傳道師』，只要被砍下腦袋還是會死。可是，凡事都有例外。」

血一直流個不停。可惡，我得快點止血才行。

「我不是說過了嗎？我曾經得到兩次『啟示』。」

李維高高舉起自己的頭顱。

然後他動了動滿是亂齒的嘴巴，再次說出那句可恨的話。

「『萬物皆無法逃過太陽神的法眼』。」

下一瞬間，李維的頭顱裂成兩半，從裡面噴出藍色的黏液。黏液沿著手臂流下，包覆住沒有頭顱的身體與雙腳將其侵蝕。某種東西在藍色黏液裡不斷變大又變小，就像是在跳動一樣，漸漸變成某種形體。

藍色黏液逐漸流到地面後，一隻跟剛才完全不同的異形怪物就從裡面出現了。

那傢伙比我還要高，應該有兩約魯（大約三點二公尺）左右。全身都長滿藍色的鱗片，從肩膀旁邊長出長長的脖子，上面還長著一張跟魚很像的臉。他的身體跟仙人掌一樣又長又圓，手腳卻是又粗又短。背後還長著一條帶刺的尾巴。

這傢伙竟然又變身了。這樣算是犯規了吧？

這傢伙長得很高大，動作看起來很遲鈍，但力量應該有變強才對。

「看吧，馬修。你不覺得這副模樣很美嗎？」

「我覺得不行。」

聽到我實話實說後，李維龐大的身軀跳了起來。我趕緊往旁邊跳開，然後就聽到一聲巨響，還看到地板上多了個大洞。我探頭看向洞穴裡面，發現兩個魚頭的四顆黑色死魚眼正盯著我看。

「馬修，給我下來。還是說，你怕得不敢下來？」

「還不是因為你踩壞樓梯了。」

「那就我過去吧。」

李維稍微壓低身體，下一瞬間就跳到我頭上。

我一邊從壞掉的窗戶確認陽光有照進來，一邊揮出拳頭。如果是要比力氣，那我可不會輸。我可是「巨人吞噬者（Giant Eater）」馬修大帥哥，才不會打輸那種大塊頭。

「蠢貨！」

李維從手臂射出電光。雖然沒有打中我，但因為我躲得很勉強，而且肩膀也還在痛，結果失去了平衡。李維趁機繞到我背後，用巨大的手掌抓住我的腦袋，將我舉了起來。

「要不要我直接把你的腦袋當成石榴握碎？」

可惡，我太大意了。我的腦袋被他緊緊握住，頭骨都快要裂開了。雖然我想要反擊，但他是從背後抓住我，還把我舉了起來，讓我使不上力氣，根本無法反擊。我頂多只能胡亂揮舞手腳，但那種攻擊對他來說根本不痛不癢。

雖然天花板破了個洞，但這裡依然是屋內。只要李維跑到暗處，我就會變成平常那個軟腳蝦馬修了。

「糟糕，差點就忘記了。」

他還從我懷裡搶走「片刻的太陽」。這樣我就無計可施了。

腦袋被他緊緊握住。糟糕，我開始流血了。要是無法掙脫，我會沒命的。

雖然我以前有好幾次都差點死掉，但每次都成功逃過一劫。有時候是靠自己的力量撿回一命，有時候是被同伴救了一命。雖然德茲是救了我最多次的人，但他正忙著對付「迷宮」，應該不會來到這裡。要是他能趕來救我，我真的會給他一個吻。

「我最後一次警告你。馬修，你也來當太陽神大人的部下吧。這樣你就能得到至高無上的幸福。」

「在我老家那邊，淪落為神的奴隸可不能算是一種幸福。」

「是嗎？」

李維拿出一個奇怪的東西。我斜眼看了過去，發現那是一塊狀似硬幣的圓形金屬板，而且上面還連接著細長的棒子。圓形金屬板的底部還刻著不可思議的圖案。

「這是向太陽神大人效忠的證據。」

李維從嘴裡吐出火焰，噴在圓形金屬板上。金屬板加熱後變成紅色了。

他是想要在我身上烙印嗎？

「只要把這個烙在你身上，你就會改變心意了。」

「就算你拷問我也沒用。」

因為我比別人還要不怕痛。

「這可不是普通的烙印。這烙印可以讓吾等與太陽神大人變得更親近，也更容易聽見太陽神大人的聲音。」

「如果是要處刑就明說吧。」我垂下肩膀。「如果整天都得聽到那種聲音，我肯定會腦袋長蛆死掉的。」

「你那張『賤嘴』很快就會改口感謝太陽神大人了。」

我感覺到有熱源接近背後。看來他決定在我背後留下烙印。

「抱歉，我拒絕。你這個軟屌太陽神的屁眼走狗。」

我豎起中指給背後的那傢伙看。

「我信仰的神就只有公主騎士大人。要是我隨便改宗，老二可是會被切掉的。」

「放心吧。要動手砍人的是你。你將會笑著殺死那個女人。」

雖然我想嗆聲說要宰了他，但他更加使勁握住我的腦袋，讓我只能發出慘叫。背後感覺很熱。看樣子烙鐵就快要碰到我了。

我閉上眼睛準備迎接疼痛。

下一瞬間，我聽到一陣破風聲。

我的腦袋不再受到壓迫，整個人也在同時往下墜落。李維的手腕放開我的腦袋，就這樣掉在地上。

當我跌坐在地上，一邊輕撫著疼痛的屁股一邊準備起身時，有一隻手向我伸了過來。

「馬修，你沒事吧？」

原來是「深紅的公主騎士」大人駕到了。

「抱歉，我來晚了。我花了點時間才擊敗剛才那些分身。」

為什麼她總是能這樣及時趕到？

雖然我很想給她一個感謝之吻，但有樣東西讓我無法視而不見。

艾爾玟手裡拿著「曉光劍」。那是太陽神的「神器」。她又擅自拿走這把劍了嗎？

「晚點再說吧。」

也許是發現我想要罵人，艾爾玟先說出了這句話。

「不，我現在就要說。妳怎麼每次都這麼不聽話？」

「這隻怪物是怎麼回事？」

艾爾玟用劍指著李維，向我這麼問道。

雖然她故意裝傻讓我不太高興，但我還是決定下次再來好好教訓她。

「他是李維……那位搬運者大叔就是這次事件的幕後黑手。上次在妳胸口打出一個大洞的怪物再次變身後，就變成這樣了。」

雖然我不確定該不該說，最後還是說出來了。

「此外，他還是害妳亡國的罪魁禍首的部下，也是那個親自動手的傢伙。」

「……我晚點再跟你問個清楚。」

聽到我簡短地這麼說明，她點了點頭，然後站到前面保護我。

「這裡就交給我。你快點趁機逃走。」

「逃到哪裡？」

城裡到處都是魔物。雖然逃到「聖護隊」總部可能就安全了，但我肯定會在路上受到襲擊。

「別管這麼多了，你快躲起來就是了！」

其實我是希望她能負起責任帶我過去。

「竟然又自己跑來送死了，妳這個女人還真是愚蠢。」

「好不容易撿回來的命就這樣不要了嗎？真是個笨女人。」

李維的兩張嘴巴同時說話了。

「妳又想要被我打個半死，讓人看到妳丟人現眼的樣子了嗎？」

「妳是想讓那個男人安慰妳嗎？」

李維的兩張嘴巴笑了出來。

「妳以為自己是正義的騎士嗎？」

「妳以為自己的祖國是樂園嗎？」

艾爾玟的正義不見得永遠是對的。

歧視、貧窮與不公這些問題在每個國家都存在，而且永遠不可能消失。

因為那是人類的天性。大家都喜歡看到比自己低等弱小的傢伙。大家都想排除並貶低跟自己不同的傢伙。大家都想要比別人富有，不想變得跟別人一樣淒慘。雖然自己也很窮，但只要有贏過別人就夠了。只要跟別人比較，就能讓自己感到放心。人就是一種自私自利的生物。

「你多了張嘴巴，廢話好像也變多了。」

艾爾玟不太高興地這麼說。

「我只想做好自己該做的事。」

李維不屑地笑了出來。

「妳是在恨我害得馬克塔羅德亡國嗎？還是想要幫父母報仇？」

「不，你錯了。」

艾爾玟斬釘截鐵地這麼說。

「我只是不想讓更多人為了你們的野心受苦犧牲。」

「別說那種漂亮話了。同伴死在我手上，妳應該很不甘心吧？妳自己也差點沒命，可說是顏面掃地。」

「喂，艾爾玟。別聽他的。」

因為這只是挑釁，沒必要跟他認真。

「你說得沒錯。我沒能保護好許多重要的人，現在卻依然苟活在這世上。我仍然記得當時的悔恨，不明白自己為何獨自活了下來。」

「……」

「可是，正是因為我活了下來，現在才能站在這裡跟你戰鬥。我正跟自己重視的人們並肩作戰。我不需要感到羞愧，因為這就是我活下來的意義。」

她靜靜地把毫無迷惘的劍尖對準李維。

「馬修就由我來保護。」

「那妳就自己去死吧。」

李維冷冷地這麼說，然後用剩下的那隻手抓住我的後頸，把我扔到牆邊。當我痛苦地抱著頭時，令人難以置信的東西飛了過來。

李維丟過來的瓦礫不斷往我頭上落下。

「馬修！」

「妳放心，我還活著。」

聽到艾爾玟大聲喊叫，我伸長脖子這麼回答。瓦礫像是龜殼一樣壓在我背上。雖然我還能勉強移動脖子，但身體已經動彈不得了。

「你就在那裡乖乖看著吧。我晚點再幫你舉行儀式。」

李維才剛說出這句話，就從身上噴出藍色煙霧。

又是上次那種霧嗎？我看不到他的身影了。

艾爾玟站在原地不知所措。一道黑影出現在她頭上。

「上面！」

艾爾玟往後跳開，李維巨大的身軀也幾乎是在同時落地。地板上出現了裂痕。

李維像蛇一樣抬起脖子，直接用身體撞向艾爾玟逃開的方向。他的撞擊又被艾爾玟躲開，整個人直接撞穿牆壁。

他衝到公會的廣場上。這裡不久前才剛被蠍尾獅大鬧一場，但這次出現的敵人可是遠遠強過蠍尾獅的怪物。

艾爾玟也追著李維從牆上的洞來到外面。

「看來你的體重也增加了。」

「我的改變可不只如此。」

李維從嘴裡吐出藍色電光。如果再加上從雙手射出的電光，威力至少變強了四倍。要是被那招擊中就死定了，但艾爾玟不斷左右閃躲，一次又一次避開攻擊。她現在完全沒有緊張的樣子，甚至給我一種游刃有餘的感覺。

艾爾玟繞著圈子來到李維背後。因為身軀龐大，讓李維的動作變得不夠靈活，才會輕易被艾爾玟繞到背後。

「就這樣？你上次在『迷宮』裡的時候可是比現在強多了。」

「那可不見得。」

李維直接用身體撞了過去。他直接改用大範圍攻擊了。雖然他的身體變得巨大，但速度幾乎沒有變慢。艾爾玟邊閃躲邊在他身上砍了好幾劍，但他完全不受影響。李維澈底活用了他在體格上的優勢。

艾爾玟在不知不覺中被逼到牆邊。

無處可逃了。只要李維直接撞過去，就能完成一幅公主騎士大人的壁畫。

「怎麼啦？妳不像上次那樣可憐兮兮地大聲求救嗎？」

「你好像誤會了。」

艾爾玟露出燦爛的笑容。

「誰說我是一個人來到這裡的？」

一道黑影出現在李維背上。原來是諾艾爾跳了上去，同時把劍刺進他背後。當李維仰起身體時，拉爾夫又從正面衝了過去，把「慈雨之劍」深深刺進他的肚子。

李維發出痛苦的哀號，激烈地扭動身體。

拉爾夫避開他到處亂揮的手臂，在擦身而過時一劍砍在他的側腹上，鮮血噴了出來。

「別小看人了，你這個大塊頭。」

拉爾夫臭屁地走到艾爾玟旁邊舉起劍嗆聲。

「為了保護這個城市，我要在這裡擊敗你。」

「我都忘了還有你們這兩個傢伙。」

李維的兩張臉同時露出譏笑。

「之前有六個人都打不過我了，就算你們三個人一起上又如何？」

「你想試試看嗎？」

艾爾玟舉起劍。

「別以為我們永遠不會變強。」

諾艾爾率先發動攻擊。她繞到敵人身後，把黑色的繩子丟了過去。黑色繩子才剛纏住李維的手臂，就立刻從陷進肉裡的地方冒出白煙。雖然不知道材料是什麼，但那條黑色繩子八成也是魔物身上的某個部位。那是一種利用魔物的毒與體液，以及身體部位製作武器或道具的技術。這種技術名叫「忌毒術」或「毒魔法」，但很多人都不喜歡這種技術。諾艾爾是少數會使用這種技術的高手。

她從馬克塔羅德王國帶回了許多親手製作的武器與道具，那條黑繩應該也是其中之一。

「嘖！」

李維用沒被抓住的手架開艾爾玟的攻擊，又把另一隻手拉向自己。

也許是早就知道比力氣自己毫無勝算，諾艾爾一點也不慌張，又丟了顆藍色小球過去。小球碎裂開來，把透明的液體噴到李維腳底下。雖然那種液體當然也有噴到李維身上，但他完全沒有受傷。

「妳到底做了什麼……！」

李維突然重心不穩失去平衡。雖然他立刻試著站穩腳步，卻因為腳底下太滑而無法站穩。難道那裡面裝的是油嗎？可是那種液體好像比油還要滑。

「那是陽炎鼠的汗水與油的混合物。」

諾艾爾一邊拉著黑繩，一邊又丟了幾把塗毒小刀過去。陽炎鼠是一種只要不小心踩到，就會讓人像是暈船一樣站不穩腳步的魔物。原來那種小球不是用來殺傷敵人，而是用來削弱敵人的東西嗎？當李維終於忍不住屈膝跪下時，艾爾玟揮劍砍了過去。

「可惡！」

也許是因為重心不穩讓他難以行動，李維的手臂與額頭被砍了好幾劍。雖然傷口很快就會重新再生，但艾爾玟還是沒有停止攻擊。

「蠢貨！妳上當了！」

李維的身體突然消失不見。濃霧籠罩著周圍。那是我們曾經在「迷宮」裡見識過的迷霧嗎？

艾爾玟擺好架式準備迎戰，但一隻纏繞著蒼藍電光的手臂出現在她背後。

「危險！」

諾艾爾從上方丟出紅色小球。當小球掉在艾爾玟與「傳道師」之間的瞬間，原本只有拳頭般大的小球迅速膨脹，轉眼間就變得跟一個人差不多大，把艾爾玟跟李維都彈飛出去。

然後紅色小球就像是洩了氣般迅速縮水扁掉。原來如此，剛才那招是為了讓艾爾玟遠離那傢伙嗎？

「謝謝妳救了我。諾艾爾。真不愧是妳。」

艾爾玟迅速站了起來，開口向諾艾爾道謝。諾艾爾低頭鞠躬，看起來似乎鬆了口氣。雖然艾爾玟應該早就發現諾艾爾用了什麼武器，卻完全沒有要責怪她的意思。畢竟她是位氣量寬宏的大人。

諾艾爾繞著圈子奔跑，在衝過李維身旁時拿出好幾顆白色小球丟了出去。

白色小球一碰到李維就爆了開來，噴出白色的黏液。

「那是把衛兵蜘蛛的絲溶解之後做成的黏液。」

諾艾爾一邊繞到李維背後，一邊不斷地把白色小球扔在他身上。

「只要沾到就無法輕易掙脫。」

「那又如何！」

李維把其中一顆頭轉了過去，張開血盆大口吐出火焰。像是火山彈的物體飛向諾艾爾，發出巨響的同時刺進地面，掀起了沙塵。火山彈落地的地方冒出火柱。諾艾爾不斷避開那些火山彈，但也許是被煙霧與火焰遮蔽了視線，讓她遲遲無法接近敵人。

拉爾夫從另一邊揮劍砍了過去。

也許是因為剛才那一劍造成很大的傷害，讓李維對魔劍的威力有所提防，從手臂創造出一條冰鞭不斷揮舞，試圖阻止拉爾夫接近。拉爾夫只能一邊哭著叫媽媽一邊四處逃竄。雖然他偶爾會揮個幾劍彈開鞭子，但還是懼怕著鞭子不敢上前。真不曉得他剛才那種氣勢跑去哪裡了。

艾爾玟接著從正面衝過去揮劍攻擊。李維也用另一隻手與她交戰。艾爾玟這次的氣勢完全不同。因為她用的是另一把劍。

那不是她們家族代代相傳的寶劍，而是太陽神的神器「曉光劍」。「曉光劍」化為紅色的閃光，不斷在李維身上留下傷痕。

他現在可是被自己老大的劍砍傷，心裡應該爽到不行吧。

即便如此，李維還是沒有倒下。雖然他的手臂不斷被砍傷，但他的再生能力太過強大，傷口很快就會逐漸復原。他剛才被諾艾爾與拉爾夫砍傷的地方也早就痊癒了。看來還是只能砍下他的腦袋了。可是現在的他跟剛才不同，身上總共有兩顆頭。

我猜如果沒有同時砍下那兩顆頭，他就會再次復活。

我沒想到這場三打一的戰鬥會打得這麼難分難捨。現在的情況對我方不利。「傳道師」的體力永遠不會耗盡，但艾爾玟他們只是普通的人類，遲早都會耗盡體力。如我所料，諾艾爾率先耗盡體力了。

因為她的體格最嬌小，還得一直四處移動，不斷投擲親手製作的武器做出反擊。她時而用強酸灼燒敵人的皮膚，時而用劇毒讓敵人身體麻痺，時而用強光奪去敵人的視力。

如果換成是尋常敵人，這場戰鬥早就分出勝負了，但這次的對手可是「傳道師」。不管是被燒爛的皮膚，還是被劇毒侵蝕的身體，還是被強光奪去視力的眼睛都能立刻復原。這肯定讓她消耗了許多體力，心裡也覺得很挫折。她的動作變得愈來愈遲鈍了。

「嗚……」

諾艾爾一個腳步不穩摔倒在地上。她應該沒料到這場戰鬥會這麼累人吧。好像沒有要重新站起來的樣子。

李維的左邊那顆頭露出愉悅的表情。

「先從妳開始解決。」

說出這句話後，他在嘴裡凝聚火焰。要是被那些火焰噴到，可不是被燒成焦炭就沒事了。

「嗯，可以啊。」

諾艾爾保持著單膝跪地的姿勢舉起雙手。她的手腕上纏著絲線。絲線一直延伸到李維的側腹，也就是那些白色黏液的正中央。

「就先從我開始吧。」

諾艾爾使勁拉扯絲線。絲線從黏液的表面斷了開來。下一瞬間，現場響起一聲巨響，同時還冒出了黑煙。李維的肉片隨著爆炸四處飛散。

看來不光是黏液，她還偷偷加了其他東西。她說那些黏液是衛兵蜘蛛的絲，只是為了轉移敵人的注意力。

沾到黏液的地方不斷爆炸。這些黏液同時爆炸似乎讓李維招架不住。他一個腳步不穩，但還是連滾帶爬地衝向諾艾爾。諾艾爾避開李維的手臂，一邊在地上滑行一邊抓住他的腳踝，整個人抱在上面繞了一圈。當諾艾爾一個前滾翻再次拉開距離時，李維的腳踝已經被砍了下來，就這樣留在原地。

李維巨大的身體跌坐在地上。

就在這時，拉爾夫大聲吼叫衝了過去。

「臭小鬼！你找死！」

李維一邊發出咂嘴聲一邊揮舞鞭子。他現在無法自由行動，只能胡亂揮舞鞭子，讓冰鞭劃破空氣，不斷凍結周圍的事物，彷彿只有他周圍下起了暴風雪。

但拉爾夫沒有停下腳步，主動衝進鞭子的攻擊範圍。

一旦被鞭子擊中，別說是身上的肉，就連鎧甲都會斷成兩截，但拉爾夫看穿了所有攻擊。他停下腳步，壓低身體，往後跳開，不斷地避開攻擊。雖然肉眼跟不上鞭子的速度，但他還是靠著觀察敵人手腕的動作，成功預測到攻擊的軌跡。

拉爾夫就只有擅長判斷攻擊距離這個優點。他們上次被李維擊敗時，就只有他受到輕傷，絕對不是只靠著運氣。因為他原本是個獵師，所以應該有鍛鍊到這方面的能力吧。他很擅長掌握獵物跟自己之間的距離。不過要是這麼告訴他，他肯定會得意忘形，所以我絕對不會說出來。

「可惡！」

李維一邊怒罵一邊揮舞鞭子，卻因為用力過猛失去平衡。拉爾夫趁機衝進他懷裡。

「去死吧！」

他手中的劍刃發出藍白色的光芒。據說寶劍「慈雨之劍」能在短時間內變得更鋒利。他一邊怒吼一邊揮下發出微光的寶劍。寶劍差點就要劈開李維的額頭，卻在最後關頭停住不動。

因為李維用雙手夾住了「慈雨之劍」。

「真是遺憾啊。」

原來他剛才失去平衡，只是要引人上當的陷阱嗎？

「可惡！」

雖然拉爾夫想要硬把劍砍下去，但他不可能敵得過「傳道師」的力量。

「結束了。」

「快把劍放開！」

在我大聲呼喊的同時，李維把雙手縮了回去。拉爾夫的身體跟著前傾，然後立刻被狠狠踹飛出去。

拉爾夫整個人飛到空中，最後撞上牆壁，慢慢地癱坐在地上。

誰叫那個笨蛋馬上就得意忘形，才會落得這種下場。

雖然諾艾爾和艾爾玟想要衝過去救人，卻因為被李維阻礙而無法接近。他揮舞從拉爾夫手裡搶走的「慈雨之劍」，讓她們兩人無法接近。

「無能的家臣果然就是廢物。」

李維語帶同情地這麼說。

「這樣就變成二打一了。」

雙方的戰力失衡了。要是繼續打下去，她們又要陷入絕境了。

看來還是只能靠我了。因為剛才休息了一下，我的身體稍微恢復行動能力了。這樣拉爾夫剛才努力奮戰就有價值了。就當作是這樣吧。

正當我想叫她們幫我搬開這些瓦礫時，我看到了難以置信的一幕。

「開什麼玩笑啊！」

拉爾夫一邊喊叫一邊跳到李維背上。艾爾玟與諾艾爾也被他這個不合常理的舉動嚇傻了。

「每個傢伙都看不起我！快點把劍還來！」

拉爾夫想從他背後把「慈雨之劍」搶回來。雖然李維想要把他拉下來，卻因為身體太過龐大而抓不到他。

「既然你這麼想要，那我就還給你吧！」

也許是感到惱火，李維主動往後倒下。要是被他壓在底下，拉爾夫就死定了。

「別小看我！」

拉爾夫爬到李維的脖子後方，把一顆白色小球砸在他臉上。白色小球裂了開來，讓黏液沾到李維臉上，奪去了他的視力。他似乎無法呼吸，只能摀著臉拚命掙扎。

「如何啊！諾艾爾小姐給我的白球厲害吧！」

李維的右側頭顱痛苦地掙扎，放開了剛才拿著揮舞的「慈雨之劍」。

「這是回敬你的！」

他連滾帶爬地撿起寶劍，再次讓寶劍釋放魔力。寶劍發出強烈的光芒，同時砍下了李維的右側頭顱。

一顆頭還留在身上，另一顆頭飛到半空中，但兩張嘴巴都發出了慘叫。

艾爾玟出手了。

「去冥界償還你犯下的罪孽吧。」

斷罪之刃揮了過去，準備砍下僅剩的左側頭顱。

李維揚起嘴角。

「妳不管那孩子的死活了嗎？」

我看到一個蛋頭怪物抱著孩子。那是李維的分身。原來還沒殺光嗎？

「你這個卑鄙小人。」

「隨便妳怎麼說。」

李維一邊後退一邊撿起被砍下的頭顱，重新放到傷口上。

原本翻著白眼的右側頭顱逐漸恢復血色，被諾艾爾砍斷的腳踝也同樣接了回去。這能力也未免太方便了吧。

那個被怪物抱著的孩子好像昏過去了，沒有要醒來的跡象。

雖然只要對他見死不救就沒事了，但如果可以這麼狠心，大家就不需要這麼辛苦了。尤其是這位公主騎士大人。

「這樣局勢就逆轉了呢。」

李維搖搖晃晃地站了起來。

「我要先宰掉你這個砍下我腦袋的傢伙！」

他對著拉爾夫揮出巨岩般的拳頭。

「慢著！」

艾爾玟挺身保護他。我眼前瞬間變得一片漆黑。

就在打中艾爾玟的前一刻，李維的拳頭被一道半透明的牆壁彈開，發出堅硬的聲響。

那是魔術防壁嗎？

李維沒想到會受到反擊，整個人都愣住了。火焰在這時從他背後飛了過來，擊中他巨大的身軀。

李維發出慘叫跪了下去。兩道人影從暗處走了出來。

「可以讓我們湊一腳嗎？」

「這麼有趣的對決怎麼可以不叫上我們？」

她們就是碧翠絲與賽希莉亞。

「那孩子呢？」

「他沒事。」

聽到艾爾玟這麼問，她們不疾不徐地如此回答。

「看來我們勉強趕上了。我差點就被嚇死了呢。」

我聽到跟現場氛圍格格不入的平靜嗓音。

我回過頭去，看到尼古拉斯抱著那個孩子。剛才的怪物就倒在他腳邊。

「尼古拉斯．伯恩斯。」

李維恨恨地這麼說，但他完全不以為意。

「你好，很高興見到你。你就是『教祖』對吧？」

「你們早就見過面了。」

我糾正尼古拉斯的錯誤。

「這傢伙其實就是李維，就是那個公會的搬運者大叔。我們上次一起踏進『迷宮』裡的時候，不是就有這樣一個人嗎？」

「是這樣嗎？不好意思，我最近記性不是很好。如果你這麼說，那應該就是這樣了吧。」

他糊里糊塗地這麼說，還搔了搔頭髮。

「總之，你就是李維先生對吧？你害我吃了不少苦頭呢。我想要好好答謝你一下。」

他讓孩子躺在暗處休息，然後就一邊用右手的魔杖敲打肩膀，一邊輕鬆自在地走了過來。

「你這個叛教者！」

李維從嘴裡吐出火焰，但又被半透明的牆壁擋住，在尼古拉斯眼前擴散開來。

「糟糕，差點就忘記了。」

尼古拉斯的魔杖發出光芒後，艾爾玟等人的傷就逐漸痊癒，而且我身上的傷也治好了。雖然這讓我不再流血，但我還是希望有人能順便搬開壓在我身上的瓦礫。

「好啦，我們可以繼續了。」

拜託不要當作沒看到好嗎？

「我剛才一直到處幫傷患療傷，還要跟魔物戰鬥，忙到天昏地暗，幸好最後還是有趕上。因為我有些事情想要問你。」

他應該是想問太陽神的事情吧。因為他跟羅蘭與賈斯汀不一樣，應該更清楚太陽神的企圖，也握有我們不知道的情報。

「如果你要拷問這傢伙，我可以幫忙。我知道不少管用的招式。」

「……你的好意我心領了。」

尼古拉斯露出苦笑。不過我可是認真的。

「這樣局勢就逆轉了呢。」

即使不算上我，這樣也是六打一了。李維似乎也明白局勢對自己不利，表情顯得相當焦慮。

「你剛才都聽到了，我們可能不會太過溫柔。如果你願意主動說出來，我會很感激的。」

「別說笑了！」

聽到尼古拉斯這麼勸降，李維舉起手臂。他把雙手伸進自己體內，再次拿出好幾顆那種紅蛋。瑪雷特姊妹放出魔法想要阻止他，但這次換成李維展開半透明的防壁。紅蛋在這段期間孵化，不斷變出更多分身。

「艾爾玟。」

我趁著李維分心的時候，呼喚美麗的公主騎士大人。

「我很快就會去救你。你就在那裡稍待片刻吧。」

雖然我很想找人救我出去，但我不是要說這件事。

「妳把耳朵湊過來一下。」

「為什麼？」

「反正妳快點過來就對了。我要傳授妳打敗那傢伙的絕招。」

艾爾玟半信半疑地走了過來。我在她耳邊說了幾句悄悄話。

「……此話當真？」

「絕對錯不了。『妳』用這招肯定很有效。」

「我明白了。」她重新回過頭去，看向李維與大量的分身。敵人的數量至少超過三十個。

「沒時間了。就算你們想要耍小手段，也無法讓『大進擊』平息下來。」

「那我就趕在那之前解決你。」

艾爾玟走向前方。

「我這次一定要砍下你的腦袋。」

就在李維解除防壁的同時，那些分身向我們衝了過來。

他們六個人聚在一起，正面迎戰那些敵人。

艾爾玟砍倒打頭陣的分身後，拉爾夫與諾艾爾也跟著衝進敵陣。瑪雷特姊妹負責對付遠處的敵人。碧翠絲放出火焰，賽希莉亞放出雷擊。

那些分身往後跳開，排成一列面對我們，從手臂發出光芒。這不是他們老大用過的招式嗎？強烈的光芒同時射了出來。就在光芒貫穿艾爾玟等人的前一刻，半透明的防壁突然出現，抵銷掉那些光芒。那是尼古拉斯的防禦魔法。

尼古拉斯看準攻擊停止的瞬間解除防壁。瑪雷特姊妹放出的火焰也在同時燒盡那些分身。

「我們上！」

當那些分身的陣型被打亂時，艾爾玟再次率先衝了進去。她砍倒那些全身著火的分身，殺出通往本體的血路。諾艾爾丟出一顆紅色小球。紅色小球在落地的瞬間膨脹開來，把那些分身彈到遠方。

艾爾玟在殺出的血路中奔跑。諾艾爾跟拉爾夫擋住了衝向她背後的分身。

「別想阻礙公主大人！」

拉爾夫一邊吼叫一邊揮舞「慈雨之劍」。雖然沒能擊敗敵人，但還是成功守住艾爾玟的背後，讓她得以殺到本體面前。

李維的兩顆頭顱都面露驚慌。他剛才一口氣做出那麼多分身，應該也消耗了不少體力。而且每隻分身的實力都變弱了。他原本想靠著數量取勝，但結果只是白費力氣。

「可惡。」

李維轉過身體，再次從體內噴出霧氣。他想躲起來？不，他是想要逃走嗎？這可不妙。要是現在讓他逃掉，我們恐怕就再也找不到他了。到時候這個城市也會完蛋。

「借我一用。」

艾爾玟從諾艾爾手中搶過那條黑繩，然後狠狠地打向地面。在黑繩發出清脆聲響的同時，她對著那道逐漸消失的背影大聲下令。

「『李維，還不給我跪下』！」

下一瞬間，李維停住不動了。擁有兩個頭的龐然大物屈膝半蹲，露出不知所措的表情。看來就算他變成了怪物，也無法擺脫長年當奴隸養成的習慣。

「妳……！」

李維回過頭來，臉上充滿了屈辱與憤怒。

「別讓我說第二次！」

艾爾玟緊握著劍，說出了那段咒語。

「『太陽是萬物的支配者』，『亦是創造天地的絕對神』。」

在她唸出咒語的同時，紅色鱗片也從劍柄附近不斷冒出。紅色鱗片像蟲子一樣在地上到處亂爬，然後筆直衝向李維。李維應該也感受到了危險，身影立刻就消失不見了。難道他在這種形態下也能變成霧氣嗎？

「雖然他的能力跟那把劍都是太陽神的力量，卻正好受到克制。」

尼古拉斯胸有成竹地這麼說。

「在太陽的光芒面前，迷霧注定只能消散。」

「『請賜予吾等的敵人，悲哀的敗北與死亡』。」

紅色鱗片在迷霧中不斷堆疊，逐漸變成某種具體的形狀。

當迷霧消散時，李維已經被紅色鱗片包住全身，像是在跳舞一樣不斷掙扎。

「『給我跪下』。我要你向我父王與母后，還有被你殺掉的所有人道歉。」

「為什麼……為什麼我會輸給這種小女孩？」

他被紅色鱗片包住全身，動彈不得地倒在地上。

「神啊！請您制裁這個女人！把她變成淒慘的喪家之犬！」

「沒用的。」

尼古拉斯這麼說。

「就算是神明，也無法任意擺布人類的靈魂。」

李維像是要做最後的掙扎般站起身。他一邊甩落身上的紅色鱗片，一邊朝艾爾玟衝了過去。

諾艾爾與拉爾夫同時展開行動。他們從左右兩側衝過去，斬斷李維的兩隻手臂。

李維露出痛苦的表情雙膝跪地，彎起身體低下頭去，看起來就像是被送上斷頭台的死刑犯。

艾爾玟高高舉起劍。

「結束了。」

然後同時砍下罪人的兩顆頭顱。兩顆頭顱滾落到地上。無頭的軀體當場跪了下去，往前趴倒在地上，發出撼動地面的聲響。

「大好了！」

拉爾夫振臂歡呼。

「我們贏了！」

「現在還不能大意。」

當艾爾玟等人把我從瓦礫底下救出來時，我如此勸告得意忘形的拉爾夫。他可是比羅蘭與賈斯汀還要可怕的怪物。事實上，他之前就曾經被砍下一顆頭，但又重新接了回去。因為他的身體正逐漸化為黑色灰燼，所以應該快要死掉了，但還是不能掉以輕心。當我準備開口提議給他最後一擊時，我聽到了一陣笑聲。

右邊那顆頭已經消失超過一半。左邊那顆頭也被黑色灰燼侵蝕，有一半都消失了。他的軀體與雙手也都化為黑色灰燼逐漸消失。李維的死已成定局，但他還是笑個不停。

換句話說，這其實是他臨終前的慘叫。

「希，要不要燒了這傢伙？」

「我贊成。」

即便被瑪雷特姊妹用魔杖指著，李維也沒有停止大笑。

「沒用的。就算你們殺了我，『大進擊』也不會停止。」

他這話是什麼意思？

「那我們該怎麼做？到底該怎麼做才能平息這場災難？」

艾爾玟激動地這麼問。李維得意洋洋地如此回答。

「馬修，你當時應該也看到了吧？那顆黑球就是屬於我的『神器』。」

原來那顆奇怪的球也是「神器」嗎？

「唯一的辦法就是前往『迷宮』深處破壞那顆球。不過憑人類的力量根本不可能破壞『神器』。就算是你這個大力士也做不到。」

意思就是要前往不斷湧出魔物的「迷宮」第十三層，然後摧毀人類無法破壞的「神器」嗎？這實在太困難了。

「我已經不懼怕死亡了。因為我這是殉教。以我的死亡為代價，神將會再次降臨這塊大地。我將成為那塊基石，根本沒必要畏懼！這一戰是我贏了！」

李維再次放聲大笑，但這次的聲音很微弱。他的一顆頭已經消失不見，身體也差不多了。

他的手腳早就化為黑色灰燼，但軀體還沒有消失，就只有那裡被灰燼侵蝕的速度特別慢，彷彿他正使出最後的力量拚命忍耐一樣。

我的腦中敲響了警鐘。

一塊乳白色的東西從李維身上飛了出來。那是卷軸。也許是靠著最後的執著，他讓卷軸攤了開來，從上面冒出魔法陣。

「大家快逃！」

我抱著艾爾玟往地上臥倒。爆風也在同時打在我背上。

第七章 貪婪的公主騎士

耳鳴與暈眩讓我覺得很不舒服。我勉強從地上爬起來。李維剛才倒下的地方多出了一個大洞。火苗像是雜草般隨風飄搖，不斷冒出黑煙。

那個臭老頭竟然在肚子裡藏了卷軸，還用最後的力量灌注魔力讓卷軸自爆，算他有種。

「馬修，你沒事吧？」

艾爾玟跑向我。她好像沒受到太大的傷害。

「如妳所見，我還活蹦亂跳的。」

「拉爾夫他們怎麼樣了？」

她心急地環視周圍。

「我們在這裡。」

諾艾爾出聲回答。她的衣服變得破破爛爛，臉上也滿是灰塵，但看上去沒有受傷。

「拉爾夫先生剛才保護了我。」

拉爾夫躺在瓦礫上昏了過去。雖然看起來沒有生命危險，但還是快點讓他接受治療比較好吧。

瑪雷特姊妹也坐在瓦礫堆上向我們揮手。

「醫生呢？」

「我不知道。只是……」

諾艾爾指向垮掉的牆壁。

「在發生爆炸的前一刻，我看到某種紫色的東西飛到另一邊去了。」

尼古拉斯其實是沒有固定形體的紫色怪物。我猜應該是爆炸的衝擊讓他無法保持人型了吧。

雖然我覺得他應該沒事，但如果他失去行動能力，還是去把他找回來會比較好。

「我去找醫生。妳就留在這裡照顧拉爾夫吧。」

「我跟你一起去。」

如此說道的艾爾玟也跟了過來。

「你要怎麼找人？」

「爬到高處看看。」

因為那些魔物搞破壞，城裡到處都冒出黑煙，讓人難以看清周圍的景象，所以我想先爬到高處看看。瞭望塔在剛才那場戰鬥中垮掉了，現在已經無法讓人看到遠方。

「我們去那裡看看吧。」

我轉過身體，找到一座荒廢的教堂。雖然那裡的神父是個好人，但自從他得知「大進擊」快要發生，選擇逃離這個城市後，那座教堂就沒人管理了。

因為教堂的門上了鎖，我們翻過滿是塗鴉的圍牆進到裡面。教堂裡的貴重物品好像都被偷走或是帶走了，裡面空盪盪的。我在昏暗的教堂裡點燃剩下的火把，對著碩果僅存的唯一一座神像豎起中指，然後就從屋外的另一棟建築物爬上螺旋階梯。

「從這裡爬上去就是鐘塔了。站在上面應該就能確認城裡的情況。」

這樣我們要找到醫生也會變得更容易。他應該也能輕易找到我們。

「你知道的還真多。」

「還好啦。」

因為我剛來到這個城市時，一直在四處尋找有沒有能解除詛咒的方法。

我們爬上細長的梯子來到鐘塔上。這裡有四根柱子支撐著尖尖的屋頂。這座鐘塔相當高，因為沒有牆壁，所以風很大。雖然這裡原本應該吊著一座小鐘，但也早就被人拿走了。

太陽就快要從西邊的天空中消失了。因為這個緣故，我也開始覺得有些難受。

「醫生到底跑去哪裡了？」

「……馬修，你看那邊。」

艾爾玟的語氣充滿了絕望。我回頭一看，馬上就明白原因了。因為德茲的力量終於耗盡了。

我聽到一聲巨響，還看到魔物大軍從堵住「迷宮」大洞的門裡衝了出來。

魔物跨越壞掉的大門來到街上。

德茲站在最前線與魔物戰鬥。他應該早就耗盡體力了，但還是努力把那件「神器」變成牆壁，試圖阻止魔物衝出來。可是他能擋住的魔物還是有限。不管他如何讓「神器」變形，也無法把魔物全數擋住。從「迷宮」的洞穴裡湧出的魔物甚至還打穿牆壁，就這樣衝到了街上。雖然其他冒險者也在奮戰，但魔物的數量實在太多，讓他們難以招架。

衛兵與「聖護隊」也趕到現場加入戰鬥。文森特也忙著指揮部下對抗魔物，但只能被有數量優勢的魔物大軍壓著打。

翹鬍子與黑肉男忙著指揮居民前去避難。

「群鷹會」的人馬也出現在大街上，拿著各式各樣的武器圍毆魔物。

不知名的流氓、壯漢、弱女子與毛都還沒長齊的小鬼，也紛紛拿起武器跟魔物戰鬥。

每個人都拚命做著自己力所能及的事情。

為了活下去，為了保護重要的事物，大家都在拚命戰鬥。

可是我很明白。這一切全都只是徒勞無功。

沒人可以阻止這場「大進擊」。很多人都會失去生命。我想應該還是有人能夠活下來吧。可是這個城市已經完蛋了。這裡將會慘遭魔物蹂躪，為長達數百年的歷史劃下句點。

唯一的好消息是只有這個城市與周邊地區會變成災區。

如果魔物大軍要跨過城市，穿越「亡靈荒野」抵達「月光之泉」或帕拉迪王國，就得耗費不少時間。人們應該會趕在那之前做好準備，而且如果這些魔物要穿越那片荒野，也會在途中跟沙漠裡的魔物互相廝殺，落得兩敗俱傷才對。

至於我能做到的事情，就只有讓艾爾玟等人去避難，還有勸個性頑固又不通情理的德茲回到愛妻與孩子身邊。雖然他八成也很不甘心，但我想他應該還是比較重視妻兒。如今的他早就選擇了這樣的生存之道。

總之，這個地方無處可逃，要是繼續待在這裡，只會害我們變成魔物的食物。

「艾爾玟，我們快逃吧。」

她茫然地望著魔物大軍。

「我知道妳現在很不甘心。我也不想看到這種結局。要不是妳在這裡，我可能早就躺在地上哭鬧了。」

「……」

「這場對決結束了。是那個死纏爛打的傢伙贏了。他犧牲自己的生命，跟這個城市玉石俱焚了。」

「不，還沒有結束。」

「妳打算怎麼做？我們兩個都傷痕累累，體力也耗盡了。我們現在衝進戰場只是去送死。」

艾爾玟沒有回答。

「這場動亂遲早會結束。到時候妳還是有機會的。妳只要帶著新同伴回來，再次挑戰『迷宮』就行了。這樣就能得到『星命結晶』，也能拯救自己的故鄉。妳不就是為此才會來到這裡嗎？」

「不行。」艾爾玟像個任性的孩子般搖了搖頭。「我不能這麼做。」

其實我很明白，她的正義感不會允許那種事情發生。

如果她逃走了，她應該會認為自己又犯下跟王國滅亡時同樣的過錯。

就跟她當時沒能拯救自己父母一樣。

可是，無法挽回的事情就是只能認命接受。

東西就是會從高處往下掉，把水煮開就會變成熱水，嬰兒遲早會變成老人，只要是人都會死去。這就是自然的道理。

「無論妳我都不是無所不能的超人。妳就是想要拚命挽回無法改變的結局，才會變成現在這樣不是嗎？」

即便靈魂失去平衡，心靈受到「迷宮病」侵蝕，她也想要得到「星命結晶」拯救祖國，才會墜入地獄。

「走吧。我們去找拉爾夫與諾艾爾。我們還得找到醫生才行。」

就算繼續跟她爭論，也只是浪費時間。我拉起她的手，想要直接把她帶走，卻被她使勁甩開了。

「你能接受這種結局嗎？德茲先生與艾普莉兒……你在這城市裡不是也有親近的朋友嗎？」

反正矮冬瓜已經躲在安全的地方，大鬍子也不可能死在這種地方。

「我最想保護的人是妳。」

艾爾玟倒抽了一口氣。雖然她有一瞬間露出陶醉的表情，但她很快就像是被潑了冷水的野狗一樣垂下眼眸。

「你的心意我很高興。」

她小聲這麼說，把手放在自己胸口上，像是要讓內心平靜下來。

「可是，我還是不能就這樣逃走。這個城市裡有許多居民，而且大家都有重要的親人。雖然這裡是個充滿罪惡的城市，但還是有人在這裡拚命求生。我不能捨棄他們。」

「那妳打算怎麼做？」

因為她完全不肯聽話，讓我一時情急，不知不覺就大聲叫了出來。

「難道妳的正義就是在毫無勝算的戰鬥中死去嗎？就算妳站在這裡看著底下發呆，也無法解決任何事情。妳是要站在這裡看著人們死去，就像是在觀賞鬥雞比賽一樣嗎？」

「難道你忘了嗎？這裡是我們兩人相遇，一起度過那些日子的城市。我怎麼能置身事外！」

「這裡又不是妳的祖國！」

艾爾玟睜大眼睛，一副突然想到什麼的樣子。

然後她握緊拳頭，平靜地這麼告訴我。

「……馬修，我相信你。所以你也要相信我才對。」

我有種不好的預感。某人在腦海中告訴我，叫我千萬別再猶豫了。就算要使用「片刻的太陽」，我也必須硬拖著她離開這個城市。

正當我這麼想著，把手伸進懷裡時，艾爾玟已經拿出那個東西了。

那是李維帶在身上的太陽神烙印。

「喂，快點住手。」

她先用點燃的火把加熱烙鐵，然後又把烙鐵按壓在自己的手背上。

艾爾玟痛苦地扭曲著臉。

「妳到底在做什麼啊！」

我想要衝過去，但她伸手制止了我。

「……這樣我就能一直戰鬥下去，你也可以繼續相信我了。」

我全身都起雞皮疙瘩了。因為艾爾玟正準備做出前所未有的傻事。

她應該是從尼古拉斯那邊聽說了吧。

太陽神的神器「曉光劍」、「傳道師」尼古拉斯的部分肉體、心臟裡塞著沾有那傢伙血液的「聖骸布」，體內還流著「解放」。

「完美地具備了所有條件」。

「住手。拜託妳別那麼做。」

「別擔心。」

「我不可能不擔心吧！」

我忍不住叫了出來。

「妳是想要變成怪物嗎？說不定再也無法復原了啊！」

「馬修，相信我。」

艾爾玟露出自信的笑容。

「我不會死，也絕對不會讓你死。我們身邊那些重要的親友，我這次一定要守護到底！」

就算需要動手揍人，我也應該要阻止她才對。我只能阻止她了。我絕對要阻止她。

我伸出了手，但她先一步說出那句話。

「『萬物皆無法逃過太陽神的法眼』。」

下一瞬間，艾爾玟的身體抖了一下。她的身體劇烈抖動，就像是生了重病一樣。魔劍也在同時冒出許多紅色的鱗片，逐漸侵蝕艾爾玟的身體。

「『為守望著吾等的偉大之神獻上謝辭』。」

她繼續說出獻給太陽神的禱詞。紅色鱗片包覆住她的手腳與鎧甲，還在身體上侵蝕，把脖子底下全部罩住。

「喂，妳快點住手啊！」

「馬修，別讓我說那麼多遍。」

正當我想要幫她剝掉那些鱗片時，艾爾玟對我露出微笑。她硬是彎曲手臂，把劍尖靠向手背，然後在太陽神的紋章上打了個叉。

「『下地獄去吧，狗屎混帳』。」

下一瞬間，紅色鱗片完全覆蓋住艾爾玟，形狀變得像是一顆蛋，不斷地發出脈動。到底會有什麼東西從裡面跑出來？

怎麼辦？我該破壞掉這顆蛋嗎？當我還在猶豫不決的時候，紅色鱗片的脈動也逐漸加快，就像是心臟在跳動。不曉得過了多久，紅色鱗片突然出現裂痕。裂痕愈來愈大，最後突然碎裂開來。一個女人從裡面出現了。

雖然長相還是原本的艾爾玟，但那頭像是在燃燒的紅髮變成銀色了。瞳孔也從翡翠般的深綠色變成黃玉般的金色。從脖子到肩膀的地方有著銀色的肩甲，從胸部到腰際的地方覆蓋著紅銅色的鎧甲，底下穿著像是禮服的紅色裙子，裙擺一直延伸到腳邊。

「相信我。」

「妳是艾爾玟嗎？」

難道她真的成功得到「傳道師」的力量了嗎？

「現在的我算是『異端者』……」

艾爾玟稍微想了一下後，用開朗的語氣這麼說道。

「不，該叫我『聖像破壞者（Iconoclasts）』才對。」

丟下這句話後，她就從鐘塔上跳了下去。

「等等，妳先別走。」

她走掉了。而且轉眼間就不見蹤影。

這位公主大人真是任性。要是我走樓梯，肯定無法追上她。

我做好覺悟跟著跳了下去，幾秒後就感受到一陣衝擊。雖然我想要用雙腳著地，卻還是忍不住滾倒在地上，直到撞上教會牆壁才停下來。擁有能辦到這種事的強壯身體讓我既感激又怨恨。

我搖搖晃晃地起身，繼續追著她的腳步。

她到底跑去哪了？因為這裡離城市的中央地區很近，所以到處都能聽到慘叫聲。「建國節」的裝飾品都掉落在地上，而且上面還沾著腳印。

開始有魔物穿越德茲等人築起的防衛線，出現在城裡的各個地方了。她似乎是想要先去掃蕩那些魔物。

我追著艾爾玟的腳步。

一位母親抱著孩子躲在巷子裡發抖。她似乎已經放棄希望，沒有要逃跑的意思。艾爾玟揮出手中的劍，砍下魔物的頭顱。

「快逃。」

丟下這句話後，她就立刻跑掉了。她應該是急著趕去救下一個人，連別人道謝的時間都想省下來吧。那對母子一臉茫然，我只好把她們帶到通往大街的地方，然後才再次追著她的腳步。

之後艾爾玟在城裡四處奔走，就像是背後長了翅膀一樣。她先是擊潰哥布林大軍，保護了來不及逃跑的老婆婆。還揮劍斬殺一群地獄巨犬，保護了躲在路邊攤位上面的孩子，接著又砍死一群半獸人，成功救出躲在井裡的商人。還一劍刺穿岩石魔像的身體，保護了貧民窟的小混混，接著又揮劍砍下龍的腦袋，救了冒險者一命。不分男女老幼與善惡，艾爾玟拯救了她遇到的每一個人。

魔物大致掃蕩完畢後，艾爾玟改變前進的方向，前往城市的中央地區，也就是「迷宮」的入口。她揮劍把擋住去路的石像惡魔砍成兩段，又順手斬斷洛克鳥的翅膀。

德茲等人就守在壞掉的大門前方。瑪雷特姊妹在這裡。尼古拉斯也在這裡。原來他平安無事啊。我猜他應該是發現情況不對勁，才會趕來這裡吧。文森特也在這裡。翹鬍子與黑肉男也還活著。雖然他們跟其他冒險者聚在一起擺好陣勢，但遲早都會被魔物大軍淹沒。

「大家讓開！」

艾爾玟高高跳起，在空中揮劍劃破天空，從劍裡放出火焰，燒盡眼前的魔物。當我回過神時，艾爾玟與德茲等人之間已經被清出了一條路。

「抱歉，我來遲了。」

看到艾爾玟的裝扮與力量，在場眾人都倒抽了一口氣。

「咦？妳那身打扮是怎麼回事？是扮裝嗎？」

「主題該不會是『引導冒險者的正義公主騎士』吧？」

碧翠絲與賽希莉亞也驚訝地睜大眼睛，說出這種無聊的玩笑。

「我晚點再解釋。我現在就衝進『迷宮』，排除造成這種現象的原因。麻煩你們撐到那個時候。」

聽到艾爾玟這麼說，碧翠絲微微歪著頭。

「大概要多久？」

「煮好熱水之前就會結束。」

「那我會泡好咖啡等妳回來。」

然後她把手擺在自己姊姊的肩膀上。

「聽到了嗎？希，麻煩妳了。」

「知道了啦……」

賽希莉亞一臉厭煩地揮開她的手，然後舉起了魔杖。目標是再次從門後湧出的魔物大軍。

「碧，妳還行吧？」

「那還用說……」

兩把魔杖重疊在一起。

「擊垮敵人吧！『炎之豪拳（Flame Fist）』！」

下一瞬間，我們眼前冒出一道巨大的火柱。熱風讓魔物起火燃燒，變成了焦炭。

當閃光與巨響平息下來後，魔物大軍已經被轟散開來，開出一條通往入口的道路。

「這樣妳就欠我一次了。」

「我會記住的。」

再來只能交給艾爾玟了。反正我這人在緊要關頭派不上用場，也不是一天兩天的事情。我只能祈禱她能平安歸來了。

我還以為艾爾玟會立刻衝進去，結果她卻像是想起什麼般停下腳步，開始東張西望找尋某種東西。她到底怎麼了？正當我如此想著時，她突然跟我四目相對。她踩著大步走了過來，一把抓住我的手。

「你也一起過來！」

下一瞬間，我突然雙腳離地，就這樣被艾爾玟拉著走。我在一瞬間感覺到身體飄了起來，然後加速墜向「千年白夜」的入口。下一批魔物很快就聚集到我們腳邊了。

「別擋路！」

艾爾玟大吼一聲，從「曉光劍」放出火焰，燒盡底下的魔物。魔物瞬間就化為黑炭，讓我們成功在一塊空地上著地。

我還來不及抗議，叫她不要亂來，艾爾玟就帶著我衝進「迷宮」深處。

裡面完全變成魔物的巢窟了。魔物化作好幾道高牆，擋住我們的去路。

「喝啊！」

即便如此，我們……不，艾爾玟還是沒有停下腳步。為了拯救這個罪惡城市的居民，「深紅的公主騎士」穿著深紅色的衣服，披著白銀色的長髮勇往直前。從「曉光劍」放出的火焰，不斷地把魔物變成焦炭與灰燼。魔物築起的高牆消失不見，變成一條燃燒著火焰的道路。艾爾玟衝過出現在道路兩端的火牆，繼續往底下的階層前進。她一邊擊潰魔物，一邊在自己開闢的道路上奔馳，不斷往底下前進。

目標是第十三層。只要摧毀那個臭老頭埋進「迷宮」的黑球，這場災難就會結束。

「還差一點就到了。」

我開口幫艾爾玟打氣，卻發現她的表情有些鬱悶。

她奔跑的速度變得愈來愈慢。我原本還以為她累了，結果卻發現她的頭髮開始逐漸變回原本的顏色。

我這時突然明白了。

她是靠著太陽神的力量變成現在這樣。如果跑進「迷宮」裡，就無法接收到那傢伙的力量，能力也會受到限制。雖然聖骸布就埋在她的心臟裡，應該也沒辦法維持這股驚人的力量吧。

「把我丟在這裡是不是比較好？」

「別說傻話了！」

艾爾玟回過頭來大聲怒吼。

「我怎麼可能丟下你不管。」

「那妳為何要帶著我進來？」

「你很快就會明白。」

魔物不斷從底下的階層湧出。即便被艾爾玟的劍與火焰一掃而空，也會化為成千上百道高牆繼續襲來。

艾爾玟的表情開始顯得焦慮，額頭也冒出汗水。她每次戰鬥的時候，力量都會逐漸減弱。

如果繼續這樣下去，她還沒衝到第十三層就會筋疲力竭了。當然也不可能會有人趕來救援。

我們走過的路已經被魔物擠得水洩不通。我們明明就快要到達目的地了，但要是情況沒有改變，在我們抵達目的地之前，就會一起被魔物大軍壓垮。

我到底該怎麼做才好？艾爾玟顯然快要撐不住了。因為她消耗的不是體力，就算使用回復藥水或魔法也沒用。就算真的有可以讓人恢復太陽神之力的手段，我應該也早就全都銷毀掉了。

就在這時，我腦海中突然閃過一道靈光。我懂了，先不管艾爾玟有何意圖，我只知道她帶著我一起過來不是毫無意義。

我把手伸進懷裡，拿出一顆小小的水晶球。

「『照射』。」

如果是吸收儲存了陽光，也就是太陽神之力的「片刻的太陽」，應該就能為艾爾玟提供力量。

艾爾玟的速度變快了。

「那是凡妮莎的遺物嗎？」

「這樣是不是有比較亮了？」

艾爾玟小聲笑了出來。

「動作快。這東西撐不了太久。」

「我知道了。」

她加快了速度。我的雙腳已經完全離地了。

我們衝過漫長的魔物迴廊，不斷往下俯衝，最後總算來到第十三層。

「那東西在哪裡？」

砍倒眼前的魔物後，艾爾玟環視周圍。

「就在這一層的中央廣場。」

「我明白了。」

艾爾玟拖著我快步奔跑。她衝過通道與轉角，然後看到一個黑色的漩渦。

在廣場正中央的地板上，也就是李維把那顆黑球埋進去的地方，有一個像是黑色龍捲風的漩渦。

每當這裡的風打在身上，我的皮膚就感到一陣刺痛。那道漩渦簡直就是殺意與怨念的集合體。

更可怕的是，從裡面爬出來的不是任何一種魔物，而是異形的肉塊。

那裡可說是冥府魔道。然後能在漩渦的中央找到那顆黑球。

就算想要靠過去，來自漩渦的風壓也會把我們推回來。

「喝啊！」

艾爾玟大喝一聲，揮劍砍了過去。雖然火焰刀刃撕裂黑色漩渦，但漩渦很快就復原了。

我聽到驚人的聲響。回頭一看，原來是有一群敵人從後面逐漸逼近。

那已經不能算是魔物了。那只是一大堆肉塊，也是充滿殺意的高牆。

那群敵人似乎是被黑球呼喚而來，牠們互相推擠，以驚人的速度衝向這裡。

我們無處可逃。敵人不到三十秒就能輾過我們。

「現在該怎麼辦？」

艾爾玟顯得有些焦急。我努力對她露出最溫柔的微笑。

「妳是想要向大賢者馬修請教阻止這東西的方法嗎？我有個好主意。我現在就動手削弱這道漩渦的威力，妳趁機衝過去把那顆黑球砍成兩半。」

「你打算怎麼做？」

「很簡單。」

「片刻的太陽」依然在我頭頂上發光。只要這東西還在發光，我就能在「迷宮」裡取回原本的力量。我伸手抓住「片刻的太陽」。

根據李維的說法，那顆黑球似乎也是那個脫糞太陽神的「神器」，而且「神器」無法被人類的力量破壞。既然如此，如果用「神器」的力量又會如何呢？我覺得這個方法值得一試。

我們擁有的「神器」就只有艾爾玟手中的「曉光劍」，以及我持有的「片刻的太陽」。

那就只能這麼拿來用了。

「就是讓我們聯手壓制住那道漩渦。」

我朝著黑色漩渦使勁丟出手裡的水晶球。

光球筆直飛了過去。同為太陽神之力的光明與黑暗沒有互相干涉，讓光球就這樣撕裂黑色漩渦，狠狠撞上那顆黑球。

我聽到東西碎裂的聲響。黑球從漩渦中央被打飛出去，在空中飛舞。

黑色漩渦也在同時迅速減弱。

「趁現在！」

聽到我這麼大喊，艾爾玟立刻衝了出去。她從那些異形魔物身邊鑽了過去，砍倒敵人後跳了起來。她高高舉起「曉光劍」，對準黑球揮出一劍。

黑球被劈成兩半，發出聲音掉在地上摔成碎片。

碎片散落在地板上後，就像是雪花一樣逐漸融化消失。

艾爾玟似乎也用盡了力氣，在著地的同時屈膝跪地。她的頭髮與眼睛都變回原本的顏色，身上的鱗片也紛紛剝落，露出原本穿著的鎧甲。

異形大軍衝向癱坐在地上的公主騎士。雖然我想過去救她，雙腳卻動彈不得，理智告訴我已經來不及了。

我大聲叫了出來。

既非尖牙也非利爪的尖銳物體襲向艾爾玟。

就在她被撕成碎片的前一刻，我看見一道黑影衝了過去。

「艾爾玟！」

黑影站在艾爾玟背後保護她，揮出那把銀色的劍，把異形肉塊切了開來。

當我發現那道黑影是誰時，那些異形已經從黑球碎裂的地方被打飛出去，化為黑色灰燼消失不見了。

慘叫聲化為一陣怒濤，不斷往上面的階層擴散出去。

當我回過神時，那個黑色漩渦早已消滅，冥府魔道也消失不見，沒有留下任何會動的東西。

剛才那道黑影也消失無蹤了。

看來我的計畫成功了。

「我們辦到了。」

她沒有回答我。

我原本還以為艾爾玟昏過去了，卻發現她緊咬著牙，身上冷汗直流，一副在忍耐著什麼的樣子。

「怎麼了？妳身上會痛嗎？」

聽到我這麼問，她一邊喊叫一邊掙扎。

原來是從手握著的魔劍上冒出來的紅色鱗片，鑽進了艾爾玟的手背。

那些紅色鱗片像是食人魚一樣爬到她的臉和脖子上。她的紅髮再次變回銀色，瞳孔也跟螢光一樣不斷從金色變成深綠色，又從深綠色變回金色。難道是「傳道師」的力量失控了嗎？誰叫她剛才不聽我的話！要是放著不管，她就會像羅蘭、賈斯汀和李維那樣，淪落為太陽神的奴隸。

「馬修，你快逃……」

「妳又在說傻話了嗎？我就當作沒聽見吧。」

我握住她手中的「曉光劍」。雖然我想要把劍從她手中拿開，但劍已經穿過皮膚陷進肉裡了。

「振作點。集中精神。」

「我做不到。」

也許是感到疼痛，她痛苦地搖了搖頭，好像連要說話都很困難。

那就沒辦法了。

我把她抱向自己。

「這是止痛藥。」

我親吻她的嘴唇。

艾爾玟的身體放鬆了。

喉嚨也發出聲響。

劍從艾爾玟手裡滑落，掉在地上發出聲響。紅色鱗片逐漸化為灰塵消失不見。頭髮和眼睛也變回原本的顏色，那套紅色鎧甲和禮服也化為灰塵隨風消逝。手背上的烙印也消失了。我懷裡就只有平常那位公主騎士。

「這個早安吻的滋味如何？」

我緊緊握住包裝紙，塞回自己的口袋。

那是尼古拉斯做好的解毒藥試製品。我覺得只要能減弱「解放」的毒性，或許就能讓她恢復原狀，看來是成功了。

艾爾玟轉過頭去。

「好像有點苦。」

畢竟是那位神父做的東西，我猜他應該沒有考慮味道，直接就把藥草跟其他材料統統丟進去了吧。

「要不要再來顆糖果，把剛才的味道蓋過去？這對健康也有幫助。」

我拿著一顆用紙包起來的普通糖果，輕輕甩了幾下給她看。艾爾玟露出不滿的表情。

「那種糖果不是也會苦嗎？還有沒有其他的？」

「抱歉，我現在沒貨。」

畢竟大家都喜歡向我討零食吃。

「……先不說這個了，剛才是你在叫我的名字嗎？」

「是啊。怎麼了嗎？」

我說謊了。因為我覺得這樣對她比較好。

艾爾玟有些失望地垂下眼眸。

「……我聽到了懷念的聲音。我還以為是她來接我了，但看來是我誤會了。」

「妳想在這種地方倒下嗎？」

「怎麼可能。」

艾爾玟還有必須完成的使命。在完成使命之前，她不能停下腳步。

「可是，我累了。」

艾爾玟從我懷裡掙脫，就這樣躺在地上。雖然我想要出聲制止她，但我自己也耗盡體力了。

我們一起伸直手腳躺在地上。照理來說，如果在「迷宮」裡做這種事，就會立刻去冥界報到，但魔物完全沒有出現的跡象。眼前就只有「迷宮」裡的昏暗天花板。

「……這裡好安靜。」

「是啊。」

「我還是頭一次見到這麼安靜的『迷宮』。」

「先說好，妳可別想要就這樣趁機往裡面前進。」

魔物消失不見應該只是「大進擊」剛結束的暫時性現象，很快就會有魔物從各個地方跑出來了。想要在那之前找到「星命結晶」，幾乎是不可能的事情。

「我只是隨口說說。」

這可難說。

「妳這人真的很不聽話。」

每次都把我的勸告當成耳邊風。

「是啊。」

艾爾玟看著遠方小聲呢喃。

「我今後大概還會繼續亂來，也會不斷以身犯險。」

這是她的宿命，也是她自己選擇的路。不過，我這個同伴就只能自認倒楣了。

「正因為如此，我才需要有你這條保命繩。」

「保命繩也是會斷的。」

我可不是什麼問題都能幫她解決的超人。

「那就到時候再說吧。」

艾爾玟如此說道。

「如果沒有值得信任的保命繩，我也不會想要去抓，難道不是嗎？」

這位公主大人果然是最棒的。

「我們差不多該回去了。」

雖然我很想就這樣睡著，但我們沒那種時間。我想要快點回家，躺在柔軟的床上好好睡一覺。可是雖然我站起來了，但艾爾玟完全沒有要站起來的樣子，還是躺在地上動也不動。

「艾爾玟，妳怎麼了嗎？」

「我好像用盡體力了。我從剛才就一直想要爬起來，但身體完全動不了。」

她說得一副事不關己的樣子，讓我聽得冷汗直流。

「我覺得只要休息一下就能恢復正常，只是不確定能不能活到那時候。」

艾爾玟完全不慌張。因為她光是還活著，就已經算是賺到了。身體變得動彈不得這種後果，她應該早就有心理準備了吧。

「妳真的沒事吧？」

「身體還有感覺，我想應該沒事才對，只是這下就傷腦筋了。現在不知道該怎麼回去了。」

這時我才突然想通。

「妳把我帶來這裡，該不會就是為了這個理由吧？」

我現在都已經累得要死了，難不成還要我這個軟腳蝦再一次揹著她回到地面嗎？

「其實就算讓拉爾夫來做這件事，我也覺得無所謂。」

她故意轉過頭去，假惺惺地這麼說。

「只是我擔心某人可能會吃醋。」

「妳當時該不會都聽到了吧？」

「你說呢？」

艾爾玟揚起嘴角。

「真是傷腦筋呢。馬修，你現在打算怎麼做？」

我突然感到一陣暈眩，忍不住抱著腦袋小聲呻吟。

這女人真是糟透了。

我才剛把她揹起來，身上就噴出大量的汗水。雖然上次還有拉爾夫與諾艾爾幫忙，但這次就只有我一個人。而且艾爾玟還裝備著鎧甲與「曉光劍」。即便如此，我還是緊咬著牙，勉強站了起來，搖搖晃晃地踏出一步又一步。

這不是什麼難事。我之前就成功做過一次了。而且這次跟上次不同，不會有魔物出來阻礙，只需要放心地踏上歸途就行了，簡直輕鬆到不行。

等我們回到地面的時候，「大進擊」應該也平息下來了。肯定會有很多人在外面鼓掌迎接我們。就算沒有「片刻的太陽」也不成問題。

「重不重？」

「跟牛一樣重。」

艾爾玟使勁拉了我的耳朵。我又沒說她重。畢竟小牛也是牛，用紙做成的牛玩偶也是牛。

「走快點。」

「遵命。」

我很清楚該怎麼走回地面，只需要移動腳步就好。雖然我上次也差點就昏過去了，但還是讓我撐過去了，所以這次應該也不成問題。

爬樓梯也是件苦差事。每當我往上踏出一步，腳都會好像快要軟掉。不過我可不能摔下去。

我喘著大氣回到第十二層。雖然我已經累到不行，很想坐下來休息，但情況不允許我這麼做。

只要時間一久，魔物又會重新出現在「迷宮」裡，到時候我們就會輕易被吃掉。

沒錯，這次跟上次的差別就是有時間限制，而且沒有同伴能保護我們。

沒時間讓我慢慢走了。我只能不斷移動腳步。

「……你還在生氣嗎？」

也許是因為我一直不說話，艾爾玟怯怯地這麼問。

「我早就氣瘋了。」

每個人都有一條不容別人跨越的底線。我當然也是如此。雖然這條底線會因為對方是誰而有所改變，但她這次很明顯已經越線了。

「因為妳總是聽不進別人的話，想怎麼做就怎麼做。任性妄為就算了，還以為自己是天底下最不幸的人，簡直是個無可救藥的大笨蛋。」

「……有必要說成這樣嗎？」

「現在才來討好我也沒用。不管怎麼努力，妳永遠都是一個任性的公主。不管是我還是諾艾爾與拉爾夫，全都被妳耍得團團轉。我只希望妳能有自知之明。」

「……這樣啊。」

若非如此，誰也不會想要踏進這種危險的洞穴裡尋寶。

「所以，妳不要把所有事情都攬在自己身上。妳要學會依賴別人，利用別人。反正妳早就給別人添了許多麻煩。別人要說妳愚蠢還是不懂事，就隨他們去說吧。不用放在心上。」

「……嗯，你說得對。」

她小聲這麼說，聽起來好像鬆了口氣。

「先說好，別以為這樣就結束了。等我們回到地面，我還要繼續訓話。」

「這樣好像跟平常反過來了。」

「偶爾也是會有這種時候。」

如果情況允許，其實我希望永遠不要有這一天。我是個沒出息的小白臉，妳是個光榮的公主騎士。這樣才是最好的。

當我忙著訓話的時候，雙腳也一直動個不停。我在昏暗無聲的「迷宮」裡發出腳步聲不斷前進，不知不覺再次來到階梯。

「這裡可能會有點搖晃，妳要小心一點……」

我叫艾爾玟提高警覺，但她已經閉上眼睛睡著了。這位公主大人還真是悠哉。妳現在搭乘的可不是馬車或名馬，而是個中看不中用的小白臉，為什麼妳還能露出那麼放心的表情？

做過深呼吸後，我踏上階梯。每跨出一步都讓我汗水直流。

「糟糕。」

我差點就失去平衡，但還是勉強站穩了腳步。真是好險。我差點就要跟艾爾玟一起摔下去了。

「小心別摔下來了。」

樓梯底下傳來聲音。

我回頭一看，發現一名金髮女子用手肘靠著樓梯，抬頭仰望著我們。

「嗨，菲歐娜。」

我沒有感到驚訝。只要猜出她的真實身分，就能解釋她為何會出現在這裡。

「剛才真是謝謝妳了。」

在艾爾玟遇到危險時趕去救援的人也是她。

「我才要向你道謝。謝謝你保護艾爾玟。」

「這不是什麼需要道謝的事情。」

我這麼說道。

「菲歐娜應該是妳向以前的偉人借用的名字吧?還是說,我應該直接叫妳『珍娜』才對?」

珍娜是艾爾玟的朋友,也是女戰神之盾的前隊員。她在「迷宮」裡被林德蟲吃掉半個身體而死,是一位勇敢的偉大騎士。

珍娜露出苦笑,一副被人擺了一道的樣子。

「原來你早就發現了。」

「是啊。」

畢竟線索還算不少。艾爾玟養了我這個小白臉,在這個城市裡算是人盡皆知的事情。如果她是個冒險者,就算是從其他地方過來,也應該馬上就會聽到這個傳聞。既然她不曉得這件事,就代表她最近這一年多都沒有待在這個城市。而珍娜被林德蟲吃掉那時候,我跟艾爾玟還不認識。

在「迷宮」裡死去的靈魂無法前往冥界,而是會繼續待在「迷宮」裡。她的靈魂似乎也是如此。

她沒有像維吉爾等人那樣變成「迷宮」的走狗，應該是多虧了身上那只戒指的力量吧。雖然那只戒指沒能幫她逃離死劫，但至少有成功保護她的靈魂不被玷汙。

「我覺得用本名不是很好，就借用了曾祖母的名字。」

「妳可以出現在地面，都是因為『大進擊』嗎？」

珍娜點了點頭，輕撫自己的左手手指。

「我平常總是昏昏沉沉的，感覺就像是在作夢一樣，結果回過神來就看到你揹著艾爾玟了。」

我現在也揹著她就是了。

「我知道自己早就死掉了，但還是覺得放心不下。雖然覺得對你過意不去，但我還是就這樣跟著你到地面上了。」

原來我被這女人附身了嗎？賽希莉亞早就發現珍娜是幽靈，所以當初才會那樣欲言又止。

「妳至少應該誠實告訴我這件事才對。」

「因為我不確定你這人是否值得信任。而且我也是很辛苦的。畢竟那傢伙害我無法離開這個城市，也不能隨便亂說話，要是沒有集中精神，意識就會立刻飛到其他地方。」

因為「大進擊」受到李維控制，珍娜的言行應該也有受到限制。

「結果『大進擊』讓妳得到肉體後，妳就跑來幫助我們了嗎？」

我斜眼看向背後的艾爾玟。

「要叫醒她嗎？」

「不，讓她睡吧。」

珍娜搖了搖頭。

「不然她又要亂來了。」

「說得也是。」

要是知道自己摯友的靈魂依然被「迷宮」囚禁，她應該會不顧一切挑戰「迷宮」吧。

「那我差不多該走了。」

我發現珍娜的身體變透明了。她應該很快就會變回亡靈，永遠在「迷宮」裡徘徊，直到「千年白夜」被人征服為止。

「你們快點回去地面吧。『迷宮』裡的魔物也差不多快要復活了。」

她斜眼看向我背後，露出令人心痛的微笑。

「艾爾玟就交給你了。」

話一說完，珍娜就走向「迷宮」深處消失不見了。

我點了點頭，然後再次踏上通往地面的路。

我不知道自己往上走了多久，體力應該也早就耗盡了。艾爾玟還沒醒來。當我回過神時，發現自己來到一個印象深刻的地方。我們上次好像就是在這裡被石像惡魔襲擊。

我記得拉爾夫那個笨蛋當時太過得意忘形，結果差點就沒命了。我差點笑了出來，在一瞬間失去意識。

我大口喘氣，只覺得頭暈目眩。我現在應該算是一隻腳踏進棺材了吧。

這比上次還要累太多了。因為我剛出發時就已經累得半死，現在更是整個人累到無法思考。

我記得這裡應該是第六層才對。我已經走一半了。要是不走快點，說不定又要被石像惡魔敲破頭了。

我成功來到階梯。只要爬上去就到第五層了。不是第四層，也不是第六層。

我腦袋裡什麼都沒想，就這樣往上跨出一步又一步。因為光是思考都會耗費體力。不過其實早在我這麼想的時候，就已經耗費不必要的體力了。真是愈想愈討厭。

也許是因為腦袋裡胡思亂想，我不小心腳滑了一下。我原本以為已經確實站穩的階梯好像有沾到水。當我回過神時，我已經被艾爾玟拉著往後倒了。

雖然我發現情況不妙，但我早就沒有能重新站穩腳步的體力與意志力了。我只能任憑重力拉扯身體，往階梯底下墜落。

要是就這樣摔下去，艾爾玟會被我壓在底下。正當我拚命想要換個姿勢時，一道黑影從我眼前閃過。

我保持著不穩定的姿勢，就這樣在樓梯中央停住了。

從我背後傳來某人鬆了口氣的聲音。

「總算是勉強讓我趕上了。」

那是諾艾爾的聲音。

「你到底在做什麼啊？」

我回過頭去，發現拉爾夫從樓梯上方伸出左手，抓住了我的手臂。

「我們看起來像是在玩騎馬遊戲嗎？」

諾艾爾從背後推著我，拉爾夫在前面幫忙拉，才讓我順利爬上階梯。

「呼，這樣輕鬆多了。」

「開什麼玩笑啊。用你自己的腳走路。」

拉爾夫氣憤地這麼說。

「你們是來接艾爾玟的嗎？」

「也順便接你回去。」

「那可真是太感謝了。」

我忍不住笑了出來。

「動作快。我們得趕在遇到魔物前回到地面。」

因為諾艾爾這麼催促，我趕緊爬上階梯。拉爾夫一邊在前面帶路，一邊不斷回頭看向我。

「公主大人她……」

「你放心。她沒事。」

「她剛才那副模樣……」

「聽說是王室祕傳的某種絕技。我們之前不是有回去馬克塔羅德王國嗎？祕笈好像就放在她當時撿到的箱子裡。」

我隨便編個藉口敷衍過去。看來之後還得請艾爾玟配合這個說法。

「我先提醒你們，那種力量只能用一次。要是她下次又使用那招，就算丟了性命也不奇怪。」

「……我想也是。」

我想拉爾夫應該也心裡有數，知道使用這麼強大的力量不可能沒有代價。

「這不是命令，是我要拜託你們。千萬別讓艾爾玟再次使用那種力量了。這件事就只有你們做得到。」

如果她還有機會用到那種力量，應該會是在「迷宮」裡面。到時候可沒人能保證她不會有事。我死也不想看到艾爾玟變成那個噁爛太陽神的奴隸。

拉爾夫神情嚴肅地點了點頭。我身後的諾艾爾好像也點頭了。

「你是不是累了？讓我來吧。」

「我才不要。」

「我就知道。」

拉爾夫低下頭去。他看起來有些失望。小色鬼，你就這麼想跟艾爾玟親密接觸嗎？

「加油吧。我們很快就能回到地面了。」

我抬起頭來，看到微弱的光芒出現在遠方。看來我們好像平安來到第一層了。雖然我們踏進「迷宮」裡時還是傍晚，但現在應該已經是半夜了吧。

「馬修。」

有人拍了拍我的肩膀。我微微歪頭露出微笑。

「需要來個早安吻嗎？」

「不用了，放我下來。」

艾爾玟從我背後下來了。雖然腳步還不是很穩，但她好像非常清醒。

「不好意思，給你們兩個添麻煩了。謝謝你們。」

「不，我們只是……」

「這是我們應該做的。」

拉爾夫害臊地這麼說。

階梯就在眼前。只要走上去就能回到地面了。

「快點出去吧。我們還在『迷宮』裡面，千萬不能掉以輕心。」

拉爾夫一邊觀察著周圍，一邊走在前面開路。他應該是想要以防萬一吧。雖然看起來很蠢，但這種小心謹慎的態度還是值得嘉獎。

當諾艾爾爬上階梯，艾爾玟也回到地面時，我聽到一陣巨大的歡呼聲。

我偷偷探頭看出去，發現有許多人在等待艾爾玟。瑪雷特姊妹與其他冒險者都在。德茲和尼古拉斯也在場。

大家都發現了。他們知道讓「大進擊」平息下來的人是誰。

我故意遠離一臉茫然的艾爾玟，從諾艾爾背後對她說道：

「我要先回去了。妳跟拉爾夫要負責帶她回家。沒問題吧？」

「咦？等等……！」

我留下被喝采聲嚇得驚慌失措的艾爾玟，自己穿越人群溜走了。

因為這種光榮的場面，一點都不適合我這個偷偷摸摸的小白臉。

入夜後的街道寂靜無聲。房屋裡也看不到燈光。這一帶的居民應該還沒從避難場所回來吧。

他們也可能是害怕那些發狂的魔物，躲在家裡不敢出來。不過天上還有星星，還不至於看不到路。雖然身體累到不行，但我的心情相當亢奮。這肯定是因為我看到了艾爾玟接受歡呼與掌聲的樣子。她比任何人都要努力，一直奮戰到最後，成功守住了這個城市。她值得接受眾人的喝采。

「咦……？」

當我回過神時，一棟燒焦的房屋出現在我眼前。傷腦筋。因為我邊走邊發呆，結果不小心就走到平常回家那條路上了。

我上次來到這裡，已經是重新回到這個城市那天的事情，但我發現這間房子變得更破爛了。那些破損比較輕微的地板跟柱子，好像都在不知不覺中被人鋸掉拿走了。光是被風輕輕吹過，整間房子就開始晃動，看起來隨時都會倒塌。

看樣子直接把房子打掉重建可能還比較快。「大進擊」已經平息下來了，我們也得快點重新把房子蓋好才行。只要拜託德茲的朋友幫忙，就能蓋出一棟比之前更好的房子吧。雖然這樣應該很花錢，但總是會有辦法的。

我突然感受到一陣衝擊。原來是某人從旁邊撞了過來。真是危險。我低頭往下一看，結果看到一位戴著黑色兜帽的男子，用短劍刺進了我的側腹。

我忍不住把手一揮，拍掉男子頭上的兜帽。然後驚訝地睜大眼睛。

這名男子的臉孔與雙手都纏滿了繃帶，稍微露出一些的眼睛旁邊也有著重度燒傷的疤痕。雖然這傢伙看起來像是剛從墳墓裡爬出來，但我認得那種凶狠的眼神。他是「三頭蛇」的雷吉。原來他還活著嗎？

「你該不會是我的頭號粉絲吧？」

「是啊，如果是為了殺掉你，就算要我追到地獄也行。」

慢了半拍才傳來的痛楚與衝擊，讓我不由得屈膝跪地。雷吉順勢拔出短劍。

鮮血流了出來，地上出現了一攤血。

我本來就已經全身肌肉痠痛了，現在側腹又被捅了一刀，害我全身上下都痛了起來。我甚至不確定到底是哪裡在痛。腦袋好像快壞掉了。你說我的腦袋早就壞掉了？那可真是不好意思啊。

我原本以為他會繼續追擊，但雷吉當場趴倒在地上，開始猛烈地咳嗽。

剛才看他這麼有精神，我就覺得很奇怪了，看來他果然是個身受重傷的人。雷吉已經時日無多了。他身受連魔法都治不好的重傷，也還是要用僅剩的一點時間向我跟艾爾玟報仇。這根本毫無意義。

「你是不是快點去找醫生比較好？」

「等我殺了你就會去。」

雷吉擦去嘴邊的紅黑色鮮血，再次朝向我揮出短劍。

我無力抵抗，只能連滾帶爬地四處逃竄。

「失火啦！失火啦！快來人啊！」

雖然我是想要從丹田發出聲音，但我早就耗盡體力，只能發出像是放屁的聲音，感覺嘴巴都變臭了。

「沒用的！這附近的居民都逃走了，誰也不會過來救你！」

因為治安比較好，我們才會住在有錢人居住的地區，結果現在反倒害了我。

我無力起身，只能連滾帶爬地逃跑。雷吉也趴在地上追了過來。雖然看起來像是兩個嬰兒在嘻笑打鬧，但其實是兩個渾身是血的男人在互相廝殺，這場面一點都不溫馨。

如果演變成追逐戰，贏家就會是腳力與體力更好的那一方。雖然雷吉也身受重傷，但應該沒被那個鼻屎腦太陽神詛咒，也沒跟「傳道師」那種怪物打過一場，還揹著公主騎士大人從「迷宮」第十三層爬回地面才對。

換句話說，其實我早就不行了。雷吉抓住我的腳踝。

我用另一隻腳踹了雷吉的臉和手臂，但他完全不為所動。因為我現在倒在地上，踹過去的腳不夠沉重，而且雷吉早就氣瘋了，好像根本感覺不到疼痛。

腳踝傳來一陣疼痛。因為雷吉把短劍刺進了我的腳。

「這樣你就逃不掉了。」

他搖搖晃晃地站了起來，露出勝券在握的笑容，就像是一條準備吞下老鼠的蛇。

「乖乖受死吧。」

「我才不要。」

我用雙手拖著屁股退向後方。「片刻的太陽」早就耗盡時間了。因為體力消耗太多，我也無法使出名為「骨氣」的最後王牌。不過我還是不想就這樣從容赴死。至少我不想死在這種傢伙手上。不管是要變得滿身煤灰，還是讓屁股沾滿泥巴，我都要掙扎到最後一刻。

我才剛做出這樣的決定，就立刻撞到這間房屋的柱子。回頭一看，發現渾身是血的繃帶男雷吉拿著小刀站了起來。在旁人眼中看來，我應該已經沒救了吧。

「你放心，我很快就會把公主騎士送去你那邊。」

雷吉舉起小刀。

「再見了，『嘴砲王』。去死吧！」

「你也得死。」

就在雷吉揮下來的小刀刺進胸口之前，我稍微轉動了身體。疼痛讓我無法呼吸。靠著疼痛確認刀子沒有刺進要害後，我抓住雷吉的手臂，一口氣往後倒下。從背後傳來一陣衝擊。下一瞬間，周圍的柱子都開始傾斜了。

因為雷吉只顧著追殺我，所以好像沒有發現，但這裡可是因為遇到縱火與搶劫而搖搖欲墜的房子正中央，而我們剛才折斷的柱子是這間房屋的頂梁柱。這間屋子本來就已經變得很脆弱了，現在頂梁柱又被折斷，到底會造成什麼後果？答案就是這樣。

「啊？」雷吉小聲叫了出來，同時抬頭看向天空。雖然已經被火燒過變得脆弱，但那些梁柱畢竟是一間屋子的根基，每一根都比人還要重。而那種東西有好幾根從我們頭上掉了下來。而且屋頂與牆壁也跟著掉下來了。

我猜這應該會很痛。要是被那些東西壓在底下，肯定就再也動不了了。

雖然跟這傢伙一起去冥界讓我很不爽，不過這就是人生。

「讓我們地獄見吧，寶貝。」

倒塌的房屋壓向我們。雷吉大驚失色轉身就跑。

現場發出一陣巨響，梁柱紛紛掉了下來。牆壁與地板掉到地上，揚起煙霧與塵土。我閉上眼睛，但很神奇地沒有感覺到疼痛。

我還以為這就是死亡，但不管過了多久都沒人來接我。

我睜開眼睛。

倒塌的房屋在我周圍變成一堆瓦礫。

別說是柱子了，就連一片木屑都沒有打到我。也許是因為柱子傾斜的角度與掉落的位置剛剛好吧。就只有我坐著的地方變成一個圓頂沒有倒塌。

雷吉在我眼前被好幾根柱子壓在底下。頭顱破裂，舌頭掛在嘴邊，而且還翻著白眼。我看他瞳孔放大，這次肯定死透了。看來他的狗屎運總算用完了。

我好不容易才從縫隙裡爬了出來。當我爬到瓦礫外面的瞬間，屋子就完全倒塌了。

真是走運。雖然我應該為此慶幸，但我的人生裡不可能會發生這種好事。這背後肯定有著某種原因。結果我猜對了。

我在褲子的口袋裡找到一枚鑲有藍色寶石的戒指。據說這是馬克塔羅德王室代代相傳的寶物，可以保護主人免於災難與邪惡之力的侵犯。這枚戒指原本應該在艾爾玟身上，不知道怎麼會跑進我的口袋。

戒指是在我剛才揹著她的時候偶然掉進口袋。雖然這才是合理的推測，但我想到了另一個理由。

這是戒指的上一任主人給我的禮物。

公主騎士大人的朋友好像很感謝我。

不過問題在於這只戒指太小了，無法套進我的手指。

我忍不住苦笑，身體也突然變得使不上力氣。看來我這次真的耗盡體力了。

我當場坐了下來，整個人往後一倒，好想睡。

「馬修！」

當我逐漸睡去時，聽到了艾爾玟的聲音。原本以為自己在作夢，但這好像是現實。她驚慌失色地抱起我的身體。

「你沒事吧？振作點！」

「如妳所見，我好到不行。我不會有事的。」

艾爾玟沒有回答，而是忙著用布壓住我的側腹，又在上面纏了幾圈。她似乎是要幫我治療。

雖然我覺得這麼做沒有太大意義，但還是隨便她了。畢竟我也無力阻止，現在只想睡覺。

「妳怎麼會在這裡？」

我還以為她現在應該站在頒獎台上，被奉為拯救城市的英雄，不然就是忙著參加慶功宴。

「我是來找你的。」

她露出不知所措的表情，看起來就像是個迷路的孩子。

「我想知道你跑去哪裡了。因為你沒有回到德茲先生家裡，我心想你可能回來這裡了。」

她還真愛操心。

我把手伸向艾爾玟的臉。

「妳放心，我不會跑去其他地方。」

所以，拜託妳讓我睡一下吧。剛好我現在不會感到疼痛了。

「馬修，你別死啊！」

我不會死的。雖然我說出了這句話，但不確定自己有沒有發出聲音。

我閉上眼睛。

最後能看到艾爾玟的臉，倒也不是什麼壞事。

我的意識就這樣墜入黑暗。

終章

公主騎士與小白臉

「我不是早就告訴過妳了嗎？我不會有事的。」

三天後，我躺在床上笑著這麼說。

要是小看馬修大爺的生命力，我可是會很傷腦筋的。不過就是側腹被捅了一刀，要是這樣就會死掉，我也不用這麼辛苦了。我當時只是耗盡體力，又流了太多血，才會使不上力氣罷了。內臟也沒有受傷。只要睡上一整天，體力就會恢復，傷口也會癒合。再來只要多吃點東西，失去的血液應該就能補充回來。

「誰教你要亂說話害我誤會。」

坐在床邊的艾爾玟氣得鼓起臉頰，眼睛也紅紅的。

「妳該不會一直在旁邊照顧我吧？」

「不告訴你。」

「我一直覺得好像有人在耳邊說話，不是叫我『別死』，就是喊著『你是我的保命繩』。」

「吵死了。閉嘴。」

她不高興地這麼說，還在我手上捏了一下。

「很痛耶。」

「你這種人還是直接死了比較好。」

「快點住手。我的傷口又要裂開了。」

她竟然揮拳揍我挨了一刀的側腹，真不曉得她到底在想什麼。

連續揍了幾拳後，艾爾玟粗魯地把一碗湯端到我面前。上面漂浮著好幾塊紫色的物體。

「來，這是你最愛吃的。」

「其實我沒有特別喜歡吃茄子……」

「要是你敢不吃完，可別怪我對你不客氣。」

拜託別這樣恐嚇傷患行嗎？

「謝謝妳，我開動了。」

我一邊苦笑一邊把茄子放進嘴裡。滋味還不錯。

「晚點記得幫我向夫人道謝。」

雖然德茲的老婆到城外避難了，但她應該已經在我睡著時回來了。

「……你怎麼會這麼想？」

「因為妳做的菜沒這麼好吃。」

如果這是艾爾玟做的料理，她應該會直接把整根茄子放進去煮，不然就是根本沒煮過就拿給我吃。

「妳要不要也嚐嚐看？」

「不需要。」

「別這麼說嘛。」

我從湯裡找出一塊特別大的茄子，拿到艾爾玟面前。艾爾玟別過頭去。

從樓下傳來敲門的聲音。

「我去開門。」

「讓德茲去就行了。」

「他帶著夫人與公子出去買東西了。」

她慌張地衝下樓梯。真是太沒規矩了。

「小心點喔。」

因為還是可能會有危險人物跑來襲擊，所以我也跟著走下樓梯。雖然傷口還會痛，但也只能忍耐了。

「早安。」

來訪的客人是諾艾爾。拉爾夫也來了。

「你們一大早就過來有什麼事嗎？」

她偷偷看向自己背後，一副難以啟齒的樣子。拉爾夫身後還有兩個人。

那兩人就是瑪雷特姊妹。

帶著客人來到餐廳後，賽希莉亞跟碧翠絲就在艾爾玟對面並肩坐下。拉爾夫與諾艾爾站在艾爾玟背後。

因為我是個傷患，所以坐在艾爾玟旁邊。

我記得之前也發生過這樣的事情。當時我們雙方大吵一架，差點就要打起來了。不過我們現在比當時還要了解對方了。至少瑪雷特姊妹看起來沒有敵意。

艾爾玟率先開口。

「請問兩位有何貴幹？」

「別露出那麼可怕的表情嘛。我們今天要說的事情，對妳來說也不是壞事。」

碧翠絲揮舞著手裡的短杖，揚起了嘴角。

「妳要不要跟我們聯手？」

諾艾爾與拉爾夫大聲叫了出來。艾爾玟皺起眉頭。

「妳這話是什麼意思？」

「妳不用想太多。就是字面上的意思。」

賽希莉亞接著說了下去。

「『迷宮』再過不久就會重新開放。到時候會有許多冒險者從外地跑來這裡。畢竟現在可是天大的好機會。」

據說在「大進擊」平息下來後，出現在「迷宮」裡的魔物有一段時間會變得比較弱。更重要的是魔物的數量也會變少。這點的影響非常巨大。因為這樣就能讓人省下許多不必要的力氣。

「哪有可能這麼誇張……」

「小子，我可沒有故意誇大，也不是要嚇唬你們。」

聽到拉爾夫不太相信地小聲呢喃，賽希莉亞很肯定地這麼說道。

「因為對我們冒險者來說，這裡可是最後的開拓地。」

就算「千年白夜」被人征服，冒險者這個職業應該也不會就此消失。因為還有討伐魔物、保護雇主與採集貴重藥草和礦石這些工作能做。可是那樣就跟傭兵沒什麼分別了。畢竟古代遺跡那種重要的地方都已經被人大致翻了個遍，最近這幾十年也不曾有人找到新發現的遺跡。冒險者懷抱夢想的時代就要結束了。

「可是我們雙方都失去同伴，沒辦法立刻踏進『迷宮』。」

「所以你們只要跟我們姊妹聯手，問題就能迎刃而解了。」

碧翠絲在旁邊臭屁地這麼說。

瑪雷特姊妹是五星級冒險者，實力毋庸置疑。她們是魔術師，需要能擔任隊伍前衛的戰士。

另一方面，「女戰神之盾」只有公主騎士大人跟菜鳥戰士與斥候，沒有能擔任隊伍後衛的魔術師與治療師。

她們雙方正好可以互補。這點確實不是壞事。

「這件事我以前應該就拒絕過了。」

「我當時是提議要暫時聯手不是嗎？不過這次就不是這樣了。我跟碧要加入『女戰神之盾』。這樣妳就沒意見了吧？」

這個提議讓艾爾玟驚訝地睜大眼睛。

「當然，由妳來當隊長也無所謂。這樣行嗎？」

她沒有回答，好像還在煩惱。我代替她問了一個問題。

「妹妹也同意了嗎？」

我還記得碧翠絲……瑪雷特姊妹的目標是靠著征服「迷宮」揚名立萬。

「我是個心胸寬大的人。這次就讓妳一次吧。」

也就是說，為了成就遠大的目標，她放下面子，選擇了對自己最有利的做法嗎？

「當然，如果妳做得不好，就得換我來當隊長了。妳有信心嗎？」

碧翠絲用短杖指著艾爾玟，語帶挑釁地這麼說。

雖然我不確定她們是否值得信任，但她們肯定能成為戰力。

「……好吧。」

艾爾玟點頭了。

「不過報酬要按照人數分帳。這點我絕不退讓。」

「沒問題。這點我們今後可以慢慢討論。」

她故意不把話說死，實在是很會算計。

「看來事情都談妥了呢。」

聽到這句話的同時，我感覺到有人走進餐廳。

「醫生，你嚇到我了。」

「那可真是不好意思。」

尼古拉斯不以為意地這麼說，在艾爾玟跟瑪雷特姊妹之間的位子坐了下來。

「醫生，你來這裡有什麼事？」

「跟那兩位女士一樣。」

尼古拉斯這麼說。

「我也要加入『女戰神之盾』了。今天是來打個招呼的。」

「什麼？」

我大聲叫了出來。他要加入隊伍當然讓我覺得很驚訝，但原因不是只有這樣。因為他說「他也要加入了」。換句話說，他要加入隊伍這件事早就成了定案。

「我可沒聽說過這件事。」

「我正準備告訴你。」

公主騎士大人輕描淡寫地這麼說。

「畢竟他的實力毋庸置疑，人品也值得信任。」

我轉頭看了過去，諾艾爾與拉爾夫同時點了點頭。雖然拉爾夫看起來有些不滿，但諾艾爾好像覺得這樣就少了一件事需要擔憂，看起來很放心的樣子。

我抓住尼古拉斯的手，拉著他走到餐廳外面。

「你到底在想什麼？你不是還要製作『解放』的解毒藥嗎？」

「那件事當然也很重要。」

他平靜地這麼說，輕輕把我的手拿開。

「只不過既然征服『迷宮』才是太陽神的目的，那我也有許多事情想要親眼確認一下。」

「可是……」

要是尼古拉斯有個萬一，就沒人能製作解毒藥了。

「更何況製作解毒藥這件事也因為缺乏資金陷入瓶頸。我已經把手邊能拿到的材料都試過一遍了。如果要找尋其他可能管用的材料，也只能到『迷宮』裡去找。而且這樣也能賺錢。」

畢竟「迷宮」深處算是一種祕境，據說裡面還有未知的植物與早已滅絕的魔物。更重要的是，「太陽神」無法在「迷宮」裡發揮力量。就某種意義來說，那裡是個安全的藏身之處。

即便如此，我還是很難同意這件事。正當我想要反駁時，尼古拉斯壓低音量這麼說。

「如果讓我加入隊伍，就算她在『迷宮』裡出現異狀，我也能幫忙處理。」

「……」

既然我無法踏進「迷宮」，有個知道內情的人待在艾爾玟身旁，確實幫了我一個大忙。

「你覺得呢？」

「好吧。」

我一邊搔著頭髮一邊這麼說。畢竟這位聖職者也是個頑固的傢伙。

「先說好，你上次對艾爾玟亂說話那件事，我可還沒有原諒你。」

因為這個冒牌神父教了不該教的東西，艾爾玟才會做出那種蠢事。照理來說我早就應該把他殺掉了。

「那件事確實是我不對。我以後不會再犯了。」

就算被我出言威脅，他也面不改色。如果換成是某位冒險者，早就被我嚇到發抖了。不知道他是膽子夠大，還是反應遲鈍，我實在看不透這位大叔。

當我們回到餐廳時，碧翠絲用手撐著臉頰，翻白眼瞪著尼古拉斯。

「我看你好像有歲數了，你真的可以嗎？」

「雖然我不像各位那麼年輕，但我很有經驗。」

尼古拉斯笑著回答，這點讓我相當佩服。不愧是實際年齡遠比外表還要老的大前輩。

「算了，我看你好像有點本事。那我也不反對了。歡迎你加入。」

碧翠絲點了點頭，擺出一副隊伍老鳥的姿態。

「要是你敢對碧亂來，我就宰了你。」

雖然妹妹說得很輕鬆，姊姊卻用充滿殺意的眼神瞪著他。

「這妳大可放心。」

這位大叔連這種狠話都能輕輕帶過，實在是很了不起。

總之，這樣演員就到齊了。

由艾爾玟擔任隊長，再加上菜鳥戰士拉爾夫、斥候諾艾爾、魔術師賽希莉亞與碧翠絲，還有治療師尼古拉斯。

這就是新一代「女戰神之盾」的成員。

「那我們大家就一起去喝酒，順便培養感情吧。」

「現在還是早上耶。」

碧翠絲說出這個超棒的提議，但拉爾夫面有難色。這傢伙果然很笨。

「在別人工作時喝的酒才好喝啊。」

就是說啊。看來我們很合得來。

「我就不用了。」

艾爾玟沒有起身，直接坐著抓住我的手。

「我還得照顧傷患。下次再說吧。」

「好像是有這麼回事。」

看來她真的很想讓我喝下茄子湯。

「真可惜。那就下次再去吧。」

也許是正事都談完了，碧翠絲站了起來。

「今後請多多指教。」

當艾爾玟起身準備握手時，碧翠絲無聲無息地靠了過去。

然後她親吻了艾爾玟的臉頰。

房間裡的空氣似乎凍結了。

「要是妳厭倦那個小白臉了就來找我吧。我會讓妳作個美夢的。」

碧翠絲露出妖豔的笑容，然後就轉身走出房間了。

聽到關門的聲音後，我轉頭看向賽希莉亞。

「她是『那邊』的嗎？」

「不，她『兩邊』都行。」

「我懂了。」

原來是「二刀流」啊……

「順便告訴你，我只喜歡男人。」

賽希莉亞用別有深意的眼神看了過來。我假裝沒有發現。因為我覺得要是跟她扯上關係絕對不會有好下場。更重要的是，公主騎士大人也在這裡。

隔天，公會長與領主聯合發表了「大進擊」正式結束的宣言。

幾天後還舉辦了大規模的聯合葬禮。雖然城裡受到的損害相當嚴重，但也已經逐漸開始復興。雖然死去的人們不會回來，但活著的人們還是得繼續前進。這個世界就是如此運作，我們也會這麼做。事情就是這麼簡單。

後來又過了幾天，「千年白夜」再次對冒險者開放了。火速趕工重建好的大門前方，從一大早就擠滿了人潮。他們都是些想要再次踏進「迷宮」賺大錢的傢伙。「金羊探險隊」的尼克也在裡面。雖然他們失去了一個同伴，但又找到了新同伴，準備再次挑戰「迷宮」。可是「黃金劍士」沒有出現在這裡。他們在前陣子的「大進擊」裡失去了隊長雷克斯，整支隊伍都解散了。因為他們還算有錢，所以把雷克斯埋葬在個人墓園裡。我打算下次找機會請他喝一杯，不過我只請得起便宜的酒，希望他不要見怪。

既然有舊人離開，當然也會有新人出現。已經有冒險者從其他城市來到這裡，讓我看到了一些新面孔。

而站在這群冒險者前方的隊伍，當然是由艾爾玟領軍的新一代「女戰神之盾」。周圍還有許多圍觀的群眾。他們來到這裡，應該都是為了來看城裡的英雄艾爾玟出陣吧。我也混在圍觀群眾之中，定睛觀察艾爾玟的臉。她的表情很僵硬。看來她很緊張。因為有件事連她自己也還不確定。

那就是她的「迷宮病」到底是不是治好了。

雖然她上次以奇怪的模樣成功踏進「迷宮」，但她以平常的模樣進去已經是一個多月以前的事情。自從被「大進擊」的前兆波及，失去了三個同伴，連自己都差點喪命之後，她就再也不曾踏進「迷宮」了。

如果她想起那段痛苦的記憶，「迷宮病」很可能再次發作。到時候她真的會名譽掃地。雖然我讓她吃過糖果了，但還是不能掉以輕心。

「艾爾玟。」

我在人群裡呼喊她的名字。當她轉過頭來的瞬間，我聽到一陣巨大的歡呼聲。

公會職員開始聚集過來。看來大門就要打開了。在場眾人都興奮了起來。

真是有夠吵。我的耳朵好像要壞掉了。看來她是聽不到我的聲音了。

我別無選擇，只能努力動著嘴唇，不斷說出同一句話。

艾爾玟在一瞬間露出狐疑的表情，但她突然露出微笑，也跟著動了動嘴唇，說出無聲的話語。

「『吃屎去吧』。」

我點了點頭。

從前方傳來開門的聲響。

冒險者們發出歡呼聲，爭先恐後地衝進那道漆黑的門縫。其中應該有幾個人再也不會回來了吧。那些傢伙也有親人，而那些人的遺族也會為他們的死亡感嘆悲傷。這就是他們選擇的行業。

人潮逐漸散去後，艾爾玟等人也動了起來。真正的高手總是會晚一步出發。

艾爾玟走在同伴前面。她踩著大步慢慢前進。就在走進「迷宮」大門的前一刻，她似乎停下了腳步。可是她的腳在下一瞬間就跨過「迷宮」與外面的界線，然後就再也沒有回頭，筆直走進黑暗之中。

「妳要活著回來啊。」

雖然她不可能聽見，但我還是說出這句話，然後才轉身離去。

公主騎士艾爾玟與同伴的冒險譚第二章就要開始了。

雖然我很想知道故事的發展，但我只能做好自己力所能及的事情。

暗巷裡閃爍著耀眼的光芒。兩名驚慌失措的男子被我打爛臉孔握碎喉嚨。另一名男子轉身想要逃跑，卻被我從後面抓住脖子折斷頸骨。確認這些傢伙死透之後，我收回早已「裂開」的「片刻的太陽」。這些裂痕是上次撞擊那顆黑球造成的。雖然現在還能正常使用，但這些裂痕好像比我上次看到時還要深。這東西畢竟是神器，就連尼古拉斯都不知道該怎麼修理。雖然這東西完全壞掉可能是遲早的事，但也只能到時候再看著辦了。

我比平常還要謹慎地把水晶球放進懷裡，然後蹲在昏暗的巷子調查這三具屍體。他們都是販賣「禁藥」的藥頭。我在他們身上找到了「解放」。

因為最近這一個月都在外面旅行，讓我手上的存貨都用完了。如果艾爾玟回到這裡，我就得再次用到那種加了「解放」，也就是「禁藥」的糖果。既然解毒藥做不出來，那也只能暫時依賴這種東西了。為了弄到這種東西，我只能繼續弄髒自己的手。

我縮起身體，小心注意不讓別人看到，就這樣從那裡離開。我走過好幾個轉角，確認沒人尾隨後，才假裝若無其事地走到大街上。一切就跟往常一樣。

我在路邊攤買了整袋鹹豆。因為心情放鬆下來，肚子就覺得餓了。

我立刻打開封口，把鹹豆放進嘴裡。雖然豆子有些太鹹，但味道還算不錯。

從遠方傳來一陣慘叫聲。我還以為是有人發現屍體了，但好像只是單純的打架。

「可惡，今天是我老婆的生日耶……」

衛兵一臉不耐煩地從我身旁走過。真是辛苦他們了。那些被我殺掉的傢伙可能也有妻兒。

我不會同情他們。就算我沒有下手，他們應該也遲早都會橫死街頭。而且我將來也很可能會落得那種下場。今天是他們，明天可能就是我了。我註定無法躺在床上，在親人的照顧之下安詳地死去。我選擇了這種生存之道。因為我別無選擇。

你們要恨就去恨神吧。尤其是那個內衣小偷太陽神，就算要恨到殺了祂也行。

「啊……」

因為忙著想事情，我不小心撞到別人，整袋鹹豆都掉在地上了。因為才剛開封，裡面的豆子全都撒了出來。

「喂喂喂，沒這麼倒楣的吧。」

我剛買來的鹹豆就這樣毀了。

當我蹲了下去，想要撿起掉在地上的鹹豆時，我停下了動作。

因為那些鹹豆很神奇地整齊排在一起，看起來就像是一段文字。

【恭喜汝通過第三試煉。】

「咦？」

我不小心叫了出來，雖然那聲音連我都覺得可笑，但我無法笑出聲音。我想也沒想就伸手撥開那些鹹豆。看著四處飛散的白色豆子，我才突然回過神來。

剛才到底是怎麼回事？我怯怯地再次低頭看向鹹豆，結果當然看不到文字，甚至連小孩子的塗鴉都看不到，只能看到被沙土弄髒的豆子散落在地上。

「真是太浪費了。」

是我看錯了嗎？連我自己都覺得丟臉。馬修小弟實在太膽小了。

當我忙著撿起看起來還能吃的鹹豆時，我聽到腳底下發出細微的聲響。

我還以為自己踩到鹹豆，就把腳抬了起來。心臟猛然一跳。因為那些鹹豆碎片看起來也像是一段文字。

【汝成功引領「受難者」與「傳道師」前往下一個階段。】

我感到渾身發毛。這上面說「受難者」與「傳道師」是什麼意思？

也就是說，這段訊息其實是……

開什麼玩笑啊！那個狗屎婊子混帳！祂打算對我的好朋友跟女人做什麼？

我不斷踐踏那些鹹豆，即便鹹豆都粉碎了，我也沒有停止踐踏。可惡，那個臭老闆竟敢把這種爛豆子拿出來賣。我揮拳毆打牆壁。

因為我軟弱無力的拳頭沒有太大威力，所以只有些許灰塵掉了下來。隨風飛舞的灰塵停留在牆壁上，再次變成一段文字。

【第四試煉遲早也會到來。】

這已經跟鹹豆完全無關了。那傢伙到底躲在哪裡偷看？

我就像是遇到強風的風向雞一樣，站在原地不斷轉圈找人，但完全找不到那傢伙的蹤影。

「喂，發生什麼事了？」

也許是看到我奇怪的舉動，有一位路過的瘦老頭走了過來。他長著一張和善的臉孔。

「沒事，只是零錢掉在地上，但我又找不到。」

「你還真是倒楣。」

他露出憐憫的表情。

「我也來幫忙找吧。」

然後他當場彎下腰。

「不，不用了。」

我這人沒那麼差勁，不會讓別人幫忙找根本沒掉到地上的零錢。

「你不用放在心上……」

「【吾很看好汝。】」

老頭子在一瞬間變得面無表情，就像是戴上了面具。剛才那聲音我一輩子都忘不了。這是那傢伙的聲音。

「喂！」

當我回過神時，我已經揪住了老頭子的衣領。

「你到底是誰？你也是『傳道師』嗎？」

「你……你要做什麼？我只是好心……」

「咦？」

我突然發現自己抓著一個長相和善的老頭子。他剛才在一瞬間露出的冰冷表情，現在早就看不到了。

「放開我！快點放開我！」

因為老頭子大聲叫了出來，我只好放開他的手，就這樣離開那裡。

我走過三個轉角，確認沒人從後面跟過來後，才總算鬆了口氣。

剛才那種現象該不會又是太陽神的「啟示」吧？也許是因為沒有「傳道師」可以幫忙傳話，這次才會改用這種超級麻煩的方法。

「還是回去吧。」

不管怎麼想，我都有種不好的預感。今天還是乖乖待在家裡吧。

我發現自己在不知不覺中來到「剝皮街」附近。

「喂，馬修。你今天要不要過來玩？」

正在拉客的漂亮小姐突然叫住我。如果是平常的話，我應該會乖乖跟去，但我今天沒有那種心情。

「下次再說。」

「拜託你啦。我最近賺得太少，剛剛才被老闆娘罵過。我會算你便宜點的。」

我想要直接走掉，卻被她不服氣地抓住袖子。

「抱歉，今天是我老媽的忌日，我得回家靜修……」

我回過頭去，隨便找個藉口想要打發掉她，結果卻當場愣住。

「【吾在找尋強大的『受難者』】。」

女子小聲這麼說著，表情變得跟剛才那位老頭子一樣。我嚇得甩開她的手，就這樣逃離現場。我連滾帶爬地衝過狹窄的巷子來到大街上。我衝向尼古拉斯的家。就算他本人不在家，只要在他家裡找找看，說不定就能找到讓這個低級傳話遊戲停下來的方法。在我奔跑的同時，那傢伙的聲音還是不斷傳進耳中。

「【臣服於吾吧】。」

「【吾無所不見】。」

「【汝無處可逃】。」

「【發揮汝之力量】。」

「【助吾再次降世】。」

狗屎混帳，別說那種傻話了。

如果要我當你的奴隸，我還不如去死算了。

「咦？馬修先生，你怎麼會在這裡？」

聽到熟悉的聲音，讓我停下腳步回過頭去。

「原來是妳啊。矮冬瓜。」

「我不是說過別叫我矮冬瓜了嗎！」

艾普莉兒氣得鼓起臉頰，還踹了我的小腿一下。我還以為她是特地跑來告訴我，說她是因為正好有事才沒去「迷宮」送行，想不到她是抱著袋子出來幫忙跑腿。這位大小姐還真是辛苦。

「你的傷都好了嗎？」

「那只能算是小擦傷啦。」

畢竟已經請人幫我施放過治療魔法，再來只要多吃飯睡覺，很快就能痊癒了。

「可是艾爾玟小姐很擔心你。你以後不要太亂來喔。」

「那是我要說的話。那位公主騎士大人每次都那麼亂來……」

這時我突然想起自己的目的。

「抱歉，我還有急事。下次再陪妳玩。」

「馬修先生，你嘴巴上這麼說，其實又是要去找女人了對不對？你這個人就是這……」

她一邊搖晃手指一邊教訓我，但又突然低下頭去不發一語。

「怎麼了嗎？」

我探頭看了過去。心臟好像突然被人握住。

因為艾普莉兒變得面無表情，就像戴了面具一樣。

「【汝是屬於吾的】。」

過了幾秒後，艾普莉兒眨了眨眼睛，轉頭看向周圍。

「咦？馬修先生，你怎麼了？我剛才到底……」

艾普莉兒害怕地縮起身體。

「別在意。妳應該只是一時頭暈。現在感覺如何？身體還好嗎？有沒有會痛的地方？」

「沒有，我很好。」

她無力地笑了出來。

「要是身體覺得不舒服，就去給醫生看看，聽到了嗎？」

負責保護她的冒險者還躲在旁邊。要是艾普莉兒真的出了狀況，他們應該會立刻去向老頭子報告吧。

「再見。」舉手道別後，我就離開那裡了。

當我走過轉角，再也看不見艾普莉兒的身影時，我走到陰影底下，揮拳毆打牆壁。

牆壁當然完全沒有受損，但我就是想要這麼做。

要是我拿出原本的力量揮拳，應該沒有打不壞的東西吧。

從體內湧出的怒火讓我全身顫抖，小聲地撂下狠話。

「我絕對要宰了你。」

「……結果凡妮莎用壺敲在那傢伙的腦袋上，才總算成功甩掉那傢伙。不過十天後就愛上另一個當過吟遊詩人的美男子了。」

聽完故事的結局後，文森特趴在桌上抱著腦袋。

「她到底在做什麼啊？」

「誰叫她是個多情女子。」

從外表根本看不出她是個這麼有趣的女人。

這裡是「紫色鐵馬亭」。這間酒館位在城市北方，因為離哨所很近，所以衛兵與「聖護隊」

的人都會聚集在這裡。這害我從剛才就一直感受到可怕的目光，心情鬱悶到不行。不過我現在心裡還是充滿了成就感。因為我總算讓文森特請我喝酒了。

「我還以為你薪水這麼高，應該會請我喝更貴的酒。」

「那你就別喝啊。」

「我亂說的。便宜的酒最棒了。加水稀釋過才順口嘛。」

「你可以回去了。」

因為他想拿走酒杯，讓我慌張地死守著杯子。反正我就是個窮人，嘗不出細微的味道差異。不管是便宜的酒還是加了水的酒，反正只要能喝就行了。

「……你不惜被我拒絕這麼多次，也要找我一起喝酒，真的就只是為了說這些？」

「嗯。算是吧。」

畢竟是我讓他們兄妹永遠沒機會和好，這只不過是小小的贖罪。

酒館的門突然打開，兩位熟人走了進來。他們就是翹鬍子與黑肉男。翹鬍子在文森特耳邊說了幾句悄悄話。文森特端正的臉龐扭曲了。然後他站了起來，把金幣擺在桌上。

「我有點事要去處理。這些讓你喝個過癮。」

真慷慨。不愧是隊長大人。

「發生什麼事了？」

「剛才有人在巷子裡發現了屍體。死者是『禁藥』的藥頭。」

「天啊。」

「據說所有人都是被超乎常人的力量徒手殺害。」

「真是太可怕了。」

我故意聳聳肩膀，身體抖了幾下。

「最近這一年有許多『禁藥』的藥頭與毒蟲都死於同樣的手法。而且每個死者身上的財物與『禁藥』都被犯人搶走了。」

「畢竟那種東西很值錢，不然就是要用在自己身上吧。」

「衛兵那邊似乎認為凶手是毒蟲，或是對『禁藥』懷恨在心的人。」

「沒錯，這也不是沒有可能。」

我點頭表示贊同。文森特使勁握緊拳頭。

「……馬修，你來這裡之前都在做什麼？」

「我只是隨便到處晃晃……怎麼了嗎？」

我興致索然地這麼說，還大大地打了個呵欠。

「我聽說你以前曾經從『迷宮』裡揹著艾爾玟小姐回來。」

「我對自己的持久力很有信心。尤其是這邊的。」

我一邊揚起嘴角，一邊指向自己的下半身。畢竟體力跟力氣是不一樣的東西。

文森特在一瞬間用銳利的眼神看著我，但他很快就放棄追究，只說了句「這樣啊」。

「我要走了。你自便吧。」

「請多保重。」

我對著文森特的背影輕輕揮手。他還真是辛苦。

我原本還以為騙過他了，但看來他又開始懷疑我了。

總之，我決定繼續點酒來喝。就算把錢放進口袋，也只會在回家前被小混混搶走，還不如全都用來喝酒。

「總算離開了。」

文森特才剛走掉，「群鷹會」的奧斯華立刻在我面前坐下。他身後還帶著一大群手下。

「你認識那位官老爺嗎？」

「老大，請問您今天有何指教？」

他應該是一直在等文森特離開吧。他一臉得意地對我這麼說。

「我只是想向你和公主騎士大人道謝。」

「我可不記得有做過什麼值得你道謝的事情。」

「因為你們的緣故，我們也成了阻止『大進擊』的功臣，讓大家對我們另眼相看，接到的工作也變多了，最近忙到連要找時間來喝酒都不容易，不知道該開心還是難過。」

「聽說你們最近還開始經營建築業與職業介紹所了是嗎？」

城市的復興工作還需要不少時間才能完成。錢當然是一個問題，但其實人力才是真正缺乏的東西。每個工地都需要人手。而失去工作需要用錢的人要多少就有多少。如果要在這個城市召集人手，找道上弟兄幫忙就是最簡單的方法。

而「群鷹會」比其他黑幫搶先一步，率先搶占了這個新興市場。因為大家都說「群鷹會」比較可靠，跟那些怕死逃走的傢伙不一樣。不過其實他們做的事情跟其他黑幫差不多。他們會以收取仲介費為名義，把那些找來的工人薪水放進自己口袋，而且抽成比例也跟其他黑幫沒什麼分別。

「這讓本部那邊也對我讚譽有加。」

「那可真是恭喜你了。」

這個城市的黑社會勢力應該也會重新洗牌吧。不過這種事隨他們怎麼去搞都行。

「不過，那種事跟我和艾爾玟完全無關。」

「別這麼無情嘛。」

奧斯華露出厚顏無恥的笑容。只要覺得有利可圖，他就不會輕易放手。他應該會利用這次的事情故意找我們麻煩，也可能會利用艾爾玟的名字做壞事。

「要是你們又遇到困難了，隨時都能跟我說一聲。」

奧斯華站了起來，把手擺在我的肩膀上。

「讓我們好好相處吧。『巨人吞噬者』。」

「不好意思，你說什麼？」

也許是不滿意我的回答，奧斯華發出咂嘴聲。

「算了，大家下次再找時間喝個酒吧。麻煩你幫我跟公主騎士大人這樣說一聲。」

自顧自地丟下這句話後，奧斯華就帶著手下離開了。

確認他完全走掉後，我忍不住嘆了口氣。

「我就知道會變成這樣。」

所以我才不想跟黑道扯上關係。那些傢伙只要咬住獵物，就必定會將對方吃到連骨頭都不剩。如果放著不管，他們肯定會對艾爾玟不利。雖然我很想趕快把他處理掉，但他應該也在提防其他黑幫派人襲擊，總是帶著許多手下。

要是情況危急，就算必須冒險，我也只能把他處理掉了。

我到底還要殺死多少人？

我想要把湧上嘴邊的東西吞回去，於是又再喝了一口便宜的酒。

三天後，艾爾玟等人平安回來了，而且一個人都沒少。

「妳有受傷嗎？身體狀況怎麼樣？」

「沒問題。」

「迷宮病」沒有發作，病情目前好像還算穩定。我們還暫時借住在德茲家裡。因為艾爾玟回來了，我從今晚開始又得打地鋪了。

「我們這次踏進第十四層了。」

艾爾玟在換衣服的時候這麼告訴我。

「上次明明那麼安靜，但裡面現在已經到處都是魔物了。」

「我想也是。」

魔物可說是「千年白夜」裡的衛兵，通往王座的路不可能一直沒人守衛。

「公會也向我們提出要求，希望我們在近期往前推進到第二十層。」

因為挑戰組走得愈遠，就愈能幫後面的冒險者確保安全路線，讓冒險者的生存率跟著提高。

「妳沒必要聽那個老頭子的話。」

「畢竟之前浪費了不少時間，我想早點找回以前的步調。」

「妳不需要那麼心急。」

要是一個弄不好，下次可能就真的回不來了。

「我沒有心急。不過現在正是應該前進的時候。」

她斬釘截鐵地這麼說。我不由得仰天長嘆。

「新人的表現怎麼樣？」

「尼古拉斯就不用說了，但那對姊妹真的很難駕馭。」

這次換成艾爾玟仰天長嘆。因為那對姊妹根本不聽命令，還喜歡隨便施展強力的魔法，獨斷獨行更是她們的拿手好戲。

「可是她們的實力無庸置疑。我們這次能在沒有安全路線的情況下抵達第十四層，全都是多虧了她們。」

雖然她們實力強大，但只要用得不好，就會傷害到自己，可說是一把雙面刃。

「別擔心。我會好好駕馭她們給你看。」

「那就萬事拜託了。」

隔天我們一起去街上買東西，順便當成是休假。我們還得添購家具與生活必需品才行。我們租來的房子的重建工程進行得很順利。化為一堆瓦礫的舊房子已經清除完畢，現在正在原地重建。因為那是要給城裡英雄住的房子，所以城裡的工匠全都跑來連夜趕工了。雖然屋子的格局跟之前幾乎完全相同，但這次還多了間獨棟的浴室。我很期待跟她一起泡澡，不過前提是她願意讓我一起進去。

我們兩人並肩走在街上。因為還要配合她的步伐，讓我有些不好走路，但我早就習以為常了。

「先去家具行買床對吧？」

「我們這次就買一張大床吧。最好是兩個人睡在一起也不會太擠的那種。」

「你給我去外面睡。」

「妳這樣是不是有點殘忍？」

多虧了公主騎士大人的奮鬥，才能把魔物造成的損害壓到最小。

艾爾玟走在街上被人打招呼的次數也變多了。她已經變成這個城市的英雄，當初因為「迷宮病」倒下這件事，也成了讓英雄譚更精彩的小插曲。

雖然「迷宮病」得到控制，但她的「禁藥」成癮症還是沒有改善。只要停止服藥，就得因為戒斷症狀嘗到地獄般的痛苦。她現在依然是個「禁藥」成癮的毒蟲。雖然解毒藥完成了，我們卻沒錢製作。

我們保住了這個城市，但並非只有善良百姓活了下來，那些品行低劣的人渣混帳，以及對世界毫無助益的傢伙也活了下來。那些壞人依然寄生在這個城市裡，以暴力為武器，四處散布「禁藥」，把女人與小孩抓去賣掉。這個城市的宿疾依然頑強地發揮著破壞力。

總覺得好像有許多事情變了，又好像什麼都沒有改變。

「對了。」

艾爾玟邊走邊對我這麼說。

「馬修，你之前不是有問過我，如果成功征服『迷宮』後想做什麼嗎？我後來想了很多，最近終於找到答案了。」

「這是件好事。那妳想做什麼？」

「你之前不是告訴過我，說有一群女人在東海靠著捕捉魚貝維生嗎？我也想試試看。」

雖然那不是公主大人該做的工作，但她看起來好像莫名興奮。不過其實她喜歡就好。因為有活下去的目標是件好事。

「我是無所謂啦。可是妳會游泳嗎？」

「我不會游泳，但只是潛水還難不倒我。」

「別鬧了。這樣當然不行吧。」

這樣她沉到海底就再也上不來了。

「只要你在我溺水之前把我拉上來不就行了嗎？」

「我也要去嗎？」

「那還用說。」艾爾玟這麼說。「因為能幫我抓住救命繩的人只有你。」

正是如此。

「你今後也得給我拚命工作，好好地做我的小白臉。」

「艾爾玟，我有件事從以前就想要告訴妳了。」

正好有這個機會，我決定提醒她一下。

「妳能不能別在外人面前說那種話了？妳應該早就知道了吧？小白臉根本不是什麼『幫助迷途女性的引導者』。」

當初那個聖童貞騎士大人馬上就告訴她實情，而且還是在我跟艾爾玟開始同居的那天晚上，不然我原本應該可以有個最棒的夜晚。

「無所謂。」

可是這位公主騎士大人至今依然這麼叫我。

「這樣別人比較不會猜到我們之間的關係。」

畢竟我的任務是把危險的「禁藥」放進糖果裡讓她吃下，免得被別人發現她是個毒蟲，但對外當然不能這麼說。

「而且……」艾爾玟轉頭看向我，繼續說了下去。

「我也不太明白我們之間的關係到底算是什麼。」

我們之間的關係有些複雜。既不是普通的小白臉與其飼主，也不是夫妻或情侶那種親密關係。我們是僕人與主人、寵物與飼主、老師與學生、醫生與患者、惡魔與契約者……每種關係都不算正面，但又確實算是羈絆。

我們被許多羈絆綁在一起。即便每一種羈絆都細如絲線，卻又在各種地方互相糾纏，沒辦法輕易解開。我遇到她已經有一年又三個月了。隨著時間經過，這些羈絆也變得愈來愈多，讓我們的關係變得更緊密，完全無法掙脫。

而這些羈絆遲早會勒住我們的喉嚨，讓我們勒死對方。

只要並肩而行，我們就註定只能走向地獄。

即便如此，也還是無法斬斷我跟艾爾玟之間的羈絆。

就算是墜入地獄，沿途的風景也不見得永遠都是屍山血海。路邊應該還是會有小花盛開，也會遇到歌唱的鳥兒。夜空中還是會有閃爍的星光，也偶爾會有令人心曠神怡的微風吹來。享受著那些微不足道的幸福，像現在這樣與她並肩而行的人生也不錯。

正如我是艾爾玟的救命繩，艾爾玟同樣也是我的救命繩。

「先不說這個了，那件事你到底什麼時候要進行？」

艾爾玟紅著臉這麼問我。

「妳是說哪件事？」

「就是……你說要做一百萬次的那件事。」

那是我在尤利亞村的地下室做過的承諾。

「妳真的要我做？」

「那不是你自己說要做的事嗎？」

「還是算了吧。妳絕對會聽膩的。」

而且還會害我倒嗓。

「而且你當時還說什麼『這句話我已經說過上百次了』，你根本就一次都不曾說過！」

「有這回事？」

那可真是奇怪。

「可是我記得我上次被逮捕的時候……啊，那次我好像是對拉爾夫說的。」

「成年人就該對自己說過的話負責。你還剩下九百九十九萬……」

「等等，妳的算法有點奇怪。我是說一百萬次，所以應該只剩下……」

「你別想敷衍過去，也別想給我逃走。我不想聽你找藉口……」

「我愛妳。」

「笨蛋！你怎麼突然在這種地方……」

「愛妳喔。」

「你竟然第二次就隨便敷衍我。」

「喜歡喜歡超喜歡。最愛寶貝了。」
「別跟我胡鬧！這樣不算數！」
「我愛妳。艾爾玟，我會永遠愛著妳。」
「你不要在我耳邊小聲說話啦！」

「……你們感情真好。」
從我們身後傳來幾聲輕笑。
「啊，抱歉。給妳添麻煩了……都是你啦！」
艾爾玟紅著臉用手肘輕輕頂了頂我的肚子。
「妳不需要在意，別人想看就讓他們去……」
當我回頭看到那名女子時，我驚訝得一句話都說不出來。
她現在「應該是」二十多歲才對。她的身高比艾爾玟矮上一些，留著一頭及肩的黑髮，還有一雙細長的黑色眼睛。身穿有兜帽的深綠色長袍，胸前還穿著一件皮甲。揹著一根長杖，腰間掛著兩把細劍與皮袋，腳上穿著破掉的皮靴，不管怎麼看都像是個旅行者。雖然頭髮比我印象中的還要長一些，但那張柔和的臉孔還是沒有改變。腦袋也還跟身體接在一起。
「好久不見了，馬德加斯。看到你還是一樣有精神，讓我放心多了……啊，對不起。你現在叫做馬修對吧？」

「她是你朋友嗎？」

也許是發現氣氛不太對勁，艾爾玟小聲這麼問我。

拜託放過我吧。

我明明不久前才剛跟幽靈道別，難道又有「其他幽靈」要附在我身上了嗎？

「德茲先生都告訴我了。聽說那東西在你手上。在這裡遇到你算我走運。」

她那種低沉平靜的嗓音，還有那種目中無人的說話方式，都跟我記憶中的一樣。就跟我還在「百萬之刃」時毫無分別。

「可以請你把我的劍還來嗎？」

「暴風(Tempest)」娜塔莉露出微笑，朝我伸出了手。

後記

承蒙各位閱讀這本《公主騎士的小白臉》第四集，小弟真是不勝感激。

故事的第一部就此結束。這部作品可以走到這一步，都是多虧了各位讀者的支持。真的非常感謝大家。此外，我還要在此向幫第四集畫出美麗插畫的マシマサキ老師，以及我的責編田端大人與其他相關人士致上謝意。

正如大家看到的一樣，第三集與第四集是類似上下集的連續故事。

我原本是打算用三集寫完第一部的故事，也是照著這個計畫擬定大綱，卻在不斷追加設定與敘述的過程中，讓故事內容明顯超過了一集的分量。因為這個緣故，我只好把故事切成兩半，把後半段的故事移到第四集。我在第二集的後記裡提到「故事預計在第三集來到一個段落」，就是因為這個緣故。可是我卻在第三集的後記裡提到「下一集終於要來到後半戰了」，連我都覺得自己的臉皮太厚了。真的非常抱歉。

關於這本第四集，我原本以為「反正大綱都完成了，應該很快就能寫完」，但我還是在不斷追加設定與描述的過程中，把故事搞到怎麼寫都寫不完，結果這次也趕在最後一刻才寫完。

這一切全都是我的錯。請容我再次致歉。

雖然前面都在聊輕鬆的話題，但我還是想要知道大家是否喜歡這一集的故事。因為那是我這個作者最大的心願。

馬修與艾爾玟付出巨大的犧牲，成功跨越了巨大的難關。可是他們的旅行還沒有結束。今後還有許多苦難在等待著他們。第二部的故事終於要在下一集開始了。我預計將會提到馬修自己的過去。

馬修和艾爾玟這對小白臉與公主騎士的故事還沒結束，希望各位今後也能繼續關注下去。

白金透

下集預告

公主騎士的小白臉

He is a kept man
for princess knight.

─第5集─

Story

付出了數不盡的代價才取回屬於這腐敗城市的日常。

然而覆水難收，事已成定局便難以挽回了。

出現的是──本該不可能出現的過往夥伴，

馬修究竟會……

愈趨愈烈的黑暗系異世界故事進入第2部！

敬請期待

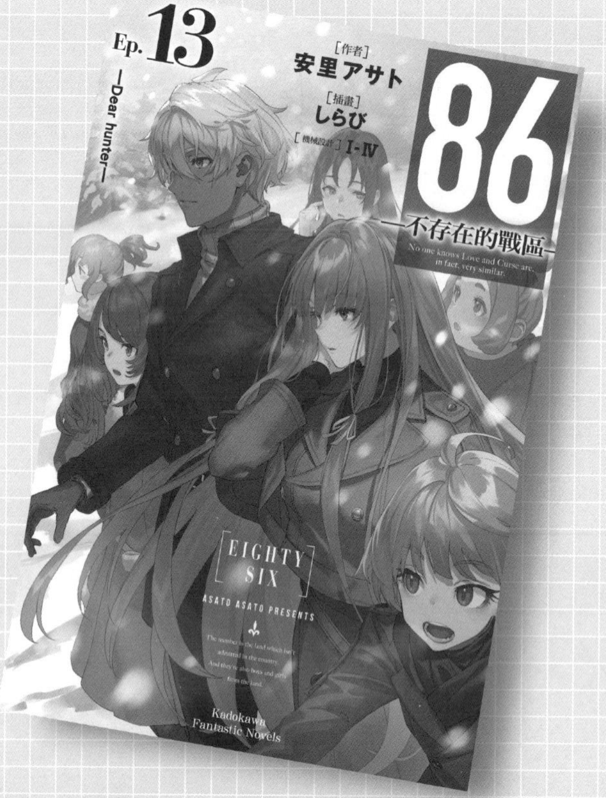

86—不存在的戰區— 1~13 待續

Kadokawa Fantastic Novels

作者：安里アサト　插畫：しらび

尤德伴著千鳥等「小鹿」，
踏上前往舊共和國領土的「最後之旅」——

首都發生自爆恐攻、「軍團」猛烈進攻，加上難民人數暴增，在臆測與猜疑的混亂局勢當中，部分共和國國民在聯邦領土鋌而走險，發起武裝暴動。於前線進行撤退支援任務的機動打擊群也被調動參與鎮壓行動。然而蕾娜依然被扣留於後方，讓辛心煩意亂——

各 **NT$220~280/HK$73~93**

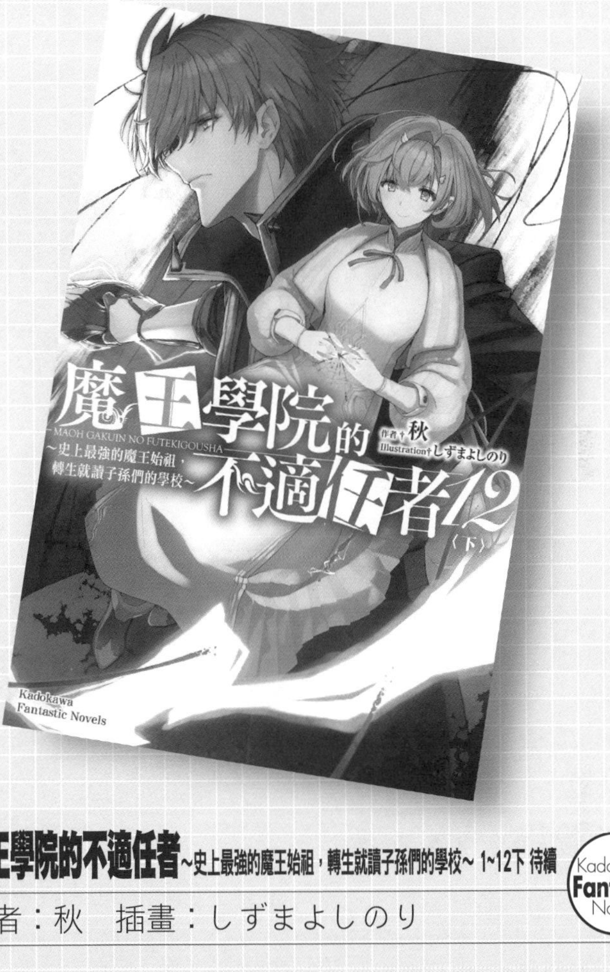

魔王學院的不適任者~史上最強的魔王始祖，轉生就讀子孫們的學校~ 1~12下 待續

Kadokawa Fantastic Novels

作者：秋　插畫：しずまよしのり

一切要追溯到格斯塔與伊莎貝拉在彼此轉生之前，兩人首次相遇的那一刻——

　　阿諾斯為了討伐疑似襲擊母親伊莎貝拉的犯人，於是進入到「災淵世界」。然而敵人早已遭到殺害，阿諾斯因為碰巧撞見其根源滅亡的瞬間，被懷疑是殺害他的凶手。阿諾斯識破假裝助他脫困的友人才是真正的幕後黑手，道出一連串事件的真相——！

各 **NT$250~320/HK$83~107**

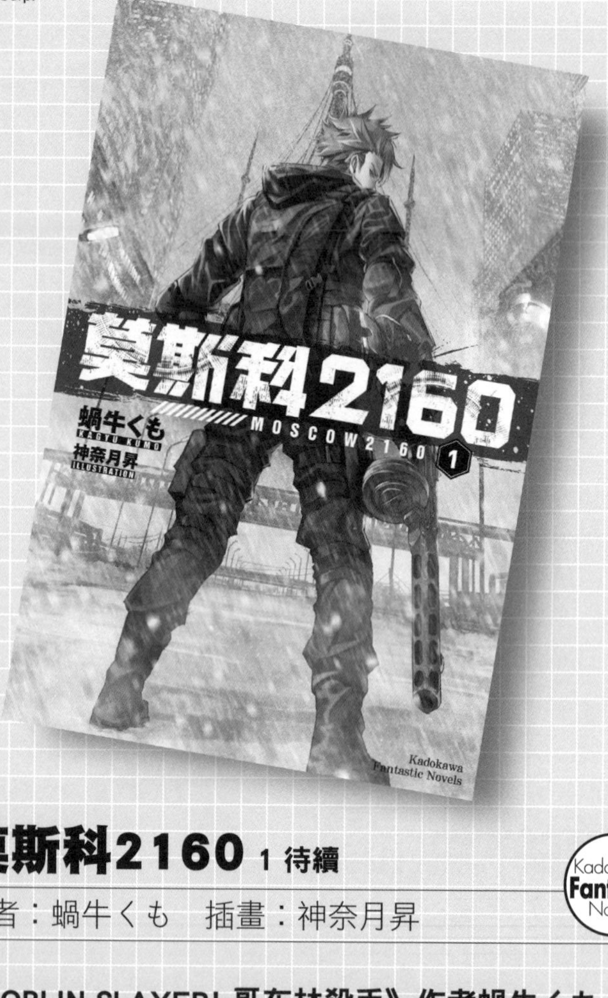

莫斯科2160 1 待續

Kadokawa Fantastic Novels

作者：蝸牛くも　插畫：神奈月昇

《GOBLIN SLAYER! 哥布林殺手》作者蝸牛くも
獻上美蘇冷戰從未結束的近未來賽博龐克！

西元二一六〇年，在美蘇冷戰從未宣告結束的近未來莫斯科。戰後回鄉的生化士兵四處遊蕩，隨時隨地受到監視的城市裡，政府組織、西方諸國間諜與黑幫私底下廝殺不斷。其中也有擔任「清理人」的肉身傭兵丹尼拉・庫拉金手拿衝鋒槍的身影！

NT$240/HK$80

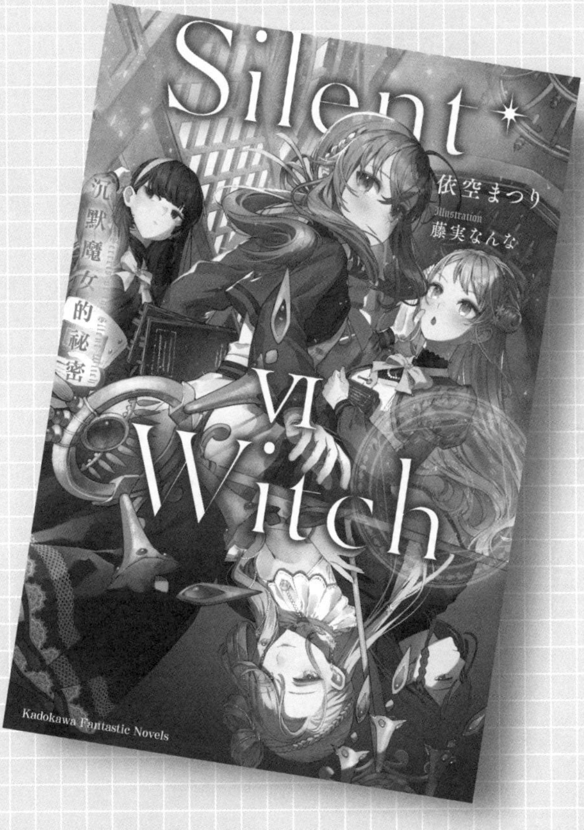

Silent Witch 1~6 待續

Kadokawa Fantastic Novels

作者：依空まつり　插畫：藤実なんな

賽蓮蒂亞學園迎來三個插班生
讓〈沉默魔女〉想逃之夭夭！

除了第二王子開始尋找左手負傷的學園相關人士之外，米妮瓦的問題兒童，同時也是知曉莫妮卡真實身分的前學長，竟插班到賽蓮蒂亞學園。更有甚者，連足以動搖七賢人根基的重大事件都爆發了——極祕任務的後半戰，才剛開跑就直奔地獄難度？

各 **NT$220~280/HK$73~93**

惡魔紋章 1 待續

Kadokawa Fantastic Novels

作者：川原 礫　插畫：堀口悠紀子

《SAO刀劍神域》、《加速世界》後的完全新作！
在遊戲與現實融合的新世界挑戰複合實境的死亡遊戲!!

蘆原佑馬在玩VRMMORPG「Actual Magic」時，一腳踏進了遊戲與現實融合的「新世界」。當佑馬無法理解事態而陷入混亂時，出現在他眼前的是班上最漂亮的美少女——綿卷澄香。但是她的容貌看起來就跟遊戲裡的「怪物」沒有兩樣……

NT$240/HK$80

國家圖書館出版品預行編目資料

公主騎士的小白臉 / 白金透作 ; 廖文斌譯 . -- 初版 .
-- 臺北市 : 臺灣角川股份有限公司 , 2024.06-
冊 ; 公分 . -- (Kadokawa fantastic novels)
譯自 : 姫騎士様のヒモ
ISBN 978-626-400-088-8(第 4 冊 : 平裝)

861.57 113005005

Kadokawa
Fantastic
Novels

公主騎士的小白臉 4

（原著名：姫騎士様のヒモ 4）

2024年6月24日 初版第1刷發行

作者：白金透
插畫：マシマサキ
譯者：廖文斌

發行人：台灣角川股份有限公司
總監：呂慧君
總編輯：蔡佩芬
主編：林秀儒
副主編：楊鎮遠
設計指導：陳晞叡
美術設計：李思穎
印務：李明修（主任）、張加恩（主任）、張凱棋、潘尚琪

發行所：台灣角川股份有限公司
地址：104台北市中山區松江路223號3樓
電話：（02）2515-3000
傳真：（02）2515-0033
網址：www.kadokawa.com.tw
劃撥帳戶：台灣角川股份有限公司
劃撥帳號：19487412
法律顧問：有澤法律事務所
製版：巨茂科技印刷有限公司
ISBN：978-626-400-088-8